新乡土文学丛书

作为故乡的南太行

杨献平　著

SPM

南方出版传媒

花城出版社

中国·广州

图书在版编目（ＣＩＰ）数据

作为故乡的南太行 / 杨献平著. -- 广州 ： 花城出版社，2018.5
（新乡土文学）
ISBN 978-7-5360-8174-1

Ⅰ．①作… Ⅱ．①杨… Ⅲ．①散文集－中国－当代
Ⅳ．①I267

中国版本图书馆CIP数据核字(2018)第049281号

出　版　人：詹秀敏
责任编辑：林贤治　邹蔚昀
技术编辑：薛伟民　凌春梅
装帧设计：林露茜

书　　名	作为故乡的南太行
	ZUO WEI GU XIANG DE NAN TAI HANG
出版发行	花城出版社
	（广州市环市东路水荫路 11 号）
经　　销	全国新华书店
印　　刷	广东新华印刷有限公司
	（广东省佛山市南海区盐步河东中心路 23 号）
开　　本	880 毫米×1230 毫米　32 开
印　　张	8.75　1 插页
字　　数	200,000 字
版　　次	2018 年 5 月第 1 版　2018 年 5 月第 1 次印刷
定　　价	38.00 元

如发现印装质量问题，请直接与印刷厂联系调换。
购书热线：020－37604658　37602954
花城出版社网站：http://www.fcph.com.cn

目录

第一辑　南太行乡村地理

南太行村庄构成（十四章）　　*3*

农事诗　*69*

南太行乡村哲学（六章）　　*80*

家畜们　*95*

第二辑　我卑微的亲人们

南太行乡村暴力　*109*

亲近的惋伤　*119*

叙述的命运　*129*

我们的父亲　*140*

第三辑　在时光中遁逃

失败的青梅竹马　157

清水打开的秘密　171

暗示　181

在梦境永生　191

身体的梦魇　200

我的乡村我的痛　215

我们周围的秘密　236

就像罂粟，就像村庄　262

后记　269

第一辑
南太行乡村地理

南太行村庄构成

（十四章）

一、楔子或序言：记忆与梦境，还有印象

幼年生活似乎是生命的另一种空白，多年后，能够记住的事件及场景少之又少，但却顽强得不可思议。关于琐事，我至今能够记起的，大致有如下几桩。

1. 暮春时分，硕大的梧桐花从头顶落下，我捡起，摘掉后面的壳儿，放在嘴里亲，吸光了里面的甜水，再丢在地上。院子向阳处，摊放着母亲从山坡上将回来的洋槐花。花洁白得跟尿素一样，可不过一顿饭工夫，就蔫成了小卷叶虫模样。弟弟围着摊开的洋槐花儿不停走动，时不时蹲下来，抓一把洋槐花向天空扬。正扬得起劲儿，忽然号哭起来，嘴巴咧得都能看到喉咙底儿。我跑过去询问，弟弟指着自己右手食指，一根黑色的小刺，挂在他白嫩的皮肤上。

这显然是被蜜蜂蜇了。论原因，是弟弟的错，蜜蜂是无意的，只顾着在花儿上采蜜，弟弟一打搅，它们就自卫。可

是，母亲不管这一套，跑回来就一手抓了胳膊，一手在我屁股上猛扇了几巴掌。我疼、哭。

2. 某天早晨或者下午，我正在家里（忘记具体在做什么），忽然听到母亲大声说：毛主席死了！声音尖利而刺耳。我惊了下，看到母亲的脸，紧接着蹦出门槛。我尾随到院子，看到对面麦场上，聚集了好多人，一个个垂着脑袋，一片参差不齐。

还有一个人，站在街口大呼小叫，不一会儿，又有一些人从石阶上面蹦了下来。这是我记事起到现在唯一能记住的场景之一。

3. 我还记住了曾奶奶去世时的一些细节。有一天上午，母亲带我到村子中间一座四合院里，走到一间屋里。我拉着母亲衣角，看到一个白发苍苍的老妇人，躺在比我还高的土炕上，睁着一双布满眼屎的眼睛看着我们。再后来，她死了，灵棚也搭在我家对面的麦场上，一些人穿着白色孝服，跪在黑皮棺材面前腔调不一地哭，还有一些人，在旁边看，帮忙拿东西。

4. 冬天，还不太冷，母亲拿出一件花方格上衣，让我穿上。系好扣子，端详了一阵子说，像个小闺女。然后就笑。我走到镜子前，看看自己——脸挺白，脖子不长也不短，俩眼睛虽小，但黑眼仁多，两排牙齿很整齐。母亲说，娘做的衣服好看不？我先是自个儿端详了一下，然后说好看。母亲又说，现在不能穿，到过年再穿。说着，就伸手给我解扣子。我扭着身子不让。母亲说，你小子，简直就是个"三生富"（意即有钱就花光，有东西就用完，手里不存一点钱粮的人）。

这四件事情，我几乎每年都会无意识想起几次，有时候觉得有趣，有时候觉得没一点意思。但总是会想到，不论何时何地。

　　我想，它们是我在人生之处最深刻的记忆影像，是我生命之中最简单的经历和必然的痕迹，是我一生记忆芯片上的基础部分。——除此之外，在太行山南部村庄的成长岁月当中，我还做过无数的梦。其中一些，在我成年后的现实生活当中逐一回放和映现。有好多次，我到了某个从未涉足的地方，忽然觉得那些场景和物什似曾相识，好像自己早就来过一样。有一次，我到甘肃张掖市郊的一个村子，进村时，忽然觉得这地方很熟悉，眼前的情景就像存储已久的旧照片，在我忽觉恍惚的时候，就那么自然地被翻捡出来。我的脑袋就像一款图片浏览器，随着鼠标点击，一张张呈现。还有一次，我到巴丹吉林沙漠之间的黑城遗址去，走到近前，也发现这座废弃500多年的遗迹也异常熟悉。站在破损的垛口上，我努力想，只觉得这地方我似乎来过，且还在这里做过一些事，而且时间也很长。可记忆明确告诉我，那是我平生第一次来到黑城，绝对没有差错。

　　还有一些好朋友，即使远隔千里，此前无一次相见，一旦相识，也恍惚觉得以前在哪里见过，并天然地有着很好的感情基础。诸如此类的"蹊跷"在我个人生活中一再上演，就像某种暗示、不期然的邂逅与无法解释的宿命。后来，我确定，所有这些幻想都与幼年的经历，乃至幻象和梦境有关，或许，这一切从一出生就预设好了，就像电脑预装操作系统，某些软件安装前的某种提示和说明。可是，与之相反的是，离开太行山南部乡村18年，在外省，我却极少梦到过在故乡的某些过往、人和风物。

尤其是数年不回故乡探亲，再回去，见到从前的玩伴、同学和乡亲，感觉就像是另外一些人，而且从来没和我有过怎样的交往。我想，这可能是那座乡村及那些人在我个人记忆体中资源耗尽与能量衰竭的结果。相对于以上琐事、令人恍惚的奇怪感觉和梦境，对于出生的乡村、地域、和人，现在，我对它们最清晰的感觉主要有这么几点：

1. 地理位置偏僻，山峰和圆形的天空是最高的仰望之物，水是一切动植物的活命源泉；较为平缓的山坡既是人的住地，又是田地，还承担了放牧与柴禾、果树与道路，甚至玩耍和坟茔的功能。七八座自然村分散在大山围定的大小山岭之下，有的面对面，有的背靠背，有的相去二三里，有的一别五座山。

2. 那里的人不是太多，但各不相同，可以称之为小世界，也可以说是一小撮。他们当中百分之九十的人，是靠田地和山坡过日子的人（现在多了外出打工、做小买卖、手艺活儿），另外一些是政府公务员、承包铁矿煤矿发财的人、还有教师、小工厂主及私营个体户（养殖、运输、贩卖），两相比较，后来者在那里显然是贵族阶级，是人生的制高点和价值思潮的风向标，也是一代代新生者被人教习的楷模。

3. 每个自然村都有自己的渊源和特点。如北河沿代代都有智障、男女比例1：4，层层不爽。杜庄嫁出去的闺女大都会有流言蜚语（事实居多），且概率相当大，二十个里面也只会有一个一生不被流言。杨庄村人好窝里斗，整天因为一株幼苗、一分地、三根葱等小事打架骂仗，甚至背后下刀子，以阴谋诡计取人性命及残人肢体，且还喜欢亲兄弟与亲兄弟闹别扭，甚至肢体相见。羯羊圈村好少亡人，每一代都有。垴顶山村人分家族代出光棍及智障者。

以上这些印象或者习性、惯性几乎都与那些幼年经历一样，在我内心根深蒂固，尽管这些年来不断发生变化，可我对自己出生的村庄印象依旧如此。前一段时间，一个同事说，她休假回到河南老家，看到以前的乡亲们都盖了楼房，买了车子，觉得他们生活得很快乐和幸福。我说，我每次回到出生的村庄，也会看到这些和那些。开始也是倍感新奇，但时间长了，却发现，在这些显赫于视觉的东西之下，人还是那些人，尽管换了面孔。尤其是看到那些流着黄鼻涕，背着碎花布书包上学的孩子，我就觉得那是从前的自己；与年纪大的人闲坐，他们也仿佛是我已经去世的爷爷、奶奶和父亲，还有大姨妈和舅舅；和自己同龄人，尤其是与同学说起从前和现在的事情，他们也似乎就是另一个我。甚至觉得，一群人和另一群人，一个人和另外一个人，在很多时候的生命乃至活着的历程有着惊人的重复性和一致性。

就像永存于我生命当中的个人幼年记忆，还有那些莫名其妙的陌生的"熟稔"与"似曾相识"，我想到，一块地域及其生存者，在某种程度上生命、脾性、思维和生存状态可能没有太大差别。他们之所以同时存在并不可或缺，其实是一种自然本身的调节功能在起决定作用，地域是人群的总支点，不同的家庭背景与生命需求决定了每个人存在的必要性和差异性，也决定着死亡与新生的持久性与不妥协。

幼年屈指可数的记忆场景是一生的烙印，早就在梦中熟悉的可能预示了一生的主要境遇，这像是一道早就安装并设置准确完美的程序，在生命当中适时播放。而我出生的村庄，似乎是一个明确的暗示，它在地球一隅停靠，每一个在这里诞生的人，不仅与生俱来地预装了可供操作与运转的"系统"与"界面"，而且还懂得如何将与它有着深刻关联的人和其他生命按照预定预先设定的方式进行"删除"和"回收"。就像那些顽固的记忆，就像无所不在的此刻和将来。

二、四个故事及其意义解析

有一年夏天，我和同村一个年纪相同、但辈分相差一代的同学在水井一侧的地边儿打架（忘了因为什么），开始虽然两人动手互击，但打得不算特别凶。我正在全力以赴，脑袋忽然疼了一下（火星乱冒、鼻口血涌），撇开小嘴就哭。母亲闻声来到，一边把我拉在怀里，一边质问新加入战团的那人。母亲说：俩孩子打架，你大小伙子打俺孩子，算个啥东西？大致是得了便宜，那人没吭声，拉着和我打架的人——他的弟弟，头也不回走远了。到秋天，我开始持续头疼。许多年后，母亲还说，你头疼的根儿是某某某在水井上边留下的。我听了，想了好一会儿，才记起以上那幕场景。

要不是母亲提醒，我可能就忘了。在乡村，或者有人的地方，孩子们之间打架像大人们之间因为某种利益吵架甚至使用肢体语言一样经常。从十二岁那年开始，我一直头疼到二十五六岁，每次疼，都想起那次被一个比自己大七八岁的人打中脑袋的情景。疼的时候，我特别恨他，一旦不疼了，就把他忘在一边。母亲说这叫"没耳性"，后来我觉得这更像"好了伤疤忘了疼"。小时候，我和同龄人打过无数的架，但记得的似乎只有这么一桩。随后的年代，我不仅和打架的那个同龄人成为相对较好的朋友，有几次，落魄得顾头不顾尾的时候，还给打我头的那人（他哥哥）借过钱。

第一次还了，第二次没还。是十块还是二十块，我早就忘了。现在想起来，仇恨和恩惠在任何时候都是并行的。摩擦是必然的，合作也是必然的。尤其是同在一个地方生存的人，所有的矛盾原本都建立在互助的基础上。第二个故事是：某年冬天，一个人娶回了媳妇儿，另一个人也娶回了媳妇儿。这在乡村，也是正常不过的事情。可半年之后，这两人却相互对换了媳妇儿。有人说，这个男人原来喜欢的就是那个男人的媳妇儿，那个男人最开始也喜欢这个男人的媳妇儿，是家人硬生生地把人家分开。

还有人说：换过来就好了，张三的归张三，李四的归李四。这个故事之所以让我记忆至今，一在于新鲜，二在于他们的从容和坦然，三是还有自己的想象和渴望。这在刚刚改革开放的偏僻乡村，至少是一次心灵上的撼动与观念上的变革。几十年过去了，这一故事的当事者都还健在，儿孙成群。可能是年代久远的缘故，对他们年轻时代的惊世骇俗破天荒之举已经无人提及。要是没人用文字记载，再多年后，这个故事就有可能在村庄彻底消失。第三个故事是：某男和某女遵照父母之命结了婚，虽说新婚夫妻亲如蜜，日上三竿不起床，白天吃的一锅饭，晚上枕着一个花枕头，但两口子并不融洽。慢慢地，丈夫暴打妻子，妻子哭闹。如此一段时间，妻子决意要和丈夫离婚。

某一次，妻子遭暴打后返回娘家，娘家人的态度也由先前"凑合着过"转变为"坚决和那个王八羔子离婚"。丈夫听说后，手提菜刀，跑到一河之隔的岳父家，挥刀喝道：要是某某某跟我离婚，我就砍了你们全家！说完，扭头回家。翌日，妻子回到丈夫身边，神情和态度和以前没啥两样。再一年初夏，某日清晨，妻子洗漱完毕，正在台前梳妆，婆婆进门拿东西，忽然大叫一声。众人来看，只见满床鲜血，丈夫的头颅像是一颗大南瓜，横在床头上。

这个故事是三个故事当中距离现在最近的一桩，时间大致是2002年。第四个故事是：某小伙子辍学后，接管了父亲的代销店，由于脑袋灵光，生意做得风生水起，得到附近乡邻人人夸赞。某有钱权人家父母一合计，三十六计走为上，将自己女儿许之为妻。由于年龄还小，就先订了下来。两年后，小伙子生意赔本，到处被人逼债。未来岳父母一合计，就与小伙子退掉了这门亲事。一年后，未婚妻嫁与他人，小伙子空门独守。再一年，小伙子花钱买了一个四川籍女子。再一年，已为他人妻的她生了一个孩子。不过几个月，小伙子与四川女子也生了一个孩子。

出人意料的是：小伙子与四川女子的孩子还没满月，就死了，有人说是故意用被子捂死的，有人说是两人都不给孩子吃东西饿死的。更出人意料的是，小伙子竟然以5000元的价格把和自己同床共枕了一年多的四川籍媳妇儿卖给了邻村一个光棍。村人闻听，背后大骂此男人简直猪狗不如，老了饿死都活该。几乎与此同时，已为人妻的"她"也出了变故，她嫁的男人在煤矿下井时和一个四川籍小姐混在一起，并先后多次带回家里，对着妻子，公然宣淫。她忍无可忍，抱着孩子回到娘家。

娘家人力劝小伙子改邪归正，小伙子不听，依然故我。

几个月后，两人离婚。再几个月，她又与一小伙子结婚。最初的那位小伙子，现在已近四十岁了，仍孑然一身。有一次回乡，分别遇到两人几次，女皱纹割面，老态赫然，男依旧留分头，着西服，一派潇洒自然。相对而言，这个故事延续的时间前后恐有十余年。长期以来，我反复琢磨能够记得的陈年旧事，每一次想起，都觉得别有趣味。也觉得，这四个故事，从某种程度上可以看作是对一方地域文化风俗、价值观念和精神信仰的概括，是人心和人性的形象反映。

第一个故事是我亲身经历——疼痛促使仇恨，也使仇恨得以长久，恩惠又使人必须感恩。当伤害与帮助同聚一体，报复和感激就成为了当事者的一种艰难抉择。如此引而扩之，那就是乡村传统人情观念中的"恩怨分明"与"恩是恩，仇是仇"。所庆幸的是，作为当事者，我已经淡薄了往年这一恩仇，而变得坦然，甚至觉得，一个地域的人，最大的利益来自于生存和生活上的互助与合作，而不是睚眦必报、结仇寻恶。第二个故事显然是我出生乃至长大的那块地域上迄今为止最美丽的"人性事件"之一，把相爱的各自珍藏，在适合时机与条件下，用和平的方式还给相爱的，这本身彰显了一个巨大的美德，完全可以成为一个佳话和传奇。

第三个故事可能屡见不鲜，夫妻之间的爱与恨，情与仇，杀戮与拯救，似乎整天都在上演，类似的惨烈也不少见。但根本的问题是，在我们的村庄，暴力仍旧是人们在解决利益与情感矛盾时最常用的武器，似乎只有疼痛和血腥，凶狠的肢体语言，最终杀人取命才能心神畅快。多年以来，我对自己出生并要最终回到的村庄最大的遗憾和不满就是无所不在的暴力。它几乎贯穿并如此长久地盘踞在乡村人群的各个角落乃至骨髓，它在乡村的上演次数与表现深度可以与权力、金钱等等切身物质利益相提并论。

第四个故事的当事者都是我的同学和好友，只是年龄略长于我。他们订婚，我当面表示诚挚祝福，他们分开，我还劝他们不要轻别离，他们遭遇一系列人生困境与厄难时，我写信或者在内心表示惋惜和同情。但事实上，他们的故事当中，既有乡民们自古以来的"门当户对"婚配传统观念，又有"嫌贫爱富"物质至上的世俗主义，既有选优为己的功利思想，又有一旦不如意就自暴自弃的消极因素。他们最积极的一面，大致是亲身实践了婚姻自由乃至在乡村显得特别新潮又另类的单身主义，但我知道，这些却都不是建立在本人的理想追求与俗世生活标准之上的自觉行为，是时事和具体境遇，迫使他们必须如此，甚至只能如此。

三、所谓"南太行"

以上四个故事，发生在"南太行"某些乡村——"南太行"一词为我个人所创造（也算是一种自我意义上的地理命名），即是指太行山在河北南部、山西东部和黄河以南地区的崇高存在，而太行山其余部分，则可以称作是中太行、北太行等。之所以将它们统称为"南太行"，是因这一片地域虽面积广大、居处不一，但却又一衣带水，虽高低不平、形体相隔但却同气连枝。对于我个人来说，"南太行"既是一个泛指，也是一个具体方位，既可以是一方地域，又可以专指某一座村庄。也就是说，我已经把这一片地域统称为自己的故乡。

当然，我所说的这个故乡是微缩了的，人的故乡本来就在大地上，此大地和彼大地都是我们的故乡。将故乡确指于某处，大抵是为了证实自己的生命之根，清晰地亮出自己在大地上的生命谱系与文化信仰。

之所以讲述以上故事（现象）并稍作分析，其实是想验证自己对于南太行乡村人群的整体认知和理解，当然还蕴含了个人某些明晰或隐晦的看法……还有希望与质疑。但不可否认，那些故事并不是南太行乡村的唯一出产物和人群习性标示，大凡有人的地方，这些故事就会呈几何倍数地类似发生，根本不需要大惊小怪，过分渲染，充其量也不过是南太行乡野间某些具体生命在生存过程中一些可有可无的标点符号而已。相比于此，在南太行，入史的伟人与将相、事件与史实多不可数。其中，最负盛名与普及性较强的不过五六。其一，当属"女娲"，其庙在涉县任人供奉，可能是为示尊敬，当地人称之为"女娲娘娘"，每一说起，身心虔诚；其二是赵武灵王，这位大业未成而过早夭逝的雄主，是战国时代唯一可以在嬴政之前横扫六合，统一中国的人，可惜，理想主义及"重然诺"的赵雍，设"二元政治"而最终被困沙丘（今河北隆尧），饥饿而死。他督军修建的赵长城依旧在山岭间蜿蜒，只是业已残毁不堪，以致荒草掩埋，青苔横生。其三是藏兵于南太行某地某山洞，率尉迟敬德等人在此作战的李世民。其四是牺牲在左权县（旧名辽州）的左权将军；其五是率军击毙日本名将之花阿部规秀的杨成武将军。其六，可能就是前些年发生特大铁矿亡人事故了。除了这些大事之外，南太行似乎就只是蜗行于崇山峻岭之间的乡野平民、贩夫走卒。唯一可以引人想象的是：《西游记》中被压五行山（太行山别称）下的悟空孙大圣、《愚公移山》等寓言和传说。当然，还有不少诗人和大儒——曹操、李隆基、李白、李贺、张九龄、独孤及、白居易、张说、梁启超等，都留下吟诵太行的佳句。

但在12岁之前，我对太行山及"南太行"的认识和理解极端狭隘，有时候觉得自己所在的地方就是南太行，此外其他地方都算不上。有时候以为，南太行就是我们村与山西左权、河北邢台、武安相连的那一部分。13岁之前，我到的最远地方是十里外的乡政府所在地曲蝉，一是参加统考，一是赶庙会。从地形上，我们的村庄位居高处，而十里外的曲蝉是越走越低。如骑自行车，向下不费吹灰之力，车子在平涉（平山至涉县）公路上如惊马飞奔。返回时，再大力气也得吭哧吭哧哈腰推。沿途还有数座村庄，名字各异，依次排列在南北山坳或河滩边。

同年冬天，我跟着奶奶，去山西左权县某村的姥舅姥姨家、直线距离可能不过五十公里，可绕着公路走，至少多走三倍以上的冤枉路。那时我才知道，河北与山西之间，其实就隔了一道山岭。站在山顶上，朝东就是河北，向西就是山西。疆域有名称归属，而植被和石头，以及咩咩羊群，甚至甲虫、蚂蚁和蝎子等横无界限，屁股一扭，脚步一错，就到了对方的地盘。16岁那年初夏第一次去石家庄，车在平原上奔跑，太行山在横贯南北。同年又去了北京，没看到山，却在人为的山中迷失了方向。18岁时从石家庄而郑州、洛阳、西安、兰州，到河西走廊，连续两次看到黄河。23岁才有机会乘火车从京包线穿越八达岭，看到燕山与太行之间的峡谷，壁立千仞的红色高崖鬼斧神工，詹天佑的铁路若隐若现。

至今印象最深的是，太行山南段山岭之下，想象多年的大河只剩下泥浆，一条低洼处的溪流结着白冰。25岁，分别去了左权、阳泉、长治、和顺，山岭之间，道路两侧坐落村庄，村庄在山坳里排放黑色烟岚。在左权县城，我萌生了去探根寻祖的想法。小时，爷爷告诉我：我们这脉杨姓人家，是几百年前由山西太谷或洪洞迁徙到今河北所属南太行莲花谷的。我还断续听说：早些年间，山西的宗亲还时不时到我们村去住几天，和熟悉的人扯扯闲话。十多年后，这种联系越来越少，现在基本绝迹。

似乎从这时候，我才觉得了南太行的小，它横亘的存在只是大地一隅，就像我只是亿人中的一个，你他之间的我一样。再后来，除了偶尔回到自己的村庄，在南太行一隅，面对熟悉的人和风物，在父母身边，我懒得哪儿都不想去。整天围着家，跟着父母，到村外的山坡与田地，做一些体力活。有几次兴之所至，带着妻子转悠了附近的山峦——大都是新开发的旅游区，站在山西河北交界的摩天岭，看天，云彩横在正中，羊群的膻味随风弥散，看四周的山，无休无止，横绝天下，那些被沟壑和树木遮蔽了的村庄，只有下到山底，才能在山坳和河谷间找到。

这些村庄显然也是南太行的重要组成部分，我出生在其中一座，但无论从地理，还是文化上，都与整个南太行——太行山——甚至中国乡村密不可分。现在，我已经三十多岁了，世事在大地变迁，时间如刀如割，而南太行依旧，而我的亲人和乡亲……有的已经消失了，有的冒出来了。消失得像一场大雨后的山洪，轰隆声过，余下的还是旧年的河滩；新生得如同地里的庄稼，山坡的树和草，眨眼不见，就窜得比老树还高了。每次回去，都要去爷爷奶奶坟前看看，烧些纸币，叫爷爷奶奶。2008年秋天，父亲罹患癌症，我和妻子一起去祖坟，看着爷爷奶奶坟前的空地，我对妻子说：再多少年，我也会躺在这里。

九个月后，父亲也离我们而去，躺在了爷爷奶奶一侧。头七那天去坟头烧纸，我跪在父亲面前，痛哭是没有用的，一切都变得迟缓、毫无意义甚至做作。当你热爱的人已经不再开口说话，当生命以沉默方式表达出世事已与自己无关的态度……我站在原地，长时间看着父亲前面的空地。直到现在，我的胸腔里似乎灌满了铁砂，我的情绪当中弥漫了太多沉重的东西。我明确感到，南太行——我出生的具体村庄，我必将回去。我也觉得，这似乎是一种宿命，对于出生地，对于"南太行"，我千般情感与思想最终似乎只有一个结局，那就是，你在这里出生，你必将回到这里。这其实就是"热爱"，它并不单纯是一种情感，而且还带有某种自觉和不自觉的强制性。

四、莲花谷及其特点，以文化信仰、人际关系、生态环境、财产观为例

具体说，我出生的村庄名叫莲花谷，是南太行河北××市与××市、山西××县接壤地方，总面积不过6000平方米，人口不过两万。莲花谷不是某一座村庄的具体称谓，而是八个自然村的统一命名。地势是向东平缓，每天旭日是一点点爬起来的，向西高陡，太阳是一截截儿掉下去的，南面是山峰，

北面也是山峰，海拔基本相当。我们的村庄大都面北朝南，或靠西面东。这里面，古代的风水堪舆仍在起作用，人们笃信，住的地方好坏，与主人家族的平安祸福、贫穷丰裕，乃至时运命运，出的人傻、俏（聪明）有着必然的关系。

莲花谷人也普遍认为，先祖所在的坟茔（阴宅）好坏也和后代（活人）居住的房屋一样重要。先祖的坟茔不仅掌控着一家人的身体（健康）、收入、命运、心智、长相和一生的成就，还直接影响到子孙后代的寿命、生活质量、人才（南太行主要指是貌相）、智力等等。在这方面，人们不惜血本，花再多的钱也心甘情愿，认为是正当的、孝义的，每家每户每个人都必须严格遵循，不得有一丝迟疑和冒犯。许多人家出了事故，或者钱财不旺、人丁稀少，最终怀疑的不是自己的知识、能力与客观条件，而是要请人堪舆一下，是否是祖坟和住宅出了什么问题，然后再依照风水先生指点，看用一些法术进行破解，或直接翻建房屋、挪动祖坟。

这显然是道家文化在南太行的隆重烙印，神鬼之说深入人心，源远流长。不仅是莲花谷，就是整个南太行乃至太行山人群，几乎人人都相信神鬼。神鬼是这里人们最深刻的文化胎记与精神信仰。村庄附近的山坡和田地之间，坟茔东一座西一座，有时候割草或打柴，穿过一片灌木，冷不丁就会出现一座坟茔。更多的人相信，清明和农历十月初一是鬼魂回家或者专程在坟头等待后人哭泣思念和供奉财物的日子。祭奠必须在上午进行，早晨也可以，意思是越早越好，中午后必须停止。平时是不可以去的，惊扰了先祖亡灵，轻则招致病灾，重则受到各种奇异惩罚。

莲花谷人还相信，佛和道是不可分割且并行不悖、相得益彰的，对于一切害人的邪魔外道，道家的菩萨、天师和震物（如朱砂、桃木做成的弓、柳木做成的箭、犁铧、镜子以及木匠用的墨斗、铁钉、木锛、锯和柴灰、红布、黑狗血、日光、唾液、黄纸符咒、甚至处子处女的尿液等），以及佛家的佛像、经书、木鱼、袈裟、念珠，甚至印有佛像和佛名称的纸张等等都能起到相应的作用。近些年来，基督教传入，信仰者大多是上了年纪及物质生活不够丰裕的人，还有一些常年患病者。他们口头上似乎摈弃了神鬼迷信，但在关乎家庭利益方面，还是按照阴阳先生所说，修房子要找人堪舆，占卜命运、安葬亡者要问询风水先生。

佛、道在南太行乡村的高密度融合得益于长期的历史实践，当然还有少数统治者极力倡导的政教合一。佛道儒在中国可谓与生俱来，"信仰"的半途易辙总是给人一种狐疑之感。以前，村民们吵架爱用自己供奉某些邪灵用来整治对方，不管有没有效果，但毕竟得了个心理上的快慰（这种借助邪灵施害于人的方法，可以看出巫术的影响），现在，要是某人信仰了基督而又做下诸如毁坏冤仇家的庄稼及其他坏事，对方就诘问：你不是信着耶稣，你还咋做这样儿的坏事？事实上也是如此，这种信仰显然是言行相悖的，其根本的一点就是：现实生存利益压倒一切，无论任何时候，只要涉及到现实利益，就会将毅然决然地将信仰放置脑后。

文化信仰是地域之根，是人群的共性与思想品质的首要标志。以上所言，可能是莲花谷及其人群最显著的特征之一。在人际关系上，莲花谷有着极其严格的约定俗成。要是看望患病的长者，农历中带三、五、九数字的日子不能去，必须错开。带的礼品没有明确规定，数量、质量和价钱一般由亲属远近决定。要是患病的是年少者，比患者辈分大的亲戚一般不去，指派家中辈分相当的人去。谁家妇女生孩子了，所有亲戚都去探望（直系亲属会经常去），当地人称"眊"人，有的拿鸡蛋等补品，有的给新生儿买衣服。要是某个亲戚遇到了大的灾祸，身体受伤害，或者病虽小，但持续时间长，亲戚们也都会去"眊"，除了时间上的严格限制，其他不做明确规定。

若是某村某人生了大病，不管是否同姓同宗，有无亲属关系，比如近年来猖獗的各种癌症，做了手术，或者已经无药可救，亲戚们都会去"眊"，有关系特别亲近的，还要去陪几天。若是"仇家"生病，遇灾祸，一般不去"眊"。还背地里"闹高兴"，咒对方赶紧死，或者伤得再狠些。要是大家都以为不错的人患了绝症，村里同龄人都会去"眊"，但不带任何东西，就是去家里坐一会儿，问下病情，说几句安慰话。莲花谷这种看起来比较繁缛的"礼道"，极受外人称道。我也觉得，这是莲花谷叫人温暖的风俗人情之一。尤其是亲戚们之间的互帮互助和关心体贴，无疑是人性高贵、和谐与温暖的体现。它激发的不仅仅是血浓于水的亲情，还有雷撼不动的乡情乃至尊生尊死尊灵的天然品性。

但在现实生存当中，莲花谷的自然资源少之又少，除了山坡的树木，以及后来发现的石英石、含硅矿石之外，几乎没有任何可以大赚一笔的矿产。尽管如此，我小时哗哗作响的河水现在也演变成弯腰竖耳朵都难以听到的干河沟了。由于地产少，再加上盖屋和砌坟相继占去，还有不断的人口加入（新生儿的比率居高不下），耕地越来越少，以前是一口人可以分到一亩多，现在二分不到。林坡包产到户后，人人都在自家坡上抡镢头，把原先的茅草和紫荆灌木抛掉，栽上各种果树或者成为种庄稼的坡地。夏天，大雨过后，山上的泥土浩浩荡荡，冲向河谷，以前植被葱绿的山坡上，到处都是壕沟。分散各地的石英石被采挖一空后，紧接着又找铁矿，铁矿没有了，再后来瞄准含硅的白石头。去年，我在老家亲眼看到，一道山岭都被挖光了，铲车和挖沟机向更深地带掘进。

这种竭泽而渔的行为或许是通病，没有人考虑后代如何生存，也没有人主动让出自己的一点利益。每年春天，干旱如同噩梦，泥土干裂，树木枯死，就连以前蓬勃自由的野草和灌木，也都难以生长。到初夏，错过了点种时节，才会下一些大雨，虽能赶上秋庄稼的需求，但先天营养不良，粮食及果树大量减产。以2009年为例，到农历七月，板栗还没有拇指肚大，柿子基本没有结果，苹果树、枣树上的果实也零星可数。这都与对物质的疯狂渴求与不计后果的资源开发有关。南太行人也没有在经济大潮中躲过如火如荼的盲目追求个人利益所得及生活水平提高对环境大肆破坏的泥淖。

莲花谷乃至所有的南太行人基本都信奉"（钱物）抓到手里才是自己的"（如老人教育小孩说：钱就是放在马路上，装不到自己包里，也不算自己的），"自己吃饱了才有资格去管别人"（如贫穷的一方讥诮另一方说：是啊，你连自己屁股都顾不住，还有啥资格来俺面前瞎哒哒？）和"笑贫不笑娼"（如乡间某些妇女为达某种利益目的，主动与掌握权力的人通奸）的世俗生存哲学。在资源面前，争夺的手段堪比黑社会火拼。附近有一座海拔1600米的山，原名老爷山，传说张三丰在此修行过一段时间，期间斩妖除魔，造福乡邻，乡邻感念，修建真武庙宇，并供奉至今，年年正月初五，香客络绎不绝。可这山一半属于本市区，一半属于邻县，为了争夺开发权，双方实际出资者多次聚众打架，到现在仍旧没有打出结果。

是自己的镢子不舍，就是一分钱也要要，不是自己的一个子不动，借人五毛钱也得还回去。这基本是出生于二十世纪五十年代前后那一代人的利益观和实际行为。在莲花谷，除了孝敬父母爷奶的，故意给予的，钱少（一百或者五百左右）可以不还，再多任谁都得还。要是亲戚，借十块也得还，不还可能会导致怨隙，亲戚变仇家，其他乡邻朋友更是如此。如果不还，那肯定是有更大利益关系或者相好的男女间。"亲兄弟明算账"、"丑话说在前不算丑，丑事做到后才算丑"是南太行人群利益观及合伙做生意的基本原则。——莲花谷的这些"脾性"，大致是最典型的，其中有积极的和温暖的，也有冷漠的和无知的。引人深思的是，冷漠的、无知的往往是钱、财、自然资源等"身外之物"，温暖的和积极的却是不牵扯现实利益和得失的人性最珍贵的那些品质。这种以"外物"判定（取代）恒定"价值"的倒置式的思维习惯，可能是莲花谷人及以外广大人群有史以来的致命弱点。

五、生存态度或俗世哲学：以暴发户、
一般人家、光棍群体为例

我懂事儿的时候，在莲花谷，只有以下这些人，才是头

面人物，或者人人"尊敬"的主要对象。一是在政府部门当头儿和干部的，二是在银行及工商税务部门工作的，三是村干部和一些养殖或者搞贩卖木头的，四是做生意得手发财的。到九十年代，除了上述的一二三外，更多的是包铁矿、选厂、砖厂和修公路的。据说，有的暴发户个人资产达到千万，但在莲花谷，也就那么一个两个人。还有些外出承包砖厂、修路及其他工程的，传言资产不过数百万。可在莲花谷，这些人肯定是暴发户，也肯定叫人另眼相看。俗语说：人一有钱胆儿就壮。人还说，有钱就等于有权，有权就等于有钱。权和钱就像手心手背，翻过来是钱，翻过去就是权。

最先盖新房子大都是这些人，盖起来的楼房虽然是半边，但也是楼房。没盖楼房的人看到了，俩嘴片子吧嗒吧嗒，眼气（羡慕）得鼻子通红，两眼漏风。不管走到哪，都说某某某有法儿（会赚钱，或头脑灵活，通过各种方式获得钱、权等实利）。有人买了桑塔纳轿车，开着在路上来来去去，人说，看人家多本事！遇到有钱人爹娘，人都说：恁可不闹好了嗳，孩儿们那（nen）么争气，房子盖得那么好，去哪都有小汽车！有钱人的爹娘笑笑，有时候答几句，有时候只嗯嗯。见到自己不喜欢的人，眼皮子像上了弹簧，一会儿弹上去，好半天下不来。

许多父母看了，在家教育自个儿孩子说：看人家某某某，能挣钱，全家人都跟着享福儿！还有的说：有钱就是好，打官司能打赢，当官的也高看，办啥事都容易，到哪儿人都给面子，就是孩子羔儿远远看到都巴结着给人家说话！还有的说，有钱人辈辈儿有钱，打死人能买回来，还能当人大代表、政协委员。这是我在莲花谷最常听到的，可以说是一种持久且深刻的耳濡目染。——这是明显的"追富""羡富"甚至"抬富""颂富",也就是说,在寻常百姓心里,"仇富"心理和现象可能占一定比例,但相对追富和宽富、羡富和抬富,所占比例就相当少了。

例子1:某日,一个小伙子正挑水浇新出的玉米苗。一支扁担两桶水,晃晃悠悠地向山坡上爬。忽然跳出三个壮年汉儿们,一个冲上来掀翻了扁担和水,另一个一脚把这个小伙子踹倒在地,第三个冲过来,三个人一起,挥脚在摔倒的小伙子头上身上乱跺。小伙子还不知道怎么反抗,三个人早就扬长而去。家人闻讯赶到,小伙子已经不能动了,抬到医院检查,说轻微脑震荡、肋骨折了一根。派出所接到报案,说:坚决不允许这些坏人横行乡里。

几天后,被打的小伙子还躺在医院。医药费没人出,事情也没人过问。小伙子家里又没有别人。娘看着生气,心疼得整天抹眼泪。等了好几天,派出所没动静。娘不会骑自行车,就步行。从莲花谷村到乡派出所所在地,按公路里程算是22公里。娘第一次去到,派出所说:这事儿必须严惩。你回去等消息吧。又几天过去了,娘又步行22公里到派出所。派出所说,这事儿你儿子也有一定责任,不能全怪某某某一家。娘说:俺儿责任是有,可打人的人责任呢?派出所说:你先回去吧,明儿或后儿定准有消息。娘只好再步行回去。

明儿过了,后儿也过了,派出所还没消息。某一日,娘看到,派出所的人和殴打自己儿子的人一起进了饭店。娘就在饭店外面等,一口水没喝,等到太阳落山。派出所的人和另一家人出来了。一群人你叫我兄弟,我叫你哥。每人腋下夹着一条"××"牌香烟。娘回到家里,对小伙子说,忍了吧，人家有钱维持（意即拍马屁、送礼、请吃喝），咱没有钱儿请人家吃饭买烟，不忍没法儿。

例子2：某日下午，某妇女还扛着镢头，到自个儿田里抛土豆，第二天一早，却发现，她赤裸着上身，被人用铁丝勒死在自己门前。闺女儿子放声嚎啕一场，第三天就下地安葬了。人都诧异，议论纷纷，但没有想去报案。一个人明显被谋杀了，怎么就随便埋葬了呢？人说：那娘儿们的闺女得罪了黑社会，人家趁黑夜来把她娘杀了。还有的说，这肯定是有钱有权的人派杀手干的，报了案，说不定连他们全家都杀掉！

例子3：某人在新成立的乡村信用合作社工作。不过两年时间，不仅盖了楼房、买了私家车，且入股多家铁矿，买了一台卡车拉买矿石和铁粉。人都说：这小子有本事，几年时间，就富得流油。也对自己孩子说：看人家，再看看你，人跟人就是不能比，一比就是天上地下。忽有一天，这个人跑了，到外省亲戚家躲藏，两年不见人影。忽一日，又回到家里。人说，这人被判了八年，只住了一年监狱。人问为啥，说：交了八十万罚款，又补足了贪污的钱就放回来了。

还有人说：哪儿能恁容易啊。有的就答说：听说光送礼就花了二十万。听的人嗯了一声，说：二十万买的个不坐牢也好，人在比啥都强！诸如此类的事情在莲花谷，在南太行，甚至在所有的大地上都层出不穷，但最终的处理方式却大相径庭，人们对这些事情的看法和态度也有天壤之别。但南太行人就是如此这般，他们不去究问为什么，甚至对钱和权无条件崇拜、投降和服从。因而，钱和权，暴发户和手握社会公权的人，一方面对普通人是一种心理震慑，另一方面又是一种毋庸置疑的凌驾。在各个方面享有天然优越感与社会特权的，还有真正的恶者，打人敢取人命，抢人敢动刀械，甚至有着强大社会势力的犯罪分子，都成为了村人膜拜的偶像。向往者追慕并舍身追随，弱小胆小者躲之唯恐不及。

这是不入庙堂就成流寇，不做官要就做乡绅，不成壮士就成暴民，不为暴民就做草民、顺民的原始思维和乡野文明有着直接关系。但所有的地位、尊严、公权及利益的拥有或绝对控制权多少，都必有一些参照。莲花谷一带，多的是平头百姓，说穷还能填饱肚子，起房盖屋，给孩子娶上媳妇，说富也只能靠打工、种地、做点小本生意度日，稍差一些的，是举债而终生悲苦的人、老无所养的孤寡者。剩下的就是一辈子找不到媳妇，没有子孙后代的光棍了。但光棍当中也有明显的阶级，家境较好或有权势亲戚的，虽娶不到精明强干，仪态大方的富家女子，但可以寻个同类智障或少有缺陷的女子为媳妇儿。

那些爹娘没能耐，兄弟没本事，姐妹没钱和权的男人，一过二十五岁，一辈子光棍的命运就算注定了。但是，这些人当中，并非都是有这样那样障碍或者缺陷的人，相当一部分是智力、身体及家境与其他人无异，由于这样那样的不慎、过错及后天因素而导致人人厌弃，没有人愿意把闺女给他们做媳妇儿。在莲花谷，光棍总数十多人，有的业已老迈，有的也到天命之年，更多的大都集中30到45岁之间。据我所知：其中两人先后收养了一个孩子，出去打工时候交给哥嫂带，闲暇自己带。还有的至今孑然一身，虽有的与某位妇女有夫妻之实，甚至生了孩子，但露水夫妻毕竟不入纲常，属于白种地，不打粮食那种，只能眼睁睁地看着自己的孩子叫别人爹。

六、莲花谷自然村之一：北河沿

莲花谷内第一座自然村应是北河沿，坐落在一道河谷的阳面，正面山坡上，长满大片的杨槐树，还有松树。大致是公社时期集体栽种。几十年过去了，树木代替岩石，青草超越苔藓。二十余年前，南坡之山，狼群出没，野猪横行。通常，天还没完全黑下来，狼嚎声就擦着耳膜嚎叫了。某日，一个孩子回家晚了，迎面遇到一匹狼，始以为狗，跑过去，低头一看，狼一伸舌头，半张脸就没了。

我小时，经常会听到狼夜入村庄，捕猎家禽的消息，闹得人心惶惶。有一年初秋，村里有人鸣锣请客，众人蜂拥而上，坐在红石头粗木桩上一顿吃喝。第二天才知道，那一锅香喷喷的肉，竟然是一匹被土炮炸死的狼。唯一贯穿全村的一条公路修建于"文革"时期，北到平山县，西南到涉县乃至长治。至今，几座石拱桥的两侧石壁上还写有"大海航行靠舵手""中国共产党万岁""备战备荒为人民""深挖洞，广积粮""打倒美帝国主义野心狼"等口号标语。

二十世纪八十年代中后期，处在南太行摩天岭、北武当山和京娘湖之间的莲花谷石碾子区域，才陆续连通市电。夜晚最先明亮的是石碾子村，石碾子村人陡然趾高气扬，见到还在煤油灯下扣扣索索的其他村子的人，骄傲得像刚从母鸡背上下来的公鸡，连牙缝里都洋溢着一股瞧不起。

石碾子村闺女找婆家，一听说是山里的，张口就说，那山旮旯儿里连电都没有，吃饭都吃到鼻子里去了，俺不！

两年后，人马喧闹，汽车轰鸣。南岔和柳树湾通电工程正式拉开帷幕。可市电还没接通，北河沿就传出两个有意思的事儿。

其一，北河沿一个闺女到工地帮忙，天长日久，爱上电力局做职工的一个小伙子。有次，两人在树林里亲嘴。可亲着亲着，电就通了，而那个小伙子，却再没有出现。那闺女等了两年。出嫁的头一天傍晚，还一个人坐在桥头石磴上，扯着嗓子哭了个天昏地暗。

其二，乡里发现铁矿，开办选矿厂。北河沿村一群小伙子终于当上了梦寐以求的"工人"，每天早起晚归。有一段时间，铁粉销得正旺，一天要干十几个小时。小伙子们累得够呛，连媳妇都闹起了意见。某日清晨，几个人骑着车子一路狂飙，半道上突生奇计。撅了根大树枝，扔到低处的高压线上，噼里啪啦冒了一顿火花。

人是轻巧了，第二天早上，抱着媳妇还没睡醒，警察破门而入。三年后，矿石挖完了，北河沿村的工人们，重新回到村庄。抡锤碎石，扛锄下地，日子一如往常，炊烟下面是灶台，灶台四周堆着粮食和蔬菜。

北河沿有几户残障人家。其一，一口气生了三个痴呆孩子，两男一女。我小时，不敢从他家门前路过，那个女性痴呆者总是坐在门前的石头上，披着一头沾满黑泥的头发，张着眼睛，恶狠狠地看人。几年后，她出嫁，婆家在很远的地方，那个男人长得白白净净，说话很文气。次年春天，生了一个男孩。

　　另外两家，一家尚有一个健全的女儿，嫁了一个在乡政府当了好多年干部的汉们（男人）。到了婚娶年龄，姐夫出面，给他张罗了一门亲事（这是许多光棍梦想的待遇）。新婚第二天上午，有人问他：咋样啊？他嘿嘿笑，抬起袖子，摸了一把口水和鼻涕，瓮声瓮气说：妈的个×的，俺还没想到，干那事还挺使得慌（累）！半黑夜起来，要不是半黑夜那两包方便面，今儿个恐怕下不来炕了。众人哄笑。

　　几天后，人又问：（你）一晚上能整几回？他再嘿嘿笑说，头天晚上干了12回，第二天晚上16回。第三天少了，第四天干脆啥也没干。人说，咋不干呢？他说，得劲儿（舒服）是得劲儿，可妈×的就是太使得慌。几年时间，夫妻俩一口气生了3个姑娘和1个儿子。而另一个残障人，却没有他那福分儿，三十好几了还光棍一条。可无奇不巧的是，两家住在同一个院子里。某日，他下地回来，慢吞吞进门，忽然一声大吼，抄了一把剪刀。紧接着，是一阵呜里哇啦的叫喊。半顿饭工夫，另一个男人一手提着裤腰子跑了出来。随后是他妻子，一边拢着蓬乱的头发，一边去茅房。

　　消停一段时间。他发现，两人又开始热火朝天。这一次，他没发火，有人问及。他说，那事能看住啊？人说，那咋办？他说，整呗！反正戳不破，磨不烂。人说，自己的老婆让别人睡，多吃亏？他说，谁说俺吃亏？那杂种每来一次，得给俺交五块钱。

　　除此之外，北河沿村的光棍数量为莲花谷自然村最多，他们的共同特点是：都没啥生理问题，不傻也不孽（俗语，笨的意思）。或是好偷窃（成性且屡被抓获），或是懒，或是挥霍，或是吊儿郎当、不务正业（其实，在乡村或者南太行乡村，偷窃也是一种生存乃至发家致富的手段，只是会偷和不会偷的问题。懒汉是对农民职业道德的严重亵渎。能够挥霍的人，大致出在富裕人家。懒惰和吊儿郎当是对生活和民俗习惯的行为叛逆）。

最典型的，要数张三。姊妹弟兄5个，大哥、大姐结婚早，只剩下他和二哥，每天夜里，躺在老屋土炕上，弟兄俩，俩光棍，夜夜烙肉饼。有一年冬天，下了一场大雪，白茫茫一阵子后，老三半夜醒来，忽然不见了二哥。第二晚还是。忍不住狐疑。半个月后，有人议论说，恁二哥和某某大伯家的堂嫂子好上了。

老三一想，那堂哥在煤矿，一年回不了几次家。再说，堂嫂……想了整整一夜，老三判断，流言百分之百确凿不错。半年后，老三又听说：他二哥又和那个堂嫂的亲妹妹好上了。老三再想：姐姐和一个男人那个了，妹妹再给这个男人……这事儿绝对不大可能，即使有，也百年一遇。再三个月，二哥结婚了，嫂子果真就是那个堂嫂的亲妹妹。

此后，以前两人烙饼的土炕突然空旷起来。老三睡不着，看着鼠叫蹦跳的屋顶，想了好多。某些深夜，老三开始满村转悠，45码的大脚轻若羽毛。这个窗下停会，那个门上敲敲。村里单身媳妇聚在一起，窃窃说：俺晚上听到啥啥声音，吓得一夜没睡好。有性格暴烈的，说，下次哪个王八羔子再敢糊弄老娘，老娘非拿菜刀剁了他！还有的谋算说，要不咱往门吊子上拉根电线，只要有声音，就插上电。

老三听了，暗暗吸了口凉气。数日后，老三开始集中往原先那个堂嫂家跑。一进门，一屁股坐在人家的炕沿边，或者椅子上，扯淡话，说家常，拧怪话，打哑谜。堂嫂说：老三，12点了。老三说：12点了？堂嫂说：该回去睡觉了。老三说：这会儿睡觉？还不迟哎。堂嫂说：你鸡巴站起来是一根儿，躺下来一条儿，闲鸡巴的没事干，当然不困，俺困。老三说：那就睡觉吧？堂嫂说：不睡干啥？老三说：能干啥？堂嫂嬉笑说：你鸡巴想干啥？老三说：俺鸡巴想干啥……嫂子你还不知道哎？

此后，老三就一直泡在堂嫂家。冬天，那个堂嫂的三妹妹出嫁，老三站在马路边，看着披红挂花的婚车转了一个弯儿，有人放了一挂鞭炮，进了别人家门。当天晚上，老三买了一瓶衡水老白干……昏睡了两天。醒来后，照常每晚去堂嫂家，到第二天早上才回来。

此后无事，第三年冬天，不知为了啥事，老三和堂嫂恶狠狠地吵了一架。大年初一早上，鞭炮响彻山间，堂嫂和自家男人正在吃饺子，忽见老房子燃起一堆大火。堂嫂一声长嚎，眼睛翻白，仰面瘫在炕上，男人连声怒吼，冲着村庄大骂，叫了亲戚，挑水铲土，好大一阵儿，才把大火扑灭。回到家里，一边洗脸，一边对媳妇说：总共损失了咱他娘的三根丈三长的大梁，还有千把来斤喂猪的麸糠！

七、莲花谷自然村之二：垴顶山

垴顶山村因地势而得名。远离公路不说，还处在背坡，终年见不到一缕阳光。每天早上，拉开吱呀乱响的木板门。北河沿村人都习惯性地抬头往南边山坡上看一眼。一是要看太阳爬升到哪儿了，二是要看垴顶山村人在干啥。两村人遇到一起，通常会逗逗嘴，北河沿村人对垴顶山村人说：恁都住在背坡上，别说太阳整天照不到屁股，就是脸也白得像那个王八肚儿。垴顶山人听了，脖子红，脸发紫，鼻孔忽闪的粗气能吹着火。对北河沿村人说：看恁都晒得像驴差不多，屁股红罡罡的，哪儿还像个人哩？！

北河沿村人一听，也不恼，咧开嘴巴，哈哈笑一声，说：俺驴屎也比恁那王八肚儿好啊！大补！垴顶山人眼睛一瞪，脸色涨红，张张嘴巴，咽回一口唾沫。

垴顶山村总共不过十户人家，一色青石垒砌的房子散落在一面山坳里。四面都是树林。春天的洋槐树开出满山的白花，蜜蜂成堆，鸟雀擦着头皮。即使炎热的夏季，也到处飘着清爽之风。

夏天，人都说，垴顶山算是个避暑胜地，比空调还舒服。

老人们说，1939年，日本鬼子开进莲花谷，第一个遭殃的是垴顶山。年轻人兔子一样向高处的山崖跑，找个洞窟躲起来。眼看鬼子就要进村了，一个耳聋的老人死活不肯走。儿子急得直跺脚，老人大着嗓门说：鬼子也是人，看他们还能把恁爹的鸡巴咬掉不成！

儿子干嚎一声，还没转身，就不见了人影。鬼子冲进村子，把老人拖出来，用不怎么流利的汉语问：八路的，窑洞（存放着八路军的粮食、弹药和布匹）的，在哪里？老人耳聋听不清，盯着鬼子的脸，反问：洋桶（铁皮做的桶）？没有！小日本再问，老人仍旧反问。鬼子急了，抽出马刀，"八嘎"一声，老人的脑袋就被砍了下来。趴在高处的儿子看到：鲜血喷起老高，老爹的身子像根硬木桩，扑腾倒在地上。鬼子一无所获，骑了高头大马，冲向北河沿村。

北河沿村早就人去村空，鬼子抓了一些家禽，点着柴堆，吃喝一顿，沿着巨大的河滩，向山西方向开进。确信鬼子走远了，儿子才放声大哭，从山上跑下来，捡起老人血淋淋的脑袋，擦掉尘土，放在脖子上，然后哭号着埋进自家祖坟。还有一年，石友三的部队从垴顶山经过，据老人们讲，那当兵的就像一群老公鸡，耷拉着脑袋，脚跟儿贴着地面走。解放战争时期，垴顶山村出了解放军连长，可爹娘在村里老受那些自以为能耐的人欺负。新中国成立后，部队专门派人来，在北河沿村召开群众大会，对那些无故欺负军属的村人进行了严厉批评和警告，自此，爹娘再没人敢打骂。现在人说起来，也还对那时候的优抚政策赞叹不已。

二十世纪八十年代初期和中期，我十多岁，不管上学还是走亲戚，打柴、防水浇地还是捉蝎子，每天都要从垴顶山下路过，也时常听到这村子发生的稀奇事儿。

其一，北河沿村一位妇女，婚后连生3个闺女，还堕了两次胎。某夜，垴顶山村一赵姓光棍家门吱呀而开，随后传来窸窸窣窣的声音，凌晨，门再次吱呀而开。朦胧晨光中，妇女矮矬的身子像是一块快速翻滚的红石头，不一会儿，又一声开门声，一切悄无声息。一年后，北河沿村果真生了一个儿子。那个光棍既高兴又难过。有人对他开玩笑说，拿着种子不当回事，咋乱播吧。光棍，嘿嘿一笑，说，谁叫咱家没（mo）地呢？

其二，还是这光棍。有一门补鞋的手艺，不论冬天夏天。每日背着钉鞋机，走村串户，叮叮当当，也能挣一些钱。有一年冬天，光棍到十三里外的乡政府大门口一待就是一个冬天。

村人说，这家伙今年可挣到钱了。谁知，话音还没落，就听那光棍哎呀一声，头包白纱布，耳边还流着血，扑通一声躺在了自家床上。人问这是咋回事，光棍不吭声。后来听说，光棍在某村补鞋，和一个妇女好上了。村人说，好上了就好上了呗，光棍找女人，一点也不过分。这个人的话还没完，那个人接口说：要是你老婆，你该咋的？

那人闭了嘴巴。

其三，1999年，我未婚妻一个人回到石碾子老家。与几个小侄女玩的时候，遇到一个个子只有一米四的娘们（村里已婚妇女的俗称），脸蛋长得很好看，说话也很伶俐。几天后，未婚妻发现，这人也智障，只要一吓唬，就像兔子一样，眨眼间，就沿着山路跑了个无影无踪。

在南太行生活17年，真正到垴顶山村，印象中只有两次。一次，同学哥哥结婚，我们这些孩子拿了一幅画去祝贺，吃了一顿猪肉炖粉条，就大呼小叫跑了回来。第二次是去南山接打柴迟回的父亲，夜幕之中，森林幽深，狼嚎之声犹在耳膜。吓了一身冷汗，不顾一切地冲到垴顶山村，找了一个亮光，才站稳了身子。

2005年，我带妻儿回家，串亲戚回来的路上，遇到一个半痴呆的男人，戴着一顶油亮的灰色鸭舌帽，满脸黑垢。走路东倒西歪，嘴巴嘟囔不停。母亲对我说，这人也是垴顶山村的，爹娘死了以后，兄弟姐妹谁也不管，今儿个跟着这个干半天活，吃顿饭，明天给那个帮个手，蹭盒烟。

现在，垴顶山村人大都认识到了高居山阴的不好和不便处，一家家，先后在对面阳坡修了房子，陆续搬了下来。但还有人在老村住，都是些老人，每天冒出的青烟，像是一条条飞天的青蛇，从山坡升到山顶，再升到空中，消失不见。

我依稀记得，到西北之后，娘托人给我找过一个对象，但没成功。那女子我好像见过，眼睛挺大，皮肤很白，说起话来慢声细气，特别招人待见（喜欢的意思）。我问母亲，到底是人家不愿意给我当媳妇呢，还是咱没下工夫？母亲说，肯定是人家看不上你呗！

八、莲花谷自然村之三：羯羊圈

从北河沿村北，爬上一道山坡，再翻过去，下了山岭，迎面一道阴森森的小山沟。一座矮小的石庙中，站着一尊泥塑神胎，至今不知道供奉的是哪路神仙。每次路过，我都不敢往里看。庙旁边，还有一座坟地，孤零零的，不知埋着谁家的先人。再旁边有一棵柿子树，早年间，有一个人在这里上吊死了。

每次非要路过的时候，我就绕道走，心神仓皇地飞奔到草冈上，觉得自己像是在逃避追杀。回头再看，总觉得那里有一股说不清楚的气息，巨大的黑色线团一样，在山坳里低低缠绕。山沟外，是层层旱地。每年秋天，松鼠成群，野猪满地。后来，为实现脱贫致富，栽了些苹果树，但没几年，就被虫子们咬死了。村人锯了枯树，把它们化成了灰烬。

沿着沟边的山路向东不过一华里，就是羯羊圈村了。这村子似乎没有多少人家，有几户，我也不大熟悉。我小时，有一户人家栽种杏子树树冠很大，每年五月，成熟的杏子金

34

黄金黄的，在绿叶之间，像是一颗颗铃铛。有一些傍晚，我和弟弟前后策应，他趴在村边看有没有人，我爬到树上，往书包里猛塞。

几乎每次，我们都能满载而归。有一次被主人发现了，我急忙向下爬，拉了弟弟，沿着侧面的山坡跑到另一道山沟，躲在一大片材树树林子里。主人搜寻了半天，也没找见。回到家里，掀开衣服一看，肚子上划了一个五寸长的血口子。

羯羊圈村的田地大都在河谷两侧，阳坡上还有些旱地。村子下方，有一座石头砌起来的羊圈，每年秋末，好远就嗅到一股浓郁的膻味，十几只公羊在上百只母羊群中，公然宣淫，忙得不可开交。

爷爷说，羯羊圈村以前不在这里，在后面的山沟里，两边都是大山，只有一条小路进出，深得看不到自己的脸。躲日本鬼子那年代，羯羊圈人一个人都没死。直到新中国成立以后，村人嫌山沟里种地、走路、串亲戚都不方便，先是一家搬到这里，再见年，其他人也相跟着搬来。

至于羯羊圈的名字由来，爷爷说，羯羊圈以前叫里沟，后因这村人好养山羊，山羊膻味大，慢慢地，就被叫成羯羊圈。

羯羊圈人在高高的鸡冠寨根上，修了大片田地，栽了上千棵苹果树，因地势险要，很少有人去偷，但与之相对的是，运输也只能靠担子挑，架子背。

上小学五年级的时候，第一次听说胃穿孔这种疾病，老师也拿这个病例教育我们说：不要老是咬铅笔头。那位患者就是羯羊圈的，死时不到40岁。妻子后来嫁给了自己的小叔子。这在当时，也算新鲜事，按照乡人说法，要是没钱没势，找老婆很难。哥哥去世了，嫂子嫁给弟弟也合情合理。

平时，没啥事，我们也都很少去羯羊圈。倒是羯羊圈人时常从我家门前路过，其中一个男人，有一次跟父亲闲聊说，等长大了，把他的闺女给我做媳妇。

我二十岁那年春天，有天夜里，有人在窗外喊的话，最开始那三声，我没敢答应（乡人说，鬼怪喊人名字人答应就会死。甄别方法是，喊过三声，人喊人的声音会越来越大，鬼怪则相反）。我一骨碌爬起，开门，是本家一个堂伯，低沉着嗓子对我说，那个……那个谁回来了，起来去帮个忙吧。我一想，知道他说的"那个谁"就是同村一个同龄人兼同学和堂兄弟，前天上午，他乘班车从市区回家，行至中途，正在行驶的车辆忽然爆炸，同车死了21个人。他可能最严重，连根骨头都没找回来。

当天午夜，我和许多人抬了棺材，上了一道岭，最终，我才知道，埋他的地方，就是当年我替父亲放羊的那片山坡根下，一色的红色碎石头，旁边长了一棵柏树，不论春夏秋冬，都像是一面绿扇子，在时光当中随风而动。

2003年，我再次路过羯羊圈村。几十年过去了，除了几座新房子，羯羊圈村还是老样子。不见了很多熟悉的面孔，也多了一些陌生的身影。我记得，羯羊圈早年有一个人参军到新疆。同年冬天，家里给他说了一个对象。

可能是实在太高兴了，四年兵，回来六次。村人纷纷议论说：这样当兵的肯定不是好兵！临退伍的那年冬天，女方家人群起反对，他得到消息，假也没请，就跑了回来。早上，女方父母和哥嫂还在被窝里等着公鸡打鸣，忽听院外一阵叫喊，屏息一听，原来是他。

闹腾了一个早上，未来岳母和未婚妻不仅把他让进了房间，中午还给他包了顿饺子吃了。再后来，无论家人再怎么反对，未婚妻意志坚定，雷打不动。家人无法，只能遂了两人心愿。一阵鞭炮锣鼓，披红挂花，两人就真成了夫妻。许多年后，生养了两个女儿，虽说不大如意，但日子一天比一天好。

2005年暮秋的一天，忽然传来他在井下（铁矿）被炸死的消息。

有年冬天，我们带儿子回去，四处找笨鸡蛋买。大姨家的嫂子说，羯羊圈村有人喂养家鸡。第二天一早，吃了早饭，太阳刚一暖和起来，满山金黄，我穿了一件大衣，翻过山岭，沿着茅草丛生、灌木横斜的小路，一溜下坡到羯羊圈村。一连询问了好几家，都说没有笨鸡蛋。其中一个老太太，盯着我的脸看了半天，一个劲儿地问我从哪儿来，大批量收购还是买了自己吃？

我笑了笑，报了姓名。转到另外一家，是一个三十多岁妇女，她看了我好半天，不大的眼睛里面充满疑惑。我又笑了笑，转到河沟上面的一户人家，才找到了三斤笨鸡蛋，称完斤两，付了钱，那五十多岁的妇女又问我是哪儿的？

我笑了笑，对她说，我认识你。然后说了她和她丈夫的名字。她听了，脸色惊异，夸张地哦了一声，大声说，原来是你啊！正要告别，侧屋里走出一个怀孕的妇女，二十来岁，脸上挂满妊娠斑，脸盘周正，眼睛很大，唇齿之间有一种未经雕饰的淳朴。先前的老年妇女说，这是俺老大媳妇。娘家在石碾子。我觉得惊诧，忽然想起，在十多年前，石碾子人是最不愿意，也不可能嫁给"山里头的"。

九、莲花谷自然村之四：奶头山

奶头山村懒散地堆在北河沿以南巨大河沟一边，背后是一道深浅不一的峡谷，尽头的山势渐次隆起，至头部，分别突起两峰，壁立千仞，一色褐红，有土的山崖上长着各种茅草及灌木，正头顶一棵材材树，远看，活像一面旗帜。

西边那座叫茶壶山，传说上有仙茶，人采了泡水喝，可医治百病，长生不老。石壁半腰上，还有一窟石桌、石坑、石磴等一应俱全的石洞。据说，明朝道教名人张三丰在这里修行多年；抗日战争时期，我军某位高级将领也在此指挥作战。东边那座名奶头山（奶头山村也因此得名），据说是蛇窝，夏天，雨过天晴，从附近的山上看，奶头山下，一片明亮，人说，那是蛇集体出洞晒太阳。

位于峡谷终端的奶头山村，大致20多户人家，房子大都相距很远。其中一个家族姓朱，另一个家族姓刘。从人口上说，刘姓家族占绝对优势。这在大都以一姓独自成村的南太行来说，多少有些例外。但更例外的是，村里的某个人喜欢打官司告状，本来再平常不过，可是胆敢状告国营企业，这在石碾子村以上，至少是个顶稀罕的事儿。

说起来，这个人也不是土生土长的奶头山村人，据说是小时候从河南滑县逃荒过来，走到这里，正好有一户人家没儿子，两口子商量了一下，就把他留了下来。

改姓刘，在很多时候只是一个说法，要想长久留住，就得把别人的"根"扎在自己田里，给他娶老婆，再生一堆孩子，这是最好的绊脚石和拴心桩。等他长到婚娶年龄，老两口紧锣密鼓，在附近村里给他张罗了一个媳妇。有媳妇儿不愁孙子，一转眼工夫，就有了三个孙子。这一来，倒是不用担心他跑了，但随之而来的问题是，这小子根本不喜欢后爹后娘，言语不和，经常吵闹，闹着闹着，就跟仇人一样。后爹后娘气愤不过，后爹撒手人寰。后娘虽然心气大些，但也难以咽下这口恶气。为图耳根清净，自个儿卷了行李铺盖，又跑到了从前的房子，住了下来。

老房子距离村庄更远，具体位置在奶头山的半山腰，步行到村里起码也得小半晌。那些年，奶头山山高林密，野狼成群，野猪嚣张。为防不测，老人便用粗大的木条把门窗封了个密不透风。几乎每个黑夜，只要往窗户看，就有两只或者四只绿幽幽的眼睛。

老人知道人都会死，还不到六十岁，就请了木匠，做了一口黑棺材，摆在土炕上，一边照常摆着被褥和生活用品。有人来这里打柴或者锯木头，到她家喝水，老人就会说：等自己快不行了，就把门一封，往棺材里一躺，啥都不用麻烦人。

二十世纪八十年代末期，忽然听说，这老人的前夫是烈士，新婚第三天，男人就扛枪打鬼子去了。新中国成立后，才收到一块"烈士"和"军属"标牌。这时候，老人才改嫁给本村的一个光棍，但过了生育年龄，只好收养了一个逃荒的外地小子当儿子。

再后来，老人被送到养老院。村人都说，别看这人一辈子苦，但老来有福气。可不到一年，村里的妇女主任就对老人养子说，接到乡里通知，恁娘在敬老院老犯作风问题。你去看看，说说她，改改（那毛病）。

养子鼻子一哼，脸颊一扭，硬着嗓子说，俺早就和那老婆子恩断义绝了，谁愿意看谁去看，反正俺是不去。村干部再说，养子起身，提了一把镰刀，头也不回地往山上走去。又过了几年，有消息说，老人死了，人死如灯灭，一了百了，养子把老妇人生前留下的李子树、苹果树看管起来，每年摘果子卖钱。趁了个冬天，又请人帮忙，拆了老妇人的房子，把有用的木头和家什搬进了自己家。

也就是她这位养子，首开石碾子村周围村庄百十年来，个人诉"公家"先河。至于他为什么要和国营林场打官司，很多人不甚了了。总是看到了隔三差五地往市里跑，每一次都不空着手，不是背着干核桃，就是柿牛子（柿子加工品），还有山楂和苹果。可官司打了十来年，还是没个结果。他毫不气馁，法院判他输，他再接着告。一直打到现在，一次也没赢过。

40　　此外，奶头山还出了个医生，以前干个体，现在还干。我15岁那年夏天，患了带状疱疹（俗名蛇缠腰，自胸前开始，从腋下蔓延。村人说，若是两边到后脊梁骨合拢，人就会没命）。晚上，火烧的疼痛叫我哭爹喊娘，满地打滚，一晚上吃了11枚去疼片。第二天一大早，母亲带着我去他诊所。听说我吃了那么多去疼片。一边打药瓶，一边说，你小子命大，吃了那么多还活着！

拿着他开的药，回到家里，一顿猛吃，还是疼，疱疹一刻不停，照常且快速蔓延，疼得彻夜睡不着，那水泡就跟毒针扎一样。母亲看我疼得吃不住劲儿，就带我到石碾子村卫生所。一个老医生看了看我，切了脉，开了一个药方，主要成分是硫黄、蜈蚣、碘酒，一再叮嘱母亲说，要逆方向涂在疱疹上才能有效。不过一天，疼痛消失，至今，我的胸前和腋下，还若隐若现地留着一串疱疹破裂后的痕迹。

2003年回去，蓦然发现，奶头山村显然成了基督教徒集散地。每周一三五六七，一所简陋的房子里总会传出合唱和背诵之声，从参差不齐的窗缝，越过尘土弥漫的街道，在堆满磐石的河谷里跌宕。

十、莲花谷自然村之五：西岔

西岔村在北河沿东北面，中间斜隔了一道深有四丈的河沟。整个村子像是一只被钉住四肢的蝴蝶。背后山坡上裸露着红色岩石，似乎正在燃烧的火炭。山顶上耸着一座足有800米长、15米高，单体直立的红色悬崖。老人们说，1969年，邢台大地震，那山倒了一次。要是再倒一次，就是十座西岔，也会彻底从地球上消失。

但西岔村人似乎不在意这些，依旧在这里盖房子，烟火缭绕地过生活。爷爷说，早些年间，西岔村出了个大财主，后来在"斗私批修"运动中被群众浇了汽油，点着，跳到一面水坑里，不一会儿，就翻了肚皮（这种集体暴力是最可怕的，杀人以取乐，且冠冕堂皇）。

至今，这财主唯一能让人说起的一件事儿是，不管要去哪里，走到什么地方，即使屙在裤子里，也要跑回自己茅房。有一次，和一个长工相跟着（一起去某地或者做某事的意思）去邯郸买东西。晚上，兴之所至，狠狠心逛了一次窑子，或许是老鸨要得太多，这财主就和老鸨吵了起来。

听话音，老鸨知道这是从山里来的土财主，叫了几个大汉，把他狠狠揍了一顿，搜刮了身上的银圆，一把扔在门外。带着满身伤痕，灰头土脸回到自己家，哎呀叫唤了好几天。别人问他是咋回事，他没好气地说：那天在邯郸遇到一个大官，光顾着看人家那排场，那阵势，一不小心，从学步桥（邯郸名胜）摔到土坑里。

无独有偶，后来，西岔出了两个当官的。其一，在乡镇当一把手，时正值呼风唤雨之时，妇女主任跳出发难，声称：某次，其和乡长在市里开会，会后朋党喝酒。乡长把持不住，硬是把人家按在床上。人家委屈，要乡长给个满意的说法。经过磋商，以两万元化干戈为玉帛。

其二，在当大队干部期间，去市里开了一个会，晚上到歌舞厅去玩，小姐的衣服还没脱干净，公安就冲了进来。在看守所待了一个星期，交了8000块钱人民币，才被放了回来。

最近几年，有如下三件令人过耳不忘的事儿。其一，一个小伙子，和我弟弟同学，贷款买了一台大卡车，到某些煤矿铁矿拉铁矿石赚钱。大概是生意不大好，没过多久，就别出心裁，私下把汽车进行了全新改装，开到外地卖掉了。银行的人天天来找，他躲着就是不回来。其二，小伙子先是娶了一个老婆，不知怎么着，没两天，老婆跑了。没办法，就再找一个。其三，某已婚青壮，在某镇子上开了一家商店，竟然和当地一个有钱的寡妇好上了。他声称自己还没娶媳妇，没想到事情败露，寡妇自然气急败坏，和自己妹妹一起把他关在家里暴打狠揍。原配夫人只能在家里死等硬挺。

二十世纪八十年代中后期，西岔村有好几个人考上了师范或者各类大学，有的回来当了老师（也大都教过我），有的在外地工作。还有一家人，父子六七个人都在信用社上班。还有几个，在国营煤矿当工人。

其中一个，家里有两个如花似玉的闺女，这在乡村，是足够骄傲的。父亲在一家国营煤矿当工人，顺应潮流，把老婆孩子都办成了城市户口，开始几年，村人羡慕得眼睛冒血，不仅自己吃到了商品粮，国家还给孩子安排工作。这在乡村，简直是了不得的好时光。几年后，眼看着大闺女出落成一朵鲜花，说媒的人前赴后继，踏破门槛不说，凳子坐坏好几把。两口子为了堵住那些不知天高地厚前来说媒的人，宣布两条规矩：1．非城镇户口不嫁；2．非吃商品粮的请勿登门。

这样一来，说媒的少了，那些在家务农无业人家，只好咽了唾沫，闭了嘴巴，干瞪眼睛。某日，邻村一个大学刚毕业，在乡中学当教师的小伙子，跟随父母和媒人去到她家，先是说了一顿淡话，呵呵笑了一阵后，男方媒人拿了两块儿红色枕巾，其中包了1000块钱，恭恭敬敬放在了女方爹娘手上（这是太行山南麓村庄通行的订婚仪式，俗称"递手巾"）。

没过几年，二闺女被人"惦记"起来。说起来，还是我的师姐，但比我大一届。每次从她门前路过，忍不住要看看，但也只是看，即使有爱慕之心，也得憋在心里，就那两条"规矩"，足够我这个祖宗八代都是农民的小子自惭形秽。

17岁那年冬天，二闺女也订婚了，未婚夫也是一个国营煤矿工人的大儿子，家境不错。有几次，我看到她的未婚夫站在自家院子里，与正在开放的鸡冠花交相辉映。20岁那年，她结婚，我也早两年离开了乡村。第二年回家，却听说她结婚又离婚了。

有人说，她在婆家总耍"小姐"脾气，和公婆闹得很僵，动不动就跑回娘家，丈夫不来说好话，不哄她，就不回（这是乡间妇女的惯用绝招，也是夫妻斗争的策略之一，刚结婚的女孩子经常用，屡试不爽）。第三次，两个人闹了一场，她又回了娘家。

又好多天过去了，迟迟不见丈夫的人影儿。耐着性子又等了几天，没想到，传来的消息却是，丈夫在邢台市内又有了"新欢"，并向她"下达"离婚协议书。这件事在村里流传很久，谁也没想到，但谁也拗不过事实。据说她哭了好长时间，一年后，收了眼泪，又穿上红棉衣红棉裤，再次乘上婚车走了。至于嫁到了哪里，我没打听过。

十一、莲花谷自然村之六：南窑、北窑

南窑村边的铁匠铺曾经是方圆十里内唯一的一家。每天清晨，叮叮当当的打铁声，比学校起床号还准时。每次路过，都看到几个光着膀子，前面戴一块厚厚油布的男人，从火焰中夹出弯曲的铁，抡锤使劲捶打一阵子，再放在盛满清水的木桶里。发青的铁条顿时发出嗞嗞的响声，不断冒出白色烟雾。

后来我才知道，奶奶的娘家在南窑。我第一次去，是赶庙会，中午和晚上到亲戚家吃饭。傍晚，奶奶出了戏场，在小铺买了二斤麻糖，带着我，沿着曲里拐弯的巷道走，两边

的青石墙壁很黑，上面抹着些干了的鼻涕。到一个院子坐下来，有人热情招呼，端饭、吃饭，内容是麻糖、稀饭，就咸菜。我正在吃着，抬头看到一个和我一般大小的女孩子，眼睛大得叫人晕眩，脸白得像张纸。

晚上，戏院里锣鼓又敲了起来，弥漫了整个刚通上市电的南窑村。奶奶神情专注，跟着锣鼓笙箫、咿呀唱腔，不断变换表情，喜怒哀乐。我一句也听不懂，坐了一会儿，觉得没意思，就一个人到戏院外面，花一毛钱买了一把好吃的糖块，站在人影憧憧的街边，剥了吃，吃了剥。

小学四年级，每年的六一，附近几个学校组织活动，都在闲置的大戏院举办。通常，老师在台上作报告，我们在下面听。老师一字一句宣读三好学生名单，请校长、副校长、教导主任等等发奖。但几百名同学之中，极少数人上台领奖，更多的则在下面把小手拍得红肿。

1988年，有人在大戏院播放《霍元甲》《射雕英雄传》（翁美玲、黄日华主演）。一时轰动，我想去看，但距离太远，只能抽个星期天，和几个好事的同学，跑五里的山路，拿五毛钱买票，坐在板凳上仰着脖子看。看了一集，还想看下集，但人家每天只放映四集。我急得没办法，只好再寻找机会看完。初一时，认识了几百个汉字，托人买了一套《射雕英雄传》，趴在课桌上看。老师看到了，当场没收，后来挂在门窗上，对我说，只有星期天才能取下来。

因为离家远，冬天住校，需要在亲戚家住宿。奶奶给早年嫁到南窑村的姥姑（爷爷胞妹）说了说，晚上住在她闲置的房子里。与我同住的还有本村的一个堂哥兼同学。天气特别冷时，被窝还没有焐热，天就亮了。有一次，不知道是玩得太累，还是自己有毛病。早上起来，只觉得身下一片冰凉，伸手一摸，知道是尿床了。但也不好意思拿出来晒，就挂在炕沿上。等再看，被褥上的尿迹就像是一张世界地图。

这一年冬天，南窑村发生了两件事。其一，一个眼盲的算命先生，与本村一个闺女相好。闺女家在街边开了一间小卖部。有一天晚上，两人在屋里说了半天淡话。夜越来越深，村庄大都进入了睡眠。二人也关门熄灯，正在呻吟欢叫的时候，忽然响起一串噼噼啵啵的鞭炮声。二人仔细一听，竟然在自己小卖部门口。

其二，一个男人媳妇和一个看林子的光棍相好，常瞒着丈夫，行男女欢娱之事。有时候在山里，有时候在村边的茅草窝，有时候在林中，更多的，是在女方家里。此事传开，在外面给包工队做饭的丈夫羞愧难当，心情糟糕，一次切菜，竟剁掉了一根手指。

上初中二年级，冬天，我搬到北窑村大舅家住宿，晚上，和他几个孙子（不是亲传的）睡在一起。

大舅和蔼，不论见谁，都一脸笑容。还在我不懂事时，母亲带着我，在北窑村后的田地里，一大群人在干活。歇脚的时候，一个头包白羊肚毛巾的男人，抱着我，举着我，咧嘴一张大嘴冲我笑，许多年以来，我一直以为那人是我的姥爷。有一次说给母亲。母亲说，那时候，你姥爷姥姥早不在（去世）了，那个人是你大舅。

每晚自习回来，大舅还没睡，到我们屋里，看看暖不暖。有时候，站在窗外问。睡不着时，我和他的几个孙子说笑话，声音很大，大舅听到了，就从另一个房子里出来，叫我们赶紧睡觉，或者声音小点。再后来，我们也说些带色的传闻和想法（那时对女性身体猜测和想象比较多），大舅似乎也听到了，站在门口使劲咳嗽。我们听了，赶紧闭嘴或压低声音。

初三，我又搬到二舅家住。大舅和二舅住在一个院子里，只是大舅住在上面的院子，中间隔了一座石头楼房。二舅房背后，是一条石头便道，便道外侧是一面五米高的陲子（俗语，陡而高的墙壁）。母亲说，我一岁那年，她带我到舅舅家来，我一个人在便道上玩耍，一不小心，摔到下面的猪圈里。要是再错一厘米，脑袋就碰在一块倒立的三角石头上了。

我的哭声还没出来，圈里一口老母猪，哼哼叽叽跑过来，张嘴就要啃。母亲大惊失色，沿着石阶跑下去，用棍子把老母猪赶开了。

二舅家有四个女儿一个儿子，年龄都比我大。大表姐的性情很好，在市里上班，找的对象也是同单位的。有一年，我先后两次找到她，借了几十块钱（至今没还）。在二舅家吃饭时，老和四表姐三表姐吵架，闹得她们不高兴。谁都不愿意和我紧挨着或者一起坐。

北窑村大抵有200多人，村子建在一面斜坡上，下面是大坝，坝外是大河滩。斗私批修时，几个地主老财戴着高帽子游街，后面有群众拿着棍子打，围观的群众一路吐口水。其中一个曹姓地主，十冬腊月天，全身包了白布，被吊在一根旗杆上，冻了一天一夜，落了个残废。还有一对年轻人，两家大人世代为仇。他们却"爱"上了，任凭家里打骂，两人就像两块泡软了的麦芽糖，死活在一起。

五月，麦子节节成熟，香味满山遍野。大人们劳累之余，忽然不见了各家的儿子和女儿，急忙四散寻找，找了两天，在后山谁也不注意的羊圈里，看到一对裸体男女。四肢高高举起，样貌极其恐怖（乡村传言，喝毒药，再被猫接触过的尸体，只要打雷，就会四肢乍起）。这是几百年来，石碾子村内外唯一一件殉情事件。

还有一件事情，也颇耐人寻味：北窑村的一个男人娶了媳妇，但媳妇不喜欢他，夜夜拒绝同床。某夜，男人气急，以捆绑的方式，完成了对女方的肉体剥夺。

北窑村有我好几个同学，其中一个男同学，总是擦不净鼻涕。另外一个女同学，当时家境特别好，学习成绩一般。几年后，她出嫁了，丈夫是比我们高三届的师哥。

这个师哥当时在一家银行上班，没几年，就盖起了楼房，买了卡车，并且入股铁矿。日子过得十分火爆。正在众人赞誉和羡慕的时候，却爆出他私自挪用用户存款的消息。公安局捉了好多次，他连夜跑到山西。躲藏了好多天，才主动投案自首。但不到一年，就从监狱出来了。

北窑和柳树湾交汇的地方，是一道两相夹持的山谷，村人就势建了一座大水库。夏天，水满如镜，波光粼粼。正午，我们三五成群，到那里玩水。脱光衣服，赤条条地从大坝上扑入水中，浮上水面，再撅着屁股扑腾一个来回，爬出水面。

有一年夏天，一个孩子在那水库淹死了。我们害怕，再也没去过。初中三年级，我开始暗恋南窑村的一个女同学，每天站在学校西边的山岭上，看着她蝴蝶一样飞去又飞来。

南窑村和对面的北窑村，就像是两个面面相看的人。现在，两个村庄情势基本相同，有钱人多，没钱人也多。除此之外，这两个村庄时常爆出些令人蹊跷的事情。比如，北窑村有人故去，不出三天时间，南窑村也肯定会有一个人死去，这种现象屡屡发生，至今毫不更改。

南窑、北窑村人和南太行所有的人都一样，有钱之后，第一件事就是盖房子，且喜欢相互攀比，你盖啥样儿的我也盖啥样儿的。久而久之，两个村子的房屋严重雷同。近些年，小卖部、诊所和饭馆逐渐多了起来。而最令人高兴的是，这里也有了幼儿园，但不知道到底是什么样子，每次回去，我都想去看看。

十二、莲花谷自然村之七：石碾子、柳树湾

1953年到1979年间，石碾子一直是大队支部所在地，统辖北石碾子和南岔、柳树湾等十多个自然村，近一万人口。1980年，拆分成四个大队，石碾子村依旧，柳树湾、南岔和对面的北石碾子另起炉灶。

从南岔和柳树湾村进去，都可以到达××市的河浦村。因为地势高，种地走路都不方便。而稍微平坦的石碾子村人就以此为荣，不管同意不同意，总是把南岔、柳树湾人称作"山里头的"。南岔和柳树湾的人听了，满心别扭，时常反唇相讥：好像恁石碾子儿是个啥大庙场？还不是整天喝着俺们的洗脚水过日子！

石碾子人听了，张张嘴，没话儿回敬，咽一口唾液，翻几下白眼。南岔和柳树湾人说得也有道理，石碾子村人喝的、浇地、洗衣、甚至搓澡用的水，都来自南岔和柳树湾的

岩崖和山坡。几乎每一滴水，都被上游的人和牲畜沾过。

每年夏天，这里都要发一场大水，汹涌浩荡的水，沿着狭窄的峡谷，轰隆隆地冲向石碾子村。久而久之，石碾子村外，形成了一面阔大河滩。每年的农历九月二十一，石碾子村办庙会，远近村庄的人一齐拥来，看戏，吃麻糖，喝羊汤，半夜了才回去。

有几年，水大了些，冲毁了石碾子村几座民房。看着房子轰然倒塌，户主拍胸跺足，如丧考妣。号啕过后，等大水一过，却又把房子盖在原地。

在石碾子村人看来，北面的大寨山有些不可思议，神秘莫测。早些年，石碾子村人老是喜欢到大寨山上去打柴。有一年秋天，一个人去了一天，天黑洞洞了还不见回来。村人一起出动，打着灯笼和手电，漫山遍野找。忽听一人惊叫一声，众人奔窜而去，见打柴的人躺在一片茅草上，裸着下身，阳物犹如木棍一般，直直挺起。

伸手一探，鼻息全无。

村人百思不得其解。再一年冬天，又一个人去大寨打柴，也神秘死在了一面石岩下——所不同的是，这个人坐着，衣服完好，脸上铁青，嘴角残留着两道黑血。

夏天，要是一连十几天下雨，大寨山上，遍生黑木耳。妇女们采了，卖给收山货的。要是好手，一天可以挣到100块钱。可没多久，有一个妇女采木耳回来，见谁都咧着嘴巴呵呵笑，还时不时把衣服撩起来，露出两只口袋一样的奶子，满街招摇。

石碾子村的男人们异口同声发誓，就是一天捡个金元宝，也不能再让自家媳妇儿到大寨山采木耳！可到了夏天，黑木耳疯狂长。有些人，买了黄纸、冥币，带上柏香和吃食，到山上和尚们留下的庙宇磕头上香，祈求多子有福，或者请神灵们保佑升官发财。临近中午，就着崖下的泉水吃东西。

石碾子村人说，大寨山的泉水是灵水，能治百病。

穿过南岔村最西边的黄门咽（山口名），就到了武安的河浦村。河浦村再正西30公里，就是海拔1785米的摩天岭了。老人们说，从前，摩天岭上长着一棵几十个人都搂不过来的大槐树，枝杈遮了半个山西，半个河北。

而事实上，摩天岭上除了松树、洋槐树和材树，还有数不清的茅草和灌木，连个槐树的影子都看不到。

摩天岭上下，有一条青石铺设的栈道，据说是，清朝某个年代，某些山西富商出资修建，至今，光滑的石板上，还留着深深浅浅的骡马蹄迹。登上山顶，穿过赵武灵王修建的峻极关（赵长城的一部分），再一脚，就进入了山西左权县境。

从石碾子村向东，高耸的山势持续五十公里之后，从河口村背后开始一路下滑。河口村后，巨大山谷之间，一面水库如怀抱月，幽蓝深邃，两侧山顶绿草荡漾，鸟雀飞渡。穿过河口村，南太行骤然消歇，迎面的丘陵像是一堆黑馒头，围绕着村庄和他们的田地，曲折的公路如风过脊，左右盘旋。接下来的赵庄镇，四周都是煤矿，以前国营，现在个人承包。运煤和精粉的大型车辆川流不息，扬着肥厚的烟尘，向南或向北。

进入一马平川的冀南平原，京广路上，车流如潮，油烟升腾。向南是赵国的邯郸，向北，穿越邢台、石家庄和保定，京都像是一个硕大的梦境，在很少去过的石碾子村人心里，无限伸展，叫他们心生胆怯而又屡屡向往。有一些身患绝症的人，唯一的愿望，是到北京去一趟，在天安门照张相。北京，在他们看来，比世界上任何一个地方都要神圣和高远，恢宏和庞然。

从石碾子到柳树湾，要路过两座奇大山峰，山上都是高逾十丈的悬崖。须要从石碾子村绕道。迎面的第一个自然村，因地取名，叫"大寨背后村"。只有几户人家，前些年，有几个学生考上了大学，村人都惊叹说：那地方还能出大学生？自此改变了以往看法，也有闺女愿意嫁到那里去了。

早年间，大寨背后村发生一起通奸事件，闹得纷纷扬扬。

关于通奸，村里人通常有两种意见，一种是表面上随声附和，一致谴责和神情鄙夷。一种是内心的响应和渴望。从客观上说，二十世纪八十年代前的南太行，婚姻大都父母包办，不和谐居多。再者，人生说长也长，说短也短，谁也保不准在半路上遇到个比自己原配更合适的人。

所谓的通奸有时候只是情感极致后的肉体试验和证实。

但乡里人喜欢流传闲话。拿他人取乐，是天性，也是风俗习惯。有些人做了，因为捂得严实，短时间内没露馅儿，暗自欣欣然。但纸毕竟不能包火，总有一天会被发现。

大寨背后村后，再一个村庄叫老石岩，也只有几户人家，冯姓居多。村路口，有几棵老朽的柿子树，婆娑或者干枯地矗在空地上。对面山坡上，是塔铺村，也不大，正对着早晨的太阳。塔铺村有一个老光棍，有个外号叫"天气预报"，来源于他经常仰头看天，见到谁都说天气如何如何。

这是我在南太行村庄发现的唯一一个喜欢长时间抬头看天，并喜欢猜测天象的人。他一生未娶，也没有多少毛病，死时，还对身边的哥哥妹妹说，明天就要下雪了，还是好几百年不遇的，说完，就闭上了眼睛——听到这句话的时候，我忍不住打了一个激灵。

再行两华里，是朱家庄。村子左面，有一座独立山峰，状似一根巨大的阴茎，当地人都叫"驴鸡巴山"。村妇骂人时，常借助此山侮辱对方。曰：你贱×实在痒得不行了，就骑在驴鸡巴山上，看不把你个骚B戳个稀烂！远处，还有一座状似手掌伸开的五指山，一色褚红，尤其晚霞之下，更是壮观。

朱家庄后是白家庄，村里都是乱石，背后巍峨山崖。这里的一个同学，早年在砖厂干活，不小心被搅拌机搅断一只胳膊，后来花钱买了一个四川籍的媳妇。还有一个，承包铁矿好几年，发了大财，谁见了都两眼发光。

最后一个村庄叫太阳屹崂儿村，据说这村里一个人曾在市委组织部任职多年，至今仍为乡人抬举和羡慕的对象之一。还有一个在政府做了局长的人，某一日，其父到办公室找他，因为胡子拉碴，形态邋遢。下属不相信他是局长大人的父亲，就去问局长，局长探头一看，坐下来，对属下说，我也不认识，天天来局里找茬儿，真鸡巴烦！

从太阳屹崂村翻过一座山，就是武安地界，也有几座村庄，形状和风俗没啥差别，只是方言变了。武安人说话句句不离鸡巴、屌（如：你屌干啥嘞？你鸡巴吃饭没嘞？）。

南边山岭上，残留着一段赵长城，全用石头砌起，连瞭望塔也是。现早已断毁，一段段埋在松林和茅草之中，遍布青苔。我开始不知那就是声名显赫的赵长城。有几次和伙伴捉蝎子，翻越长城的时候，不小心被一块尖石头划破了手臂，鲜血滴在上面，犹如墨汁。

从出生到十七岁，我很少去柳树湾。最近一次，是2004年冬天，和弟弟骑着摩托车，跑到朱家庄返回。在塔铺村，看到弟弟的一个女同学，举止大方，言语得体，不由暗暗称奇。对于我个人，几乎从一开始，就总觉得柳树湾很神秘，那里的人好像都罩了一层面纱，怎么看也看不清楚。

十三、莲花谷邻县村庄河浦及山西河滩镇

从南岔，爬上山岭，越过赵长城，就是武安地界。仍旧山峦叠嶂，遇到的第一座村庄是河浦村。早年间，河浦村有一个痴呆者，蹲着走路，见人嘿嘿笑，一口大白牙，头发很长。后来突然不见了，有人说，他在黑夜被车撞死了，第二天早上才被发现。

河浦村后，是大片田地，麦子茂盛，玉米苗壮。其中几块田地当中，孤立着好一座坟茔——有的还是新土，花圈尚好；有的耗草满身，柳树成荫。即使白天，也觉得阴森可怕。

有些年，我们这些半大小子，每逢周末，就各自骑了自行车，到河浦村（先前设乡政府，后与另一乡镇合并）买酱油和醋。村人都说，武安的醋和酱油比我们这边的好吃。有一次，我们三个人，推着自行车，走到山顶路口，迎面遇到

一个面相凶恶的人，他看人的眼睛好像是把刀子。我心中一凛，急忙躲开。大人们说：那人可能是逃犯。诸如此类的人员，近年来在莲花谷及南太行逐渐增多，可能是山高沟深、易藏难找的缘故，再加上当地人胆小怕事、畏恶如虎和法制知识及观念淡薄等固有特性，一些越狱者、犯罪逃跑者就在这一带躲起来，或者避风头。

河浦村很大，足有上千户人家。"河浦供销社"位于村子东边，一色红石砌起，绵延十多间，一侧有大门，后面是院子。门墙上写着毛主席诗词，其中好像有"春风""柳丝""东风"等关键词。售货员是一个面容姣好的媳妇或者姑娘，眼睛不大，但看起来特别清纯动人。每次买酱油和醋，听说话，她就知道我们是沙河这边的，就格外照顾一点。一来二去，别的小卖部和商店再好也不买，就到她这里来。

每年5月，河浦村庙会，我们几个小孩子蹦蹦跳跳，蝴蝶一样，飘然跑过山间，累得满身大汗，兴冲冲在庙会上游荡。初中一年级时，我在河浦庙会上买了一本琼瑶爱情小说——《失火的天堂》，一边看一边回家，直看得热泪盈眶，心潮起伏。暗暗发誓：将来也要像他们（书中男女）一样，轰轰烈烈爱上一场。

河浦村向西，也是一道深沟，两边的村子也不少，大都坐落在成片的杨槐树下，背后褚红色的山崖。穿过一道双崖夹峙的山道，半山腰上的村落，叫黄庄。十多岁的时候，我和奶奶路过一次，歇脚时，看到一个三十岁还没出嫁的闺女，一头乌黑长发，脸庞也黑，但黑得周正、俊美，两只眼睛看我时，感觉像是夏天的清水，冬天的文火。

二十世纪九十年代末，河北一重要媒体的记者去了，发现黄庄村人大都可活到100多岁，就写了报道。当地政府闻声开发，更名为"长寿村"。不过几年时间，昔日无人问津的黄庄村热闹起来，饭店林立，公园新建，引来不少游人。

2004年夏天，我和妻子又去了一次，站在摩天岭顶上，俯瞰冀晋两省。山西的羊群在山坡上以漫游吃草，浓重的膻味随风弥漫；河北的黄牛犹如一块块滚动的石头，偶尔哞叫几声。

山上有一条石板路，据说是清朝时期，由大南庄的一个财主出资铺建，现在，巨石仍在，油光可鉴，还有深深浅浅的马蹄印。河浦村前，有一座名叫下天庙的村子，据说是玉皇大帝下凡的地方。村中的公路，可以到达石家庄和北京，还有涉县、山西长治和太原。九十年代初期，邯郸有一趟通往山西阳泉的省际班车，我们去山西看亲戚，就乘坐这趟班车来来去去。

十七岁那年秋天，有一次从涉县乘车到左权县城，路过麻田镇时，看到一座高耸的纪念碑。方才得知，左权将军牺牲在这里。前些年看电视，说左权县有个红都村，民歌唱得叫人万般的迷醉和心疼。

从石碾子向北，翻过一道山岭，再沿太邢路向西，爬上白岸岭，就是左权上庄村地界。再过下庄，往和顺方向走，就是左权县的河滩镇了，再向西北方向，是和顺县的松烟镇。从十三岁到现在，河滩镇我去过多次，据说，张艺谋电影《老井》就是在这一带取的外景。

河滩镇外，有一面幽深水潭。爷爷说，那叫黑龙潭，从前，有个木匠深夜路过，遇到了一个白胡子老人，邀请他去家里做木匠活儿。他答应了。老人让他闭上眼睛，然后一阵晕眩，就到了一座大宅院。叮叮当当干了好多天，完工后，老人给了他一把黄豆，算是酬劳。又让他闭上眼睛，一眨眼就到原来的路上。木匠生气，心想，干这么多活儿只给一把黄豆，就要扔时，却发现全是金子。

水潭向西1000米，左侧路边，有一座将倒不倒的红色山崖，山崖上有一个巨大手掌印，根部有数座佛龛。传说：小时候，杨二郎偷懒，一个人趴在山顶睡觉，不小心被母亲发现了，追着打他，追不上，就顺脚蹬倒一座山，杨二郎见势不妙，站在原地，伸手一托，山就停在了那里。因为用力过大，深陷的手掌印一直留到今天。

河滩镇有一家春香饭店，老板娘有两个如花似玉的大姑娘。我见过，也说过话。姐妹俩确实美，美得我从来没见过。老板娘春香从三十岁开始，就一直单身，天天绯闻不断。

河滩镇地势高，冬天比河北冷，夏天比河北凉。有些年，我跟着奶奶，去这里的姥舅家（三姥舅和四姥舅，都单身一辈子）——有一次，我感冒了，躺在姥姨土炕上，四肢关节疼痛，呻吟不停。有一次睡着了，睁开眼睛，忽然看到一张俊美的脸庞，皮肤白如石膏，眼睛很大，睫毛很长——我一阵羞涩，赶紧闭上眼睛。——看我的那个人是姥姨养子的媳妇，我该叫婶子。那一次，一连好几天，她趴在炕边看我，目不转睛，而且距离很近，可以感觉到她的呼吸。病好后，她再也没有看过我。

村庄对面山坳里，住着一个寡妇，年纪不大，没孩子。有天晚上，听村人说淡话：黑夜里，常有人去敲寡妇的门。寡妇大呼小叫，提着镰刀出来追，那人跑得比兔子还快。有人说，不一定是人。有人说肯定是人。几年后，寡妇再嫁了，丈夫在不远处的西有志村。

姥舅房后，有一户人家，姓侯。我每次跟着奶奶去，晚上没地方睡了，就到他们家。侯家有三个儿子，两个闺女。大儿子和二儿子四十多了还没对象。大女儿嫁到了河滩镇。二女儿待字闺中。

我二十一岁那年，姥舅给我提了一门亲事，对象就是侯家的二女儿。我去了一次，她和家人都对我很好。每次吃饭，都是她端给我。晚上睡前，还替我铺好被褥。有时候，我会抱抱她，她不拒绝，也不吭声。等我睡下，坐在床边看我一会儿，才回自己房间。

2005年夏天，我和弟弟再次去到河滩镇。这时候，三姥舅已经去世十年了；姥姨也死了六年。姥姨夫死于2003年冬天。当时，他一个人下地干活，到晚上，才被人发现。

听四姥舅说了这些，很伤感。第二天一早，我买了一些东西，去侯家看了看。老太太身体还好，见到阔别十多年的我，并没有记怪，话语之间，还像从前一样亲切和蔼。

这时候的河滩镇，再不是前些年的破败和陈旧了。一幢幢新式楼房拔地而起，矗立在老房子之间。还有人买了私人轿车，带着衣着光鲜的女子风驰电掣。遇到庙会，到处都是穿红挂绿、腰肢如蛇的漂亮女娃儿，穿着打扮和言谈举止之间，颇有现代气息。第二天一早，就要离开时，我特意绕道春香饭店，却换成了汽车修理铺，惆怅之余，忍不住矫情地想到"人世沧桑""今昔如梦""昨是今非"等空洞词语。

现在，又三年过去了，时常会想起河滩镇及在那里生活的四姥舅，还有一些终生难忘的人和事。2008年9月的一天，

58

表弟短信说，山西左权的四姥舅也死了。到这里，我与山西的联系，从表面上看就彻底根绝了，但时常会有一些怀想，除了逝者之外，还有若有若无的生者。他们现在怎样，会不会时常想起我？对我的印象如何？还想不想再见到我？

十四、我在莲花谷的大致经历及个人影响

十二岁以前，我们家在村子最下方，三间红石房子，屋梁比锅底还黑，墙角时常挂着飘飘欲仙的蛛纹，窗户是木制的，沾着一层马头纸，却时常被我捅出几个小窟窿。对面住着堂伯伯一家，几乎门对门，另一侧是一道石头台阶，不过十多个。台阶对面是麦场，麦场边上是通往大马路的"小公路"。二十世纪七十年代第三年春天，桃花盛开，春草绿了南太行。农历三月初十早上，我在那座房子的土炕上出生。母亲的娘家，在五里外的石碾子村，姓曹；接生的是大姨妈，是母亲在这个世界上最亲的人之一。

小姨妈或者大舅给我起名叫显平，其实她不知道具体是哪些字，因为母亲姊妹三个都不识字。上学后，我自己把名字写成杨献平。一岁至七岁的事情我基本不大记得，只是知道自己家住在哪儿，爷爷奶奶是谁，父亲母亲是谁，哪些人是亲戚，哪些人对我好，哪些人老欺负我。到八岁，我开始懂事了。母亲告诉说，我幼年主要有这么几件事。

一是某个春天，她带我去"公社"所在地，给我照了一张黑白相片（戴着一顶瓜皮帽，穿着棉衣棉裤的，脖子上围着一顶薄薄的纱巾，左手提着一个白色茶缸，背后是开得正

带劲儿的桃花）；

二是某年某日，她忙，就把我送到五里外的小姨妈家。那一次，母亲看我睡着了才离开，小姨妈好像也出去干活了。我醒来，就找娘。小姨妈听到，咋哄我还是扯着嗓子哭。小姨妈想，孩子都那样，哭一会没劲儿，就不会再号哭了，就又把我放在炕上出去了。等小姨妈出去，我也止住了哭声。可谁也没想到，我一个人竟然出了小姨妈家门，沿着回家的路，哭着回到家里。母亲到现在还说：五里路，谁也没给他说，竟然找回了家。

三是有次母亲带我到舅舅家玩。舅舅家住在一面山坡上，院子外面垒着一面一丈多高的石头墙，墙下是猪圈。我一个人摸索着玩（也不知道玩啥咋玩的）。隔了一会儿出来找我，却哪儿也找不到。探身向墙下一看，我正躺在猪圈里，一口老母猪哼哼着从窝里正往我那儿跑。母亲从一侧小路上奔到猪圈里，赶走母猪，把我抱起来。母亲说，我摔下后，头部三指远有一块三角石头，要是头磕上去……老母猪要是赶到，肯定会咬我一口。

四是六岁那年初秋某天，母亲和父亲带着我到后山割草，拿着褥子，把我放在一块大石头上睡觉。第二天，我左手腕肿起老高，一捏就疼。找附近的几个医生，都看不出来。又到医院拍了片子，也还不知道咋回事。一个月后，手腕肿得比大腿还粗。某一日，母亲带我去大姨家。大姨端着我的手腕看，忽然看到一个黑黑的东西，用针一挑，谁知道，拔出来一根两厘米长的荆棍儿。

五是有个外村会嫁接果树的人，坐在我家院子里说：你这个小子长得俊俏（后来是越长越丑，到现在完全是超级无敌丑男一号了），要是再大几岁，咱就做个亲家吧。

六是村里的几家人，不管大人小孩都经常欺负我。还欺负我母亲，他们家人多，妯娌、小姑、兄弟和孩子们加起来有二十来个，时不时骂我母亲，见到我在路上单独走，就趁机拧我或者打我耳光。七是我三岁那年，不用母亲带，一个人就可以穿过好几道街，找到藏在众多房子中间小姨家门。

以上这些，都是母亲后来告诉我的，还特别强调说：我小时候是挨饿、挨别人的打长大的。七岁那年春天，民办张老师偶尔来我们村，我见人都喊他张老师，就拧着母亲的衣角，央求她送我去上学。当年秋天，我如愿以偿。那时候，小学在北河沿村里，来回有四里路。学校前边，有两座庙，一边供奉龙王，一边供奉孙大圣。庙门前长着一棵硕大的核桃树，浓荫成片。不管是冬天还是夏天，只要一靠近庙门，就觉得冷森森的，浑身像结了一层冰。

到二年级，小学搬到马路边。老师也是民办的，姓曹。有一次，村里几个同学合起伙儿来打我，往我脸上吐唾沫。我哭，母亲正好路过，见我委屈，就对姓曹的老师说：曹老师，您管管那些孩子，别介欺负俺孩子了。好不好？姓曹的老师可能当时情绪不好，非但不理，说话还特怪。母亲一生气，一把拉住我说：这学校咱不上了，咱回家！而我却不愿意走，要上学，母亲哭着说，你愿意上就上吧，娘也是愿意你上学。以后别跟人家（指欺负我的那些孩子们）一起玩，见到就躲得远远的。

四年级那年夏天，我用裤子（把两个裤腿绑起来，再举起，猛地扣在水面，裤腿就鼓了起来，再扎住腰部，往上一趴，胡乱扑腾一阵子，就差不多了）学会了游泳。某一个下午，我刚穿着花裤衩玩过水，下午上第三节课时，老师没在。我正往自己课桌上走，几个男同学忽然冲来，把我摁倒，扒掉我的花裤衩，还把它挂在教室的门鼻子上。

我光着屁股，哇哇大哭，女同学低着脑袋，男同学哈哈笑。直到老师进门，我才捂着私处穿上。五年级，有一个女孩子很喜欢我，她比我大一岁，上课时老用眼睛不知所以地看我。后来，不知道怎么回事，那帮同学都说我和她以后就是两口子。我觉得愤怒但却又很新鲜，心里好像灌了蜜水一样，又好滋味，又胀痛。有一次，他们趁我和那位女孩子不备，硬是把我们推倒，且脸对脸（这种情景似乎在乡村很多见，或许是受大人的影响，孩子们对婚姻等事情开化得比较早，且更比书本更具有吸引力和模仿性）。

再一年秋天，我和许多同学扛着杌子，背着空荡荡的书包，走了五里多地，到位于石碾子村的中学报到。石碾子中学在离村二里地，公路左侧的山岭上，一排十七间的房子既有教室、伙房，又有老师的办公室兼宿舍。院外长着四五棵大核桃树，把整个学校都遮住了。初一第二学期，原先和我不错的那女孩子不知啥原因辍学了，我感到郁闷，我有几次放学，坐在她家不远处的路墩上，想看到她，问问她为啥不去上学了。可一连几次，都没看到她。有一次正要回家，却看到她背着一些玉米秸秆，从下面的小路上慢慢腾腾地走了上来。我忽然没了勇气，兔子一样往自己家跑去。

初二第一学期，我迷上了金庸、梁羽生、古龙的武侠小说，托一个熟人去市里的时候买了一套《射雕英雄传》，还包了书皮。可在课堂上看的时候，被班主任刘老师发现了，没收了我的书。此外，还有一个男同学当时也喜欢看武侠小说，我放了学，就去他家借。他家和我家的方向背道而驰，等我借到，就捧着一边走一边看，到家里，晚饭也不吃，躺在自己的床上看，直看到外面风吹枭鸣，自个儿害怕得浑身打哆嗦，才关了电灯睡觉。——老实说，那时候，我的学习成绩不好，除了语文、思想品德和历史外，生物、地理、代数、几何、物理、化学、英语都一塌糊涂，每次考试都不及格。

有几次逃学，躲在树林里，啃着娘给蒸的干粮，埋头看武侠小说。夏天中午，和一帮同学去水库玩水，站在高高的坝基上，喊着一二三，光着身子往下跳。老师明令禁止，但我和几个照样学习不好的同学照去不误，直到水库淹死了一个小孩，才止住勃勃玩兴。玩得累了，上课不由自主地睡觉。英语老师、班主任老师、化学老师都训斥过我，有时候正睡得香，忽然眉头一疼，同学们都在哄堂大笑，一截粉笔头横在书本上。

有一次，不知因为啥，就和邻村的一个男同学打了一架。我那次可能是真的被激怒了，打得很到位。那同学吃了亏，发誓要取我小命。其他同学还说，那小子是独生子，爹娘和几个姐姐都宠着他，肯定饶不了你。我说，他不饶我也不饶他，打死谁算谁！这可能是我在初中时期说过的最牛气冲天的一番话。

大致是初三第一学期，我在石碾子村路边一个老娘儿们开的店里买了一些东西，累计下来，大致有四十几块钱。后来，我才发现，这四十几块钱我根本没办法搞到，没正当理由，母亲绝对不会给我钱。欠的时间长了，那老娘儿们有次遇到我母亲，就说了这事儿。母亲生气，打了我一顿，最终还是替我把钱还上了。

初中最后一年，我拼命暗恋一个曹姓女同学（完全的一厢情愿和自作多情），在这个事情上，我主要做了以下几件事：

1. 天天上课看她的后脑勺，因为她坐在最前面，也只能看后脑勺。整天神思恍惚。有时候把她想成是白蛇，我是许仙；有时把她看成是为了爱情不顾一切的祝英台，自己是梁山伯。甚至，把她看成是琼瑶笔下那些敢于冲破家庭和世俗束缚的女主人公。

2. 某日，我鼓足勇气，把写有"一个人爱上一个人，就像一头牛冲进丰美的草原"（这话至今还记得一字不差，但还有羞愧）的纸条，趁下课空档夹在她的语文课本里。她发现后，先是大声问，这是谁干的，说出来不告老师，不说，就告！问了几遍，眼睛灯泡一样扫了三五圈，见还没有人站出来，就身子一扭，腾腾几步，出了教室门，把纸条给了班主任。班主任旋即就到，在课堂上问了几次，还说，不好意思的可以到他办公室说。我心蹦蹦跳着，直到初中毕业，也没向他们坦白交待。

3. 她家距离学校不远，每天上午放学，她头前走，我就站在学校最西边的核桃树下面，看着她像蝴蝶一样消失在村里。

4. 那时候开始写诗，都是情诗，学席慕蓉和汪国真的写法，可是没有一首给她看过。

5. 我到市里另一所高中上学，她在另一所，某日，我步行了40公里，去那里看她。可就是不敢露面，在学校大门外蹲了一夜，第二天早上，返回自己家。

6. 几年后，我到西北，给她写了上百封信，她始终没回（后来好像是她一封也没看到，都让他人私拆之后，当众朗读，被村人传作笑话了）。

7. 1998年，我如愿以偿到上海空军政治学院上学，还在心里想起她，还与一位至今要好的同学说起这起初恋事件。

以上这些，大致是我在道南太行莲花谷最主要的经历了。虽然小，但贯穿了我出身到十八岁的全部时光，尽管琐碎，却对我有着顽强甚至致命的影响。幼年的挨打、挨饿，是我至今自卑的由头，还有家境的寒微、地位的卑贱、生活与各种愿望的不如意甚至适得其反。在中学的贪玩、好读课外书乃至本质上的放浪不羁是构成了我学业不够成功的外部原因，而内里，却是"好高骛远"和"心比天高，命比纸薄"的天性反映。过早的情窦初开带来的不是世俗层面的荣耀，也不是内心乃至灵魂的享受，而是遭到大面积反对与嘲笑的由头。村人知道后，不仅笑我自不量力、不务正业，还讥诮说"撒泡尿照照自己算鸡巴哪根葱"。此外，还惊动了我的奶奶和母亲，她们劝我说：咱自己是个啥光景儿自己知道，也不想想，咱能配得上人家吗？

再后来，我还做过一些出格的事情，比如过早地渴望奢侈生活，在熟悉的小卖店赊账买东西，还有一次长达一个多月的出走经历。以致村人都说：献平绝对成不了啥好东西；两个舅舅、大姨妈和小姨妈，还有母亲，都对我的言行咬牙切齿、屡屡劝止。其他人看到我，就皮笑肉不笑，明着暗着都讥诮。到西北几年后，每次回乡，都不好意思走大路，而是从很远的地方绕回家里。更严重的是，曾经有好长时间，幼年与母亲一起经历的暴力事件，使我对村人充满了刻骨仇

恨，也对莲花谷有了强烈的鄙夷及背叛心理。我曾经发誓，宁可死也不会再回莲花谷，除了爹娘和亲人，我一个都不爱与怀念。

这种极端思想显然是一种反弹，是我和莲花谷之间不可调和的矛盾。我拒绝与莲花谷任何人说起自己的一切心事，它和我之间，横着无数条鸿沟。2003年春天，我过了三十岁，知道仔细检点自己了，却蓦然发现，不仅是莲花谷乃至南太行乡村充满着因利益和个人好恶而产生的各种暴力及阴暗"景观"，这几乎是全人类的问题，无所不在，而又无所不及。这样想的时候，我就觉得，自己对莲花谷的厌弃乃至对那里某一些人的仇恨其实是子虚乌有的，根本没必要计较。

早恋和我的那些过激言行是莲花谷人传统观念所不能接受的，遭受耻笑和侮辱无可避免，首先是我自己出了问题，而不是他们那一套世俗观和价值观发生了偏移。从另一个角度说，他们有意无意的伤害甚至恶作剧，对我来说是一种反面激励，从得知暗恋对象结婚的那天起，我就下定三个决心，一是这辈子，我绝不娶南太行任何一个女子为妻，除非她回心转意，即使结婚我也毫不在意。二是我一定要做好自己，不仅要在各方面做得和活得比她好，而且要娶到比她更好的妻子（完全的功利主义，与莲花谷几乎所有人的人生观一脉相承）。三是我必须做一个出色的男人，我热爱的，我喜欢的，我必须要去做，并要最终实现（纯粹为了某种世俗荣耀而作出的实际行动）。

曾经有一段时间，我明确表示，这一辈子都不愿再回到南太行乃至莲花谷附近的城市或乡村，甚至觉得，人性当中所有的恶惟独莲花谷所有，我没有必要和那些人再混淆在一起，在外面，两相不见，我就是安静的和幸福的，即使穷苦潦倒，也可心安……这个所谓的志愿在我内心坚持了许多年。——但我没有想到的是，我最终妥协了，而且来得非常自觉和彻底，这时候，我才确信了"叶落归根"这句话的深刻性。2007年，我和妻子一起回到莲花谷，在附近一座城市买了房子。——对于这种转变，我多次冥想，最终的结果出乎个人意料。我发现，这一切还是源自南太行，源自莲花谷，源自那些嘲笑我、殴打我甚至谋算我的人——莲花谷（南太行）对我的影响，一如它连绵不休的峰峦乃至年年枯荣的草木，还有在地面和地下流淌不止的水，从我出生，它们就进入了我的身体和灵魂。

我知道，无论走多远，在哪里，莲花谷及其一切都在我的血肉和灵魂当中，我还是那个被人打来骂去，在课堂上被强迫脱掉花裤衩、看武侠小说、"恬不知耻"暗恋那个女孩子的"我"，只不过有些时候看起来不大相像和不甚明显而已。我厌恶的，可能只是人性当中某些阴暗部分，乃至某一地域文化和世俗观念对某些个性甚至天性，不自觉的限制与挟制惯力，还有对某些美好愿望的误解、曲解和无意识打击行为……而这一切，却不是地域本身的错，迁怒就等于无知，逃离就是背叛。

这些年来，我一次次地回到南太行莲花谷，它几乎原封不动，只是多了一些不认识的人和比以前更好看的房屋，还有新修的道路、校舍。我努力在人群中寻找从前的人，欺负过我的、鄙视和嘲笑过我的……想不到的是，他们中的有些人我再也见不到了，有些人已经皱纹纵横，老态龙钟，有些灰头土脸，有些人一如我当年或者他们父母亲当年。2008年8月中旬，父亲罹患胃癌，我忽然又转变了态度——对南太行，对莲花谷，对那里的人，我觉得了某种亲切，看他们的眼光也出奇柔和。

当父亲在莲花谷某处真正躺下，莽苍山川之下，他耸起的坟堆像一句谶语，又像一面旗帜，像一声叹息，又像一个谜语。我哭着，站在那里，想到了很多。返回西北几个月时间里，几乎天天做梦，梦见父亲。有一次，我梦见自己和父亲躺在祖奶奶的房里，我清楚知道父亲病了，且命不久长，我一直在守着，可我却睡着了，等我忽然惊醒，父亲果真故去了。我大叫着爹，放声大哭……猛然惊醒，坐在床上，半天回不过神来。还有一次，我梦见父亲在院子里修剪苹果树，光秃秃的树枝上忽然开出一骨朵一骨朵的白花儿，父亲笑了一声，跳下树杈，转眼就穿过村庄，往后山的野地跑去了。有一次打电话给弟弟，让他在农历十月一日那天上午，早点去给父亲烧纸，并要看看，我插在父亲坟上的柳枝成活了没有。

农事诗

往往，春节才过，房后乃至向阳坡面上的野草蹭开泥土就冒尖了，冬天被冻得半死的萝卜缨子也缓过劲儿来，和韭菜一起，提前向春天进发。过了正月十五，人就热得穿不住棉袄了。有些老年人不怕丑，坐在让人心情焦躁、骨头发烫的阳光下，牙齿咬着袄缝，俩手捉虱子。有年轻孩子，跑得比小马驹子还快，倒提着褂子，满头大汗回到家里，端起茶缸子咕咚咕咚喝凉水。大人们在田间抢镢头翻地，或者吭哧吭哧往田里挑粪。

夜里还是有点冷，东风把满村庄的枯枝茅草吹得哗哗响，猫头鹰总是在坟地里的老柏树上叫。一觉醒来，站在院子里，就闻到一股香味。人都知道，后山的杏花开了。爬到山岭上一看，焦黄的坡面上，东一堆西一堆的粉红花朵挠人心尖儿，稠拽拽的花儿，显然是南太行春天第一个使者。到上午，阳光稍微热烈，家养的蜜蜂，还有山里头的大黄蜂，就循着花香开辟的空中航线，不约而同地围着花儿，嗡嗡乱叫，手足舞蹈。

莲花谷人行动起来，先是翻了积攒了一冬的人粪、牲口粪、柴灰粪，还有烂叶子粪，把整个莲花谷弄得臭气熏天，复活的苍蝇无孔不入，落在每一块粪上，还有人的头发及膀子上。以前，肥料大都是人及牲畜的排泄物、树木庄稼叶子沤成的。其中，人粪是公认的强力粪，比硝胺、尿素之类的化肥更管用。牲口粪当中，猪粪肥劲儿最大，其次是鸡粪、骡马驴和羊粪。树叶庄稼秸秆粪必须掺上土，再连续泼上人尿才能沤到位。

翻出来的粪冒出腾腾热气，在各家各户前后氤氲。闲得没事的公鸡带着几个胖大的母鸡，咯咯咯地在粪堆上一边扒拉一边吃。人嫌鸡们把粪扒拉得哪儿都是，见到就大声撵。鸡们扒得正欢，吃得正香，根本不理那一套。人急了，就用棍子打，石块砸。人消停了一会儿，抓住锨把儿，往手心吐一口唾沫，往荆篮子（用紫荆灌木编织。还可以编成筐子、花篓子等农具）里铲粪。然后拿了扁担，挑着百余斤的粪，向下或者向上走。向下稍微快点，借助惯性，人还算轻巧。向上就难了，莲花谷一带都是坡，坡上大都是旱地。往往，挑一担子粪起码也得一个小时。

这就是靠山吃山了，山上的土成为田地，田地种庄稼、打粮食、养活人。就在粪气冲天的时候，桃花、梨花、苹果花、山楂花都开了，但持续很短，人刚闻惯了香味，就被叶子和青果代替了。人在地里把粪散开，用镬头翻松了土地，就仰头看天。我小时，春天时不时下雨，村人正好借着雨墒刨坑点种。到我十五六岁时（九十年代初期），春天干脆就不下一滴雨，最严重时，半滴都没有，太阳还直罡罡地暴晒。正在春分前后，人急着把种子往地里扔，可没墒扔也白扔。可天就是不下雨，反而晴得像新媳妇儿脸蛋一样。老年人抽着旱烟，吧嗒说：该给龙王爷上供了。唱台戏吧！

村干部挨家挨户起了钱，请了戏班，戏院里一阵锣鼓叮当，咿呀的评剧或者豫剧还有梆子把老年人的魂都勾没了，整天坐在戏台下，跟着戏台上的人鼓掌叫好或者粗枝大叶地抹眼泪。有时候，开唱当晚，就会下雨，有时候，唱完了还是万里半滴不见。到我十九岁那年，没人提议唱戏了，大多数人也不爱看戏了，晚上围着黑白电视机长吁短叹，跟着永远都不可能亲眼相见的演员喜怒哀乐。与此相同的是，南太行的春天几乎不下雨了，旱地干得连蚂蚁都懒得跑了。

可还是要种粮食，人就到河沟挑水，铁质或者铝制的铁桶挂在担钩上，空的时候一路鸣响，盛满水后，低着脑袋，梗着脖颈，走到田里，汗水也能拧半桶。莲花谷人的农耕观念是：宁可人吃苦受罪，也不能耽误了庄稼。往往，两桶水只够点种二十三坑儿种子用，一亩地起码也得60桶水才勉强够。往往，不过两天工夫，河沟地表水、水井水就被挑光了。等到点种完，连吃的水都没了。要是刚点种了再下场透雨，那就是天大福分。要是还不下雨，大部分种子会趁着一点墒气发芽，还有一些，就会霉烂。等庄稼苗儿出得差不多了，人就挨着看，遇到没出的，还得挑水补种，或者把其他地方多余的苗儿移过来。

等到玉米、谷子、红薯、土豆、豆角、瓜类、萝卜出齐了苗儿，苹果、桃儿、杏儿、柿子、核桃、山楂、梨子也都结出了嫩果实。杏儿开花早，成熟也最早，往往，还没有变黄，就被孩子们摘着吃光了。我小时，有一次，和几个同学商量好，等杏儿熟了再一起去摘着吃，可没过三天，就只剩下一树青叶了。苹果、大枣、桃子慢慢成熟，核桃和板栗却还在懵懂之中。等冬麦齐刷刷地蹿出了麦芒，蝴蝶翩翩其上，地鼠、灰雀和野兔在麦垄里大肆偷吃的时候，阳光持续热烈，漫山遍野的草和灌木淹没了不规则的岩石，洋槐花儿整树盛开，不知从何而来的养蜂人把蜂箱摆在路边，搭着帐篷，戴着薄纱的草帽，一次次地往桶里摇蜜。

蜻蜓在池塘上飞，在水面上不断点起涟漪，青蛙蹲在猪耳朵草上，冷不丁呱呱几声。莲花谷人找出旧年的镰刀，蹲在磨石前蘸水磨，红色的铁锈和灰垢一起，把干净了许久的磨刀石糊得面目全非。男人背了柴架子（一种木制的工具，用来背柴禾、粮食、秸秆、果子甚至各种肥料），女人拿了镰刀，绳索和水，到自家地里，抓住金黄的麦子秸秆，"刷"的一声，就从根部把麦子放倒了。然后丢在地上，成一捆时，妇女就用麦秆捆起来。等一块儿地都割完了，就背到村里的麦场上，找个地方堆起来。然后再去割其他地里的。

鸟儿们格外殷勤，围着卖场和麦地，成群结队，跟人抢麦粒吃。人见到，挥着镰把子攉，嘴里还作出奇怪的呼喝声。山鸡、野兔、獾早就销声匿迹，回到山间，继续过自己的清净日子。几天后，各家各户的麦子都割完了，就开始脱粒直到现在，莲花谷一带还是一个自然村，一片麦场一架脱粒机，你用完了我用，我打完你打。麦芒扎人，打碎了更扎人，人又穿得薄，打一次麦子，全身都刺痒。人把麦子扛回自己家，摊在平房或者院子里暴晒。这时候，天才想起下雨，冷不防，一片乌云过来，紧接着是一阵风，急骤大雨不由分说，哗哗一阵，就像某种突如其来的激情，摔打完了，还没抬起脑袋，阳光就又晒得头皮生疼。

这时，套种在麦垄间的玉米、黄豆和豆角彻底解放，人再用镢头翻掉麦茬，再放水浇上一遍，庄稼就如饥似渴，长势惊人。好像一顿饭工夫，玉米就长了一人多高，豆角也张开缠人的本事，绕着玉米叶子和茎秆，赶着与太阳会晤。再几天，玉米穗子就能吃了，虽然嫩，但大人小孩都喜欢。我小时，父母不让我摘着吃，说那是糟蹋。直到现在，只要看到煮熟的玉米，就买来吃，好像啥时候也吃不厌。

南瓜、西葫芦、茄子、辣椒、西红柿、筢子等等蔬菜也都能吃了，土豆、红薯和花生也都在土下蓬勃生长。核桃也有仁了，用刀子旋开吃，香得满嘴流油。苹果、山楂和李子等家果和野果成了孩子们猎食的目标。柿子有的红了，引了一群喜鹊，堆在树杈上叽叽喳喳不停。板栗也都像小孩拳头，带着两根小尾巴，在树叶间随风摇。这时候，半大孩子们会去附近的水库玩水，大呼小叫的，把临近的村民吵得睡不成午觉。有特别气愤的，就站在院子里大骂。要是遇到娘儿们骂，有胆大的小子索性光着屁股站成一排，朝人家叽叽乱喊。

深山里的野葡萄也熟了，黑黑的，就像眼仁儿，可吃起来比酸枣还酸，牙齿就像棉花一样软。——酸枣个儿不大，结得满树都是，可还发青。吃在嘴里，没有一丝甜味。山楂、板栗也还不能吃，只有那些野桑葚，藏在深沟山涧里，人吃不到，鸟儿吃得多。野猪们白天睡懒觉，晚上跑到村边地里乱拱，把红薯、花生、玉米、豆子吃得一颗不剩。有决心大的人，晚上搭个棚子在那儿看守，有几次，有几个人还真遇到了山猪，那家伙见到人，单独的会跑，要是一群，非把人也当红薯吃了不可。听弟弟说，2007年才夏天，有一群山猪竟然跑到我住的房院里，乱拱一顿。好在那房子一直闲置着，要是有人，还说不定会闹出个啥乱子来。

也不知道啥时候起，莲花谷及外村的少数人专门捕猎山猪，拉到城市饭店卖，一头能得小万把块。但与此同时，也有几个人被山猪咬断了腿脚，落下个终身残废。大致是禁牧时间长了，山坡上的草没牛羊吃，以致荒草如林，灌木幽深，野兔和山鸡也趁机繁衍壮大起来。随便往草堆里一走，准会冷不丁飞出一只山鸡或跑走一只兔子。每隔三五天，村人就到自个儿地里看看，风吹倒了玉米，就一棵棵扶起来，野草长得多了，就拔掉。为了吓唬山猪、松鼠、野兔、山鸡，人就把破旧衣服找出来，弄几根棍子，打扮成人的模样，树在地边和地中间。

紧接着，核桃熟了，皮自动剥开，要不及时打，就会滚进茅草丛，埋进土里，变成小核桃树或者直接霉烂。人觉得熟了，就扛起长竿，挑起扁担，汉们儿爬树磕打，妇女在地上捡拾。然后放在家里，去掉皮，卖给来收买的贩子。再几天，柿子也熟透了，这家伙皮嫩，不能磕碰，人就在地上铺了茅草，小心翼翼地打。打完了放在屋里，好的用专用工具刀弄成柿牛子（去掉周边的皮，只剩头顶，然后放在房上晾干，再揞，糖粉即出）。摔坏的弄成两半，晒后变红，极甜。

柿子之后，就是白露，清晨开门，远近地面上一层铺了一层盐粒或白糖，这时候，玉米、谷子、豆子、红薯、花生等等庄稼都熟了，人去收割，用扁担或者背篓背回家，按照各种粮食的特性，该晾干的晾干，该窖藏的窖藏，该去皮的去皮，该水煮的水煮……除了卖给商贩，剩下的自己吃。然后，再挑粪、再翻松田地，再趁着秋墒，种下冬麦。等这一切收拾停当，叶子就开始变黄，就开始从空中往地下走。早上起来，蔫了的叶子变黑，再变脆。忽然一阵大风，吹得满地都是叶子。再一场大风，大小树上，就只有三五百枚顽强者，在风中晃动暮秋。

农历九月二十，石碾子村的庙会就开始了（不知起自何时，我幼时就每年举办），不知从哪里来的小商贩在大河滩摆开货物，等到太阳照到正房顶，莲花谷几乎家家出动，人人参与。吃过早饭，精心打扮一番，就三三两两地从一道道的山谷一步一摇而来，有的坐着拖拉机、三马车，还有的骑着自行车、摩托车……当然还有小轿车。本地的手艺人也开始忙活，杀羊的杀羊、榨油糕的榨油糕、卖饭的卖饭，整个石碾子村，就迎来了一年中最热闹的时间。

我十六岁那年，在石碾子庙会上买了琼瑶的《失火的天堂》和席慕蓉的诗集，被完美的爱情故事感动得做了好几个梦，把席慕蓉的诗歌抄了两大本子。也就是在那一年，我开始暗恋一个女生，整个身心都处在被火烧、被风吹的状态。……直到现在，一想起来，就全身发颤，像触电一样。石碾子村的庙会大致五天，实际上，到第三天，就没啥人去了。就是一些爱看戏的老人，跑几里路站或者坐在蚊虫飞舞的露天戏院台下，在铿锵的锣鼓声中聚精会神，回来路上，不管天多黑，也要说说看法，有对演员的评价，也有对戏中人物的印象。再几天后，早上起来，门口的湿土上结了一层薄冰，北风嗖嗖地，从山岭到院子再到屋檐，最后卷着枯黄的茅草，一路向后山奔去。

乍一到冬天，忽觉得村庄变大了，天也高了，山也陡了。看哪儿哪儿敞亮，就连两口子顶个嘴，老人们说淡话，隔着一道沟，几座房子，也都听得鲜鲜灵灵的。小孩子的哭声满河沟乱窜，敲得卵石叮当作响。晚上，路上行人少了，北风清扫路面，尘土打着鼻尖，要是月圆之夜，还可以看到飞扬的灰尘。猫头鹰和不知何时返回的乌鸦交相呼叫，把莲花谷的夜晚叫得叫人心里发毛，浑身起鸡皮疙瘩。以前这时候，正是羊只抢草的好时节，眼不见，就蹿到树底下或谁家的田里，埋头猛吃，石头砸棍子打也不离开。羊只和人一样，觉得了季节变化，快入冬了，吃一口是一口。

等冬麦苗儿破土而出，长到一乍（即大拇指与食指直线分开的距离）多高，冬天就来了。在南太行，冬天来之前往往要下场连阴雨，至少两天，温度越来越低，到最后，就变成了敲人眉心的雪粒，在冻得干硬的地面上，小皮球一样蹦。这时节，男人们大都出去打工了，就剩下媳妇儿和孩子们。媳妇儿给冬麦浇上一次水，有勤快的，就到山里割些荆条子回来编荆笆子（即用荆柴条儿编成纸板模样），专门有人来收购，一般送给私营煤矿垫顶用。要是懒点的，就带着还没上学的孩子，这家坐一会儿，那家看一会儿，说一些相互感兴趣的话，看天不早了，就告辞，回到家里，舀水刷锅、抱柴点火做饭。

炊烟是莲花谷——南太行人生活的嘹亮宣言，是向天地人神通报活着的信号。一到这个时节，男人们都出去打工挣钱了，剩下的除了老人孩子，就是壮年妇女。有女人的地方，桃色新闻也会持续不断。另外一小撮人似乎寻到了"规律"，白天猫在家里，或是上山打一些柴。刚吃完晚饭，就走出门去。这家人刚洗刷了碗筷，有人推门进来。在家的妇女一看，一般都知道"来者何意"，要是早有沟通的，一切不说，关门闭灯，一切都有条不紊。到半夜或凌晨，再"加强"一次，轻声开门，蹑着手脚，消失在夜幕中。

要是初次接触，那得费点周折。再说，也不是每个妇女都会背着丈夫做那事儿。可那些光棍也不是省油灯，谁是啥脾气、心性和性格，事先摸得比自己的肚皮还透彻。遇到那些强硬的、守身如命的，干脆避而远之，门儿都不登。要是早就传出风言风语的，自然是光棍们谋求的最大目标。可人跟人不一样，"做那事儿"的妇女绝不仅仅为了沾对方点便宜，重要的是看人，"对脾气""投缘儿"胜过一切。

南太行——莲花谷把这类事儿称作"拱门儿"，从字面上理解，就是某些男的厚脸皮去给某个心仪的妇女求欢，重点在于一个"拱"字，既有死皮赖脸之意，又有费尽周折之实。"门儿"看起来是房门，实际是妇女们的"心门儿"，"心门儿"一通，房门儿就成了摆设。这事情虽然粗俗，但也是乡间一道不可或缺的"风景"，更是南太行人津津乐道、舒心爽神的话题儿。在茶余饭后，再没有比这些更能激发人的想象力、好奇心和本能欲望了。乡村的"桃色新闻"不仅是一种传言与谈资，更重要的是，它还承担了调剂苦难与枯燥生活，强化生命"战斗力"的"灵丹妙药"。

更多的人冬天会找些事儿做，哪怕是辍学在家的孩子，也不会在家里待着，拾柴、打石头，或者砌房基，反正不能闲着。最近几年，可能是稍微富裕了些，一些人开始"垒长城"，据点就那么几处，人数也不多，但也"垒"得热火朝天。先前，每把一元钱，再后来是五元。急需要房子住的人家选在冬天作业（以前是义务帮工的多，现在是不论是谁都得给工钱），嫁娶的事儿也都放在冬天（大致是冬天比较闲、食物不易变质等因素）。这样一来，冬天的莲花谷内外，除了叮叮当当的垒房子声音，就是鞭炮锣鼓敲打的婚娶了。当然，有时候会是号啕大哭，老人去世了，也要请戏班子、歌舞团、放电影、吹鼓手，热闹程度跟娶媳妇差不多。

当然，媒婆子也在冬天频繁"出击"（莲花谷从没有专职媒婆儿，大多数人家托亲戚做媒人），"递手巾"（莲花谷的盛行的订婚仪式，即男女双方若是愿意嫁娶，就用毛巾包上钱币送与女方，明确婚配关系）了，皆大欢喜，如果不成，那就再找别的合适人家（一般是男求女，父母之命仍占相当比重）。就这样，媒婆子各奔各的"目标"，各耍各的嘴皮子。要是无意中遇到一起，也都会审时度势，作出让步或者同时"游说"。——这当然也是农事，而且是最大的"以人为本"。老年人习惯于坐在火炉边，抽烟说闲话，念叨当年的事儿。年轻人聚在一起喝酒，脸红脖子粗地喝得东倒西歪。

到夜晚，村庄静得只有风（还有偶尔的车辆、婴儿啼哭及开门关门声），人冷得盖着两层被褥，缩在被窝里，鼾声震得玻璃哗哗响。第二天早上起来，开门一看，眼前白得眼睛发黑。大雪掩住了麦苗，也盖住了枯黄或黝黑的山坡，大马路只剩下一个蜿蜒不止的轮廓。乌鸦、喜鹊、小麻雀乃至鸡们、山猪、野兔等等无所遁形，走到哪儿，都会留下一串清晰痕迹。吃了早饭，到处都是扫雪声，但都在自己房顶、院子和必经的小路上。这种情景，是"各扫门前雪，不管他

78

人瓦上霜"一话的生动呈现。

大雪还没完全消融，春节就到了，亲戚们带着礼物（一般为新蒸的馒头、酒、香烟和奶粉、小孩吃食等）来回走走，你送我家，我送你家。扫了房子、做了豆腐、炸了麻糖油糕、贴了对联，大年三十就到了。人都蹲在自己家，妇女和闺女包饺子，汉们儿劈柴或者闲看电视。除夕夜早上，或长或短的鞭炮从各个自然村噼啪响起，"二齐"（即可以弹射很高的烟花）在黑夜的空中炸响，火光一闪，照亮了莲花谷。到早上，本家宗族之间来回走动，小辈儿给长辈儿磕头拜年。等太阳升起，孩子们依旧拿着柏香放鞭炮，大人们坐在一起，热闹一阵，说：一个年又过去了，咱又老了一岁。

然后是串亲戚，也是小辈儿去给长辈儿磕头拜年。几天后，就都回到了原来的生活位置，该上班的上班去了，打工的也收拾了行李，没过几天，太阳就又暴热起来，野草们拧出地表。满山遍野的泥土解冻，烟岚在峰峦披散。村人们拿出又闲置了一冬的农具，翻开沤了一年的粪，然后挑了荆篮子，又吭哧吭哧往田里送粪了。再少待几天，后山的杏花就又开了，香味还是去年的，但闻起来还是很香。再几天，焦黄的山野就又被新绿代替，乌鸦不知何时没了踪影，燕子再次回到旧巢，从池塘边一次次衔回淤泥。以前，河谷里总是冰层解冻的嘎嘎声，现在却听不到了，只是风，一次次地掠过树梢和房顶，从一道道的山坡向再一道道的山坡奔旋而去。

南太行乡村哲学

（六章）

一、说着话儿就老（没）了

沉浸在北风之中的南太行乡村，远山一片枯寒，裸露的红色岩石像是还未熄灭的灰烬。一堆老人坐在阳光下面，黑粗布的棉袄不知穿了多少冬天，一人一根旱烟袋，吧嗒吧嗒抽，嘴巴里的青烟还没冒出来，就消失得无影无踪了。

忽然有人说：南垴（村）郭其栓死了——众人"哦"地惊诧一声。有人叹息说：人咋就这么不经个活哩？另一个人也说：说着话儿就没了。再一个人也哀叹一声，说：那时候，俺们还一起掏鸟蛋呢！

那个人真的死了，哭声从挂在半山腰的南垴村传来，穿过河沟，再曲折到对面村庄——村人坐在一起，说到往事，共同发出"说着话儿就老了"的感慨——这句话是南太行特有的一句禅语，包含了一种时间的沧桑感和生命迅即感。

这是多么残酷的一件事情——很多的人不会这样文雅地

说，他们只是用约定俗成的"说着话儿就没了"来表达——
带着浓重的鼻音和儿化音，好像是从心脏或胃里吐出来的一
样。很多人听到了，心情骤然发凉，还有人流下眼泪——他
们曾经是好伙伴，年少时一起游泳、砍柴，甚至结拜了干兄
弟，成为了儿女亲家。可眨眼工夫，人就老了、没了，所有
的经历就都成为了念想和灰烬。

按我的话说：人人都是"时间的灰烬"——他们也不会
这样说，只是会说："说着话儿就老（没）了。""人咋就
这么不经个活呢？"语气低沉，像是午夜。有一些妇女，小
时候直到未嫁前都在一个村庄，相跟着做农活，坐在梧桐树
下纳鞋垫，说最隐秘的心事。婚后，大家分开了，嫁在同一
个村的倒没什么，若是嫁得远了，平常很少见面，一晃几十
年时间过去了，蓦然相逢——也会说起当年的人和事情，尴
尬或者坦然，都只是心境和情绪问题，但真正的悲伤则是：
说着话儿就老了！

站在明亮的日光下面，她们相互看到了白发和皱纹——
晃悠悠的白发像是青草中的荒草，皱纹似乎是一块石头上的
裂缝——她们看着对方说：你老了，我们都老了，几十年，
一眨眼就过去了——"了"字的尾音拖得特别长，像是一枚
微弱的枯叶，在空中翻转很久，才悄无声息落在地上。

每天的太阳都是"新"的，而人是"旧"的，并且越来
越"旧"，"旧"成了农事之间的一块土，家庭中的一根木
头——三天不见，孩子就长大了，再有三天不见，就有人张
口喊爷爷、奶奶——还有一些辈分大的人，冷不丁地被人喊
起了爷。

黑夜起始的时候，总是会有人叹息说：一天没干啥就黑

了。上50岁的人还会说：黄土都埋大半截子了——有时是自嘲，有时是自卑。我还在南太行的时候，几位老人都还能够下地干活，上山打柴——等我再回来，先是一个不见了，接着是另一个，不几年工夫，老人们几乎就都没了。

"说着话儿就（老）没了"（朴素的时间观念和生命意识）这句话，在南太行的村庄，几乎每天都有人在说。遇到从前的同龄人，他们也会对我说：说着话儿咱们就三十多岁了。

很多时候，独自坐在山上，看群山起伏，皱褶如井，忍不住想，每一口山坳里都盛放着人，袅袅的炊烟越过树梢，在山顶消失；每一口山坳里面也都安放着亡灵……一代人送走一代人，又被另一代人将自己送走，绵延的生命旅程，当面还青葱欲滴，而转过身来，却已是皱纹满面，腰身佝偻。

二、有人不算贫，没人贫死人

这是南太行人的人本观念——很多人这样认为，也这样做。娶媳妇的重要功能就是生孩子，而且要男孩——惟有小子（儿子），才能够把血脉延续下去——但他们只知道香火，不知道孩子是另一个自己。新婚的"囍"字还没有褪色，孩子就呱呱出生了——要是男孩，公婆笑得牙龈都红艳艳的；不小心是个闺女，公婆铁青了脸，把黑眼球翻到鼻子下面。

接着再生——按照有些汉们（已婚男人）的话说，晚上黑灯瞎火，不干那事干啥？自己得劲（舒服）了，还能生孩子，一本万利啊。有的人会当场哈哈大笑，但决不是嘲笑，而是认同的笑——若是一连三胎五胎都是闺女，不用他们自己着急，父母、岳父母和村人就开始着急了，说：那是咋回事？一连几个都是闺女，该不是只有闺女的命吧？还会有人说：那两口子可能上辈子做了啥缺德事儿了，这辈子生不下小子来。

这些话，当事人不用听，顺势一想就知道了——男人总沮丧着脸，在有儿子的汉们面前抬不起头——有的汉们还开玩笑说：你是不是不中啊，要不要俺替你"劳动"一下？说完，就又是一阵哈哈大笑。还有的人真的觉得生小子没希望了，就让老婆找合适的男人——怎么样不管，他只需要结果——儿子虽然不是自己的，但是自己老婆生的，又在自己家——亲爹再亲，也不能要回去。

闺女是别人家的人——"嫁出去的闺女泼出去的水。"这句话流行范围很广，南太行人也这样认为——闺女再好，出嫁就变心，爹娘再亲，也亲不过自己的汉们（丈夫）——或许是因了这种因素，谁要娶他们的闺女，就得拿来财礼钱——乡人也觉得合理，毕竟是人家生养的闺女，不给点抚养费从良心上说不过去。

小子是自己的，啥时候都走不掉，姓永远跟着老子，所有的家产也都是他和他们的——人见到，都会说是谁谁谁家的小子。作为父母，听到这话，心里是自豪的，儿子构成了一对夫妻最根本的乡村人生尊严。听人说，在新中国成立之前，在南太行乡村，只要家里弟兄们多，再苦的日子都不算苦，很多连苇席都没睡过，别说吃馒头了；再后来的公社，人多劳力多，分的粮食也多。现在是人多力量大，遇到械斗或者利益纷争，可以男女老少齐上阵，以人海战术打败另一家族。

这样一来，儿子多的人家不但在村庄确立了自己的强势地位，还可以形成一个固定的利益圈，再不公正的事情，遇到不公正的人，也会变得公正合理起来。

"有人不算贫，没人贫死人"这句话的核心思想是人，一种古老的生育观念，充满对人力资源的无限渴望与信赖——时间从南太行掠过，将人变成一堆黄土，又将人变成人，一代代的人，长大了，结婚了，生孩子了，老了，抱孙子了——抱着抱着，就靠在石头的墙壁上睡着了。

三、养女嫁汉，穿衣吃饭

闺女还没有长成，就有人盯上了：一种是被同龄小伙子看上；一种是被家有儿子的父母惦记上。还没到16岁，就有人上门说亲，媒人是两家的熟人或亲戚。第一次，旁敲侧击问问闺女父母找女婿的条件——若是女方父母对男方家没啥意见，就会明确表示。说媒的人就天天往人家家里跑，说东道西，不着边际，但主题寸步不离。

闺女爹娘说：养闺女嫁汉，吃饭穿衣，只要男方家境好了，闺女嫁过去不受罪，他们就很满意了。闺女一般不吭声，嫁谁不嫁谁，大都父母说了算，媒人天花乱坠之间，闺女本人也很少参加——南太行闺女们都非常自觉地遵守"父母之命，媒妁之言"，即使有不同意的，也都属于无效投票。

二十世纪八十年代以后，这种情况有所转变——有闺女们刚烈的，有主见的，宁死不从，也有非他不嫁的。但大多数闺女没主见，像山顶上的树，河里的水，哪儿风大往哪儿倒，哪里的水深往哪里淌。也有订了婚退婚的，本来要好的两家，因为退婚反目，村骂铺天盖地，不但大肆夸张生殖器的功能，还捎带了对方祖宗八代兼亲戚。没有退婚的，早早就结了婚——男的十八岁，女的十七岁，两个人还没有明白婚姻究竟是站着走好，还是趴着稳当，就成双结对，耳鬓厮磨，白天一锅饭，晚上一个花枕头了。

二十世纪九十年代，这种风气愈演愈烈：男方家庭"占位"的思想意识空前强烈——见到好闺女，就先说给自己的儿子，定下来，免得别人再来饶舌。闺女还只有十六七岁，就成了谁谁谁的未婚妻——两个孩子遇到一起，涨红了脸，还羞羞答答，前言不搭后语，扭扭捏捏像是两只刚出牙的嫩玉米，惊慌如两只刚出生的小松鼠。

南太行财礼不菲，以前几百，几千，现在三万到八万不等。即使出再多的钱，父母也都愿意自己儿子有个媳妇。在他们看来，父母一辈子的任务就是生孩子，养孩子，盖新房，啥时候娶了儿媳妇，就算完成了一生的使命。要是遇到有钱的家庭，再养十个儿子也不怕，闺女们抢着往家里跑，哭着喊着要给人家当儿媳。

因为什么？因为"养女嫁汉，穿衣吃饭"——其中，"穿衣吃饭"是物质层面的——吃得好，穿得好，才构成了普遍意义上的乡村荣耀——多年以来，南太行的闺女们似乎都在为此做着不倦的努力，有的如愿以偿，有的隔窗哀叹，有的如愿以偿了，又人财尽失，有的顾盼自怜，却迎来了预想不到的富贵。

家有万贯，不如武（手）艺随身。

秋风之后，颗粒归仓，大地萧索，万山同枯，乌鸦返回。这时候，手艺人开始上工。有需做家具的，早早打听了口碑好的木匠，专门去邀请——木匠收拾了刨子、凿子、墨斗、长锯、短锯、斧头等工具，骑上自行车，一路叮当到主顾家。先看木料，确定这根那根做什么用后，拿了墨斗，打了黑线，然后甩开膀子，开始嗤啦啦地锯起来。

在南太行乡村，木匠是最普遍的，他们说：家有万贯，不如武艺（手艺）随身。特别是男孩，学业不成后，就托着个人，把孩子交给手艺口碑都好的木匠，聪明的学徒半年可以出师，笨一点要两年。

一个人一旦有了手艺，就意味着再不会吃苦受穷——随便找个活儿干，哪家主顾都得小心伺候，吃最好的，还得给工钱——很多年前的南太行乡村，手艺被人们认为是人生中最宝贵的东西。正如母亲所说：只要有一门手艺，咱走到哪儿都有人上（另）眼看待，再穷也饿不死手艺人。手艺人吃香的年代，他们趾高气扬，有一种身怀绝技的优越感，见到不喜欢或者没权势的人眼皮都懒得抬一下，老远给他说话，眯了眼睛，装没听见。

还有打铁的，从炭火中夹出烧红的铁，你一锤我一锤叮叮当当地砸——把弯的砸直了，把直的砸弯了，再放进一边的铁皮桶里，嗤嗤冒出几圈儿白色的烟雾。

另外的手艺是拉大锯——木头很大，锯条比人还要长，锯齿就像是猛兽的獠牙——这些手艺人的主顾大都在南太行山西左权县地界上，秋天走，到年根儿（春节前）才回来。

二十世纪九十年代初期，木匠虽然买了电刨子（也开始了电气化运作），但也能挽回衰退的趋势。成品家具铺天盖地，堆在各个商店和大小集市。有人认真算了算，买家具和请木匠做家具的成本大致相当——还有一个重要原因是，有儿子的人家一旦说好了媳妇，就会很快结婚，没时间再请木匠到家里干活——尽管手工的家具结实耐用。

木匠还没完全消失，铁匠铺就倒闭了，以前叮当不停的打铁声就骤然而止了。老人不习惯，总站在人去火灭的铁匠铺前，摇头叹息——咋就不打铁了呢？打铁的人也摇摇脑袋说：不挣钱了还咋干？上山西拉大锯的人也没有了，不几年，通往山西的小道就灌木遮青石，乱草碧连天了。

但"家有万贯，不如武艺随身"这句话仍没过时。手艺消失了，还有新的手艺，比如开车，厨师，电器修理，车辆修理等新手艺异军突起；南太行人依旧按照过去的思维，让孩子们学习新手艺——挣钱了，就有人大口大口地羡慕了，闺女主动找上门来——要是学不到家，会惹来嘲笑，无论走到哪里，总觉得背后有人指指戳戳，浑身不舒服。

四、好人不长寿，坏（赖）人活千年

坐在院子里，我和母亲多次争论。主题是：世上好人多还是坏人多。母亲说好人多，我说坏人多。我们的好人标准是趋向一致的，母亲注重细枝末节，我是宏阔的，但有些空泛。在母亲看来：好人就是不故意找茬欺负人，不背地毁坏别人的东西，没有害人之心的人。而我说：好人是有道德底线，坚守自己良知的人。

　　"道德底线"和"良知"对于母亲来说是陌生的，尤其前一个。母亲是一个不识字的乡村妇女，我说这些有卖弄的嫌疑。在乡村生活那么多年，对于好人坏人，我的认知雷同于母亲——乡村的生活烦琐而又具体，处处都是利益（微小而切身），有利益便会有争斗，明明暗暗，川流不息。

　　小时候，我认为，欺负我母亲的人肯定是坏人——其中有一个妇女，村人都说她一辈子用各种方法使他人受到了财产甚至生命的伤害，她的武器不是刀子，但是比刀子还厉害的软刀子。一个男人和她偷情，她反而找到人家家里，把两个人做爱细节说给男方老婆听；另一个木匠刚刚结算了工钱，她热情叫他到家里坐了一会儿——她冷不丁弄乱头发，撕开上衣，大喊木匠强奸她；木匠辛辛苦苦干了两个多月，挣的钱全部归到她的腰包。

　　她丈夫早年去世，她又找了一个男人，极尽女人之妩媚，把这个男人的钱粮据为己有之后，眼睁睁地看着那个男人躺在炕上苟延残喘，嘴角冒血，死了还大睁双眼。

　　关于"好人不长寿，坏人活千年"这句话，我想是南太行乡村人们的生存经验总结，也反映了善恶之间的一些客观规律——恶更能使人获得那种被形容为"幸灾乐祸"的心理愉悦，善则是收束的，向内的，强制的，损伤的只是自己——在今天南太行，信奉佛教的人家不在少数，还出资修建了巍峨庄严的庙宇，善男信女们虔诚头顶柏香，向神灵祈求只属于个人的富贵与平安；也有基督教徒，集体背诵赞美诗的声音响彻村庄。但反身过来，也会做一些被神灵和上帝定性为恶的事儿——只要违反了个人的利益原则，再强大的信仰也须向现实生存作出让步。

五、人敬我一尺，我让人一丈

最先对我说这句话的人是我的母亲——我向她说了一个人对我的好，母亲当即说"人敬我一尺，我敬人一丈"——我隐隐觉得，其中也包含了一种"受人滴水之恩，当涌泉相报"的传统思想，还有朴素的交际原则。在南太行乡村，母亲也是这一信条的恪守者，很多次，我见她拿了一毛钱或者一块钱还给另外一个人，其他人说不要了，但母亲坚持要给，直到对方接住为止。

但很多事情是不牢固的，人与人之间存在着太多的变数——最凶猛的敌人大致就是利益冲突了，没有人能逃得过这种力量的撮合。两个村的闺女，关系好到了亲姐妹的程度，同嫁到一个村子后，关系一如既往——多年之后，却因为不到一尺的房基地反目成仇，甚至大打出手。

从那时开始，我才知道，很多书本上的东西是不可靠的，还有那些流传的人生信条——让人懂得了一种品质，却又在现实中加以破坏和毁灭。还有一些虐待老人的子孙，好像也不觉得羞耻，人说起来，还怒目金刚，振振有词，我觉得不可思议。南太行的一座村庄中有一对亲姐妹——相比邻里，再没有什么比这种血缘更亲近的了，但没有料到的是：他们也反目的，因为一笔钱，一个人还了，一个说没有还，谁也不肯让步——想起这件事，我就会记起"人真正爱的是他们自己"这句私人主义特别严重，令人沮丧的名言。

在南太行村庄，这样的事情可以列举很多，而且有名有姓，有地点还有时间，但似乎没有必要，一个人在那里出生，长到十多岁，即使他走得再远，那种根性的东西总是如影随形——在异乡的最初，我是怀有戒心的，对任何人都是，但也有毫不设防的。我经常思考的一个问题是：什么样的一个人可以让另外一些毫无顾忌地信任于他呢？

事实上没有——在南太行村庄，人们普遍认为最可靠的人还是自己的生身父母，父母们也这样认为——有一个妻子，丈夫做生意不慎赔钱，怕人追着要账，妻子提出将存款转移到自己名下，丈夫同意……转账后的第三天早上，丈夫一觉醒来，妻儿已然无影无踪，找了好久，几年过去了，一点音信都没有。

这个事情让我震惊——母亲总让我在外面与人接触多长个心眼——我不习惯这样，我相信人都是善的，不像母亲像姐妹，不是兄弟如兄弟。我觉得，母亲最初关于"人敬我一尺，我敬人一丈"的教诲是伟大圣明的。在与很多朋友的交往中，我不藏私，即使有非分之想，也说出来，征求意见——但很多时候是令人沮丧的，误解是必然的，到现在，我才猛然醒悟：一个人和一个人是截然不同不可混淆的，任何人都取代不了具体的"这一个人"。

曾经多次回到南太行的村庄，有人见到了，给我一杯水喝，我很感激，想到什么时候也给他一杯水喝；有人叫吃饭，也想请他们吃饭，有人给我一支香烟，抽完后，我会给他们一支——母亲看到了，说我做得好，我没有笑，而是觉得人应当这样的——我喜欢大智若愚的人，甚至有点笨的人，因为笨，他们专一，也因为笨，他们会一条路走到黑。

最近几年，听到南太行的两件事是：一个三十多岁的光棍，生前打工挣的钱大都给了嫂子，下煤矿不慎被炸死后，赔偿了20万元，但一分也没落在他的生身母亲手里，据说，他母亲几次哭着去了嫂子家，都被骂出来了。一个有点傻的侄女儿要出嫁了，收了一些财礼钱，姑妈哄着说替她保管——婚后第二年，丈夫生病了，侄女儿去找姑妈要，姑妈脸红脖子粗，跳着说：你啥时候给俺钱让俺保管了？侄女儿无奈，盯着姑妈的脸看了一会儿，扭头走了出来。

真理都是片面的——这些年来，不少人承包了砖场、煤矿和铁矿，召集了一些以出卖苦力为生的乡亲们做工——地面上烈日暴雨，狂风呼啸，地下岩石松动，碎渣横飞，随时都有生命危险，但为了钱，这些人光着脊梁，将绳索勒进皮肉，还是要干——但到年终，他们背着行李回来了，再去找包工头要钱，到大年三十了，包工头还没回家。

亲戚们听说了，哀叹一声说：死气马爬（形容人出苦力的悲惨样子），累死累活给人家流了一年的血汗，到最后一个子儿都没要回来，不看僧面看佛面，就是看在流的那汗的份儿上，也该给人家的——工钱没要回来的人一脸委屈，恨不得抓住包工头喝血吃肉，但始终找不到人，时间长了，那些工钱就不了了之了，重新再找新的包工头，开始又一年的打工之旅——代价不是等价的，南太行乡村"人敬我一尺，我敬人一丈"的人际交换理念，只是一种少数人遵循的道德信条，而不是人所共守的铁律和原则。

六、老天生人，总要给一碗饭吃的

每年八月十五这天，马路上总是多一些奇异的人，背着一只破旧的黑皮包，小心翼翼地行走，一手拿着拐杖，在砂土路面上探询。我在对面的村庄看到了，暗地里替他们捏一把汗——修在山上的公路，到处都是悬崖，深的数十丈高，浅的也可以致人死命——他们的步速虽然慢，但是安全的，好多年，在南太行一带，没有一个"瞎仙子"（会算命的盲人）因为行走而丧命——当他们的某一器官发生障碍时，某种感觉就会发达起来。

南太行人总是对那些眼睛盲了、懂得阴阳八卦的人表示同情，说："老天生人，总是要给一碗饭吃的。"言词之中，包含了深深的怜悯和同情。还有那些智障者——聋子和哑巴，虽然是残疾的，尽管生活简单甚至悲惨些，但只要有人用他们帮助做农活，每天就可以吃到香甜的饭菜。对此，南太行人还有一个名言是："天不绝人"——绝对区别于那种文绉绉的"天无绝人之路"，前者是南太行人朴素经验的总结和发现，后者是文人的提炼和拔高。

"瞎仙子"穿村过庄，整年在外面游荡，给人推算命运，搁置阴阳，收入不算多，但至少可以养活自己。更有的聪明伶俐的"瞎仙子"，鼓动三寸不烂之舌，以薄薄的两片嘴唇，使得一些人对自己的命运产生某种幻想和怀疑，尤其冥冥中的厄难，人人都很害怕，瞎仙子抓住人的趋富避祸的心理，以看不到摸不着的阴阳法术获取更多的物质报酬。

每年的八月十五这一天，是他们聚会的日子，南太行（河北南部，河南北部、山西东部）远远近近的瞎仙子都要赶来参加。有一年秋天，两个男性"瞎仙子"带着一个女性瞎仙子来到村里，给其中一户人家算了一卦，没有要钱，而是以一顿饭食和一夜住宿为交换条件——第二天早上起来，两个男性"瞎仙子"脸带明显抓痕，将出不出的鲜血使得他们面目丑陋——而女性瞎仙子安然无恙，他们走后，房主说：昨晚听到三个"瞎仙子"在打架，随后传来性爱的欢娱声。

瞎仙子们聚在空阔的麦场上，由德高望重的人讲话，针对掌握的问题，尤其是那些喜好坑蒙拐骗的"瞎仙子"，表示批评，惩罚的方式是一段时间内不准再给人算命打卦，否则，开除会员资格——每一个群体都有自己的制度，也有利益原则和行为规程——散会之后，他们会大吃一顿，然后相互道别，再次踏上漫漫算命之旅。

针对这些残障人，南太行人还会发出最简单的同情：人生下来就那样，老天爷不给人家一碗饭吃，那就不公正了——我听了，蓦然想到"人本善"这句话，但是有一些"瞎仙子"心眼很坏，被钱财收买，成为以神鬼介入人与人之间的争斗——他们本身没有什么利益冲突，都是受雇于人。在迷信的乡村，这种是虚无的，但给人的心理压力是巨大的。

但被诅咒者不恨"瞎仙子"，而是恨雇用他们的人——也就是说，在南太行人的内心，弱者的先天劣势赢得了普遍的宽恕。还有那些哑巴、瘸子和痴呆半痴呆者，村里再凶恶霸道的人，都不会欺负他们，有一些人，喜欢捉弄眼睛看不到的人，年长者看到了，就会出来阻止；要是孩子，父母肯定会大声呵斥。这里面包含了两层意思：一是欺负弱者不道德的传统思维的约束，二是暗暗惧怕瞎仙子所携带的那种神秘力量。

我小的时候，对这些也很惧怕，但还有一种怜悯，总觉得这样的人，有一种说不出的残缺感和悲惨感——每次看到，内心出奇的郁闷，有一种被悲凉袭中的感觉。乡人还有话说："哑巴毒，聋子心灵手巧，瘸子聪明。"这也是他们经验的一种局部总结——邻村有几个哑巴和聋子，打人特别狠，下手就能把一只成年的羊打死，瘸子聪明得让人防不胜防，还特别心灵手巧，会做很多手艺活儿。

还有一个智障者，在家排行老大，没有婚娶，现在差不多60多岁了，整天咕咕嚷嚷，从这个村跑到那个村，农忙时候，有人找他帮忙，给他饭吃；有一些上了年纪的人，即使不给做活，也会给他饭吃——有一段时间，每到吃饭时候，他就到我们家来，母亲总是给他一些东西吃；到奶奶家也是，其他人家也会给他吃的——吃完就走，不停地嘟嘟嚷嚷，谁也不知道他说的什么。

村人说，吃百家饭也是一个本事，要是健全的人，恐怕就不会有这么多人给饭吃了。——此外，附近村里还有几个身智健全的光棍，相比较而言，他们都承继了父母的财产，并有经营自己生活的能力，生活自然好些。但在村人的眼里，那也是一种残缺——人生是由两个人乃至他们衍生的另一些人组成的，他们没有，自然就被有意无意划归到残缺者的行列。

很多年过去了，现在的残缺者越来越少，他们都随着时间远去了，像风中的灰尘——但"老天生人，总要给一碗饭吃的"这句话依旧流传，大都表现在对自家未成年孩子命运前途的忧虑上——我相信这是真的，但更愿意再引申一下：在世上，活着的每一个人都会有自己的位置。

家畜们

　　大地青草茂盛无疆，草食动物绵延不衰。人和家畜们以青草为食，也为坟冢。五岁那年冬天，村里有人请了劁夫，把未成年的公羊睾丸割下来——状似乒乓球，满满一盆子，清洗后，炒了大半锅，奶奶让我去吃，我也跟在其他人家的孩子后面，拿了一双筷子，小心翼翼夹起一块，放在嘴里使劲嚼——怎么也嚼不烂，勉强咽下去，又吃了一块，到晚上，老是觉得胃里有一只羊在动，用角抵我，脚踩我。

　　也就在这一年冬天，村里将羊分到了个人名下，算上爷爷奶奶的，我们家一共五只，两只母的两只公的，还有一只小羊羔。下雪了，满山雪白，尺把厚的天堂尤物覆盖了村庄，枯草更是无影无踪。父亲让我抱了玉米秸秆，挖了一瓢儿黑豆，到羊圈喂羊。不知道出于哪种天性或者心理，我总是很讨厌公羊——它们很霸道，抢着吃东西，有时候还凶狠地将母羊和羊羔用尖角抵开。我生气，抬脚踢它们，只把黑豆放在母羊和羊羔嘴边。

　　这或许是一种天性的表现——人渴望善，格外偏袒和爱护雌性与幼者。春天，青草返青，红色和褐色的太行山逐渐翠绿起来，除了茂盛的荆条和榆树灌木，就是一丛一丛的青草了。还没出圈门，羊们就被青草芬芳的气息迷惑和打动了——趴在圈门上，看着近处的麦地和远处的青山，咩咩叫着——争先恐后跑出来，撅着屁股，仰着脑袋，扑向青草。有的懒，冷不丁跑到麦地里，张开洁白的牙齿，咬断正在疯长的麦子。

村人是心疼麦子的，羊们剥夺了他们的食物，就格外生气，有的人会拿石头掷它，要是挨得近一些，还会快步蹦过去，用脚乱踢一顿——这时候，人所谓的善良荡然无存，哪怕是母羊和羊羔，他们也不放过。暴打一顿，还气息咻咻地像骂人一样大骂羊们是狗日的，驴子下的——但羊们似乎并不在意，脾性不改，若有机会，还会跑进人类的庄稼地。

十三岁那年，村人合起来雇请父亲放全村的羊，五月，我去替他，他回来帮母亲割麦子。羊们根本不听我的话，四处乱跑，还偷吃了别人家的蔬菜和庄稼——他们都很生气，找到家里来，要我父母亲包赔。我也生气，心想——吃他们蔬菜和庄稼的是他们的羊，为什么还要来找我们赔呢？

秋天也是，风声四起，大地萧索，成熟的粮食和迅速枯去的草成为了岁月的又一次祭奠，羊们也一定知道，枯寒季节就要来临了，一个个也像春天时一样，四处抢食，速度之快，效率之高，犹如电闪，令我防不胜防——我还在山腰，它们已经跑到沟底了；我还在这块地里它们已经跑到了另一块地里了——我只能来回奔跑，上气不接下气，急得哇哇大哭——它们也没有一点怜悯之心，哪怕我哭哑了喉咙，也无法阻止它们对食物的强烈掠夺欲望。

我们家的那几只羊也是，也没因了我年年冬天冒着大雪，冻红手掌去喂它们的"情义"，而不随波逐流，反而也和别人家的羊只一起欺负我——人和动物，或者人和人之间，有些东西是不可等价交换的——我从心里恨它们，但又无可奈何。

　　而当人拿着刀子，把它们按倒，捅进它们喉咙——我想，羊们心里一定有着与我同样的感觉。只是这样的交换太过残忍了——无论何时，羊们永远都不会对人的生命构成伤害——可人，对羊们最大的仁慈似乎就是剥夺它们生的权利，并将它们的尸体纳为自己身体一部分。

　　再一年，村里的高音喇叭说，不允许个人再饲养羊只（山羊会啃掉树木的皮，让它们干枯死去），上面号召封山育林。这个消息让人吃惊，羊只们所制造的经济效益一直是村人供养孩子读书的主要来源之一，也是油盐酱醋乃至治疗病患的经济依靠。看着那些活蹦乱跳的羊被人带走，悲伤的鸣叫令人心碎；或者一只只地成为刀下亡灵——人在这时候的悲伤是真实的，因为它们即将永远不再。几百、甚至上千年的人羊共存史戛然而止——即使还会在其他地方继续生存，但根本的问题是：在太行山南麓，人的眼前再也看不到了，过往所有与羊只有关的事情都将成为乌有。

　　我也是悲伤的，听到这个消息，忍不住也说了一句话：怎么能这样呢？我向父亲建议：我们圈养吧。我每天割草喂它们。但也被告知，谁家都不能留一只羊，即使不上坡也不行。我感到沮丧，最后一次抚摸新生的一只小羊羔的时候，我哭了，想起曾经与羊只们在一起的生活——高山之坡，田地边缘乃至幽深的密林，一群羊跟着一个人，一个人跟着一群羊，在巨大的孤寂空旷和惊恐之中，每一声咩叫都让我心安，每一声铃铛都可以让我拥有一种安全感，我们是一个整体，谁也离不开谁。

可是，这样的告别再隆重，也不会成为艺术上的经典，如果是，只是保留在当事人群的内心，远不会波及到他们的本身已有的生活规律。忽然间，羊没有了，不过一年时间，高高的山坡上草木葱茏，没人头顶，成堆的茅草组成庞大幕帐，即使有人在里面进行一场完整的婚礼，也不会被外人所知。村里出外打工的人多了起来，烧砖、下煤矿等，但做木匠这种手艺也被规模化的生产取代了，古老的手艺也和羊只一样，成为了时间之中的遗物和灰尘。

举目张望，满山遍野只剩下牛了，但也只能在村庄附近的荒山上放牧，一旦踏入树林，便要没收，还要罚款。

98

牛是黄牛，北方山地的品类，一色的黄——笨拙而又温驯，长寿而又倔犟。

翻地是它们最为显著的利用价值——也是人类要喂养它们的原因，人的本性是趋利避害的，对同类一样，对家畜也是。但有一点值得赞颂的是：太行山南麓的人不怎么爱吃牛肉——这包含了他们的一种报恩之心，尽管有人忍不住去吃，但毕竟是少数。这样的一种品质是自发的，在这里，我愿意以"伟大"一词称呼它。

我们家分到了一头老了的母牛，还有一头公牛犊。这在很多人家当中，算是最差的，其他人家因了各种便利或者说家族势力，都分到了正在壮年，体壮膘肥的牛——母亲心里一度不平衡，找负责分牛的人说，但都被人家生硬地顶了回来——没有人愿意把到手的财产心甘情愿还给他人，母亲知道这个理，但她还是愿意一次次去说，妄图以个人的请求甚至哀求换取别人的同情——早在当时，我就觉察了这种行为的徒劳甚至卑微。

一年过后，大地的草又是一个轮回，风吹过来，再吹过去，反反复复都是那些，羊之后，牛成为了草们唯一的过客。眼见重新调换无望，母亲对两头牛格外关心，冬天圈在门前，给它们最好的草，还给生了虫子的玉米。

每年暑假，我都会去放它们，到不怎么陡峭的山坡上，一个地方，一个地方，不断给它们找寻最好的草。

牛们行动缓慢，但很稳健，每一步都要踩实了才肯真的踏上去。我跟在后面，拿一根荆条，有时候着急，就抽打它们屁股，荆条落处，就是一道白色的印迹——细密的牛毛里都是灰土，抽一下就会泛起来。到达目的地，不用我再驱赶，本能让它们低下头，大大的嘴巴和大大的牙齿会采集到它们喜欢的青草，一口接一口，嘴角的草从不间断。

我躺在阴凉树下，穿过绿叶看到天空以及它的白云，太阳的无数光粒绚丽极了，像飞舞的精灵，一颗接着一颗，从天堂到人间，从宇宙到大地，从博大的空域到我个人的眼瞳。有一些傍晚，猫头鹰的叫声令我不寒而栗——在太行山南麓的乡村，它们是幽灵或者灾祸的使者，每一声叫声都像不祥的预言。我害怕，鞭打着迟缓的牛，而它们还是不紧不慢，优哉游哉。

实在没有办法了，就到它们两个中间——母亲说：牛天生可以驱赶那些幽灵鬼魅，保护主人——这就像小时候听到的《牛郎织女》。每每想到，我就不再害怕了，甚至幻想着我们家的牛，说不定也可以帮我与一个天庭的女子结为夫妻，它们也会像传说中的牛郎一样，把自己的尖角摘下来，让我腾云驾雾，身飞九天，去可恶的王母娘娘面前讨回我亲爱的妻子。

这是奇迹，我等了好久，可始终没有出现。

老牛很老了，眼睛迟滞，满身的慵懒；牛犊是犍牛，膘肥体壮——两年之后，谁也没有想到它会长那么大——秋天犁地，一个上午可以犁掉两亩地，还看不出疲累。这让先前的村人感到意外，说：谁知道这牛犊会长这么大，就像一堵墙。差不多1500斤吧。母亲知道他们在后悔和羡慕，还有嫉妒。

听到别人的赞美应当高兴，但我却觉得里面包含了一些危险信号：总怕有人会打它，伤害它，比如砸掉它一只长角，或者在它腰和臀上砍上几刀——这不是危言耸听，嫉妒或者说不允许别人比自己好，这也是人天性中的恶东西——在后面的叙述当中，我会说到几桩真实的牲畜被人谋杀的"事件"。

放牧过程中，我还观察到一个糟糕的情景：犍牛竟然给它母亲交配——这令我心里感到可耻，也觉得这是有违牛道的行为——我看到了，满肚子都是怒气，说不清道不明的那种——我迅速提了一根木棒，朝正在做爱的犍牛身上打去。我下手很重，棍子都打折了，它依然故我，照常进行；这令我更加气恼甚至愤怒，捡起一块石头，砸向它的屁股——它似乎觉得了疼，但仍在继续。

这种顽强在我看来是可耻的——心里也因此衍生了一些厌弃感，不再以骄傲和赞美的眼光看它，也不再主动给它找最好的青草——这个阴影一直笼罩到我二十多岁的时候，就像一场梦魇，一场罪恶的目击，它带给我的那种人伦的颠覆和伤害，是巨大的，也是不可磨灭的。

又过了一年，它们也都被卖掉了，几天后，我听到的确切消息是：卖出没几天，它的皮肉就分家了，骨头散落一地，满身的肉成为了人类的肉——听到这个消息，父亲母亲都叹息了一声，我知道他们觉得可惜，或者是一种发自内心的悲悯。

牛也没有了，山上的青草再茂盛，也感觉空空荡荡，几年后，荆条遮高崖，青草没乱石，偌大的太行山南麓一隅，就只剩下了人，还有狗、鸡、猪猡等真正的豢养家畜了（唯一的一头驴还被人偷走了，连推磨都要人亲自做，只是不能像驴子那样用黑布蒙住眼睛）。

人是肉食和庄稼的，只是间接吃到青草，狗也是。

村庄就只剩下猪猡和鸡两种食草动物了——它们不像牛羊，吃草吃得太少了，而且都不怎么爱吃，即使吃也是被米粒和麸糠捎带着，再就是实在找不到吃食了，才在嫩草上啄几口。

春天，满山的杨槐花开了，甜得蜜蜂神魂颠倒，大黄蜂不分昼夜。村人也会捋一些回去，拌了麸糠，喂猪和鸡，但这些家伙们总是把树叶和花朵捡出来，用嘴巴扔在一边。母亲说，人的生活好了，猪和鸡也开始作怪（娇气）了。我倒觉得，猪和鸡本身就是青草的产物，都是人把它们娇惯坏了，脾气和本能越来越向人性靠近。比如，猪猡还会吃虫子，长长的嘴拱开泥土，捕捉蚯蚓及其他昆虫，津津有味地吃。

鸡是肉食和素食主义的完美结合，是乞丐和贵族的汇合，它们会吃掉最为干净的青草，也会吃掉人类以为最肮脏的虫子乃至其他一些腐物。它们还会去麦地找食物吃，用指爪翻麦芽，啄掉青麦叶子——人看到了，必轰撵它们，也会像对待偷跑到他们田里的牛羊一样，冷不丁痛下狠手，以石头或者木棒致牲畜于死地。

有一年秋天，几只鸡跑到了一个名叫朱三柱的村民玉米地里，他看到了，咯吱吱地咬了咬牙，一声不吭，鸡们吃得正热火朝天，一只荆条大筐子兜头劈下，全部成为俘虏——天色将晚，鸡主人想，鸡们该归圈了，怎么还不见回来呢？到河沟一看，地沿下一大片黑色的茅草上浮着鸡们的尸体。

这里要补充的是：封山育林多年之后，监管力度有所放松了，村里有人买了几只不啃树皮的羊，用绳子拴了脖子，就在附近的草滩上放养。一年下来，可以繁衍好几只，可以卖到几千元钱。有一天傍晚，我从坡上砍柴回来，听到羊凄惨的叫声，看到一个人正在使劲儿勒拴在树上的羊脖子，不一会儿，羊的叫声就和谋杀它的人一起消失了——这个人我知道是谁，后来，当父亲圈养的一只白色母羊遭到同样谋杀后，我第一个猜测到的"凶手"就是他。

再后来是猫，灰色的猫，鼻梁上有一片白色，奶奶从姑姑家抱它回来的时候，还不足月，瘦得不禁一阵风吹。起初，眼盲的爷爷喂它奶粉，后来煮了红薯，或者将馒头嚼烂，一天天将它喂养长大。它极其骁勇，每次出击都不会空嘴而回，即使那些老鼠比它还大，也没能躲过它雷霆般的攻击。没事时，它就一直蹲在里屋的粮缸边，或者老鼠进出的黑色洞穴旁，可以半天不出声，不动一下，耐心之大，让我自叹不如。

没过多久，奶奶家的白昼和夜晚安静下来，再不是那种老鼠公然开会、举办运动会和叼粮大赛，甚至开party的热闹情景了，一声猫叫，四壁胆寒。而我们家却一如既往，鼠们经常大动干戈，不仅在房梁、粮瓮和饭橱里聚众斗殴、打情骂俏，夜晚还公然越我脸颊，蹲我额头——母亲让我把奶奶的猫抱回来，清除一下猖獗的鼠类——刚进家门，猫就警觉起来了——蹲在里屋，不到一顿饭工夫，就叼了一只老鼠出来，放在地上，逗弄半天，等多次逃跑未成的老鼠累得全身酥软，闭上眼睛装死，它才张开嘴巴，只听得一阵嘎巴声，一只老鼠就这样连皮带骨彻底消失了。

鼠们不再猖獗了，夜晚风平浪静，但我们都知道——这并不等于鼠们绝迹了，而是它们隐藏得更深了，活动场所由屋内而屋外。附近的田地到处一片狼藉，还没成熟的玉米穗子面目全非，还有豆类和谷子，也都残缺不全。还有一个特殊情况是——猫再也不回奶奶家了，冬天钻人被窝，趴在煤炉上，夏天睡在阴凉处，鼾声咕咕，悠闲极了，饿了起身，伸伸懒腰，用前爪蘸唾液仔细洗脸（像爱美的闺女），喵喵叫，眼望着主人——我们知道它饿了，给它吃的。时间一长，它变得越来越懒惰了，除了睡觉还是睡觉。

奶奶说，猫和人一样，本性嫌贫爱富。我们也不再重视它了——人比猫还要现实，重功利。猫似乎觉到了，有一次，出门不久，我们听到它喵喵大叫的声音，嘴里好像叼了一个什么东西——竟然是一条小孩胳膊粗的水花蛇，还在它嘴边曲折环绕，但始终饶不到猫的头和脖子上。走近，母亲发现，猫咬的地方正是蛇的致命处——七寸，这令我惊异：猫怎么具备抓蛇的本领呢？

蛇是我们惧怕的——有一种妖仙化身的意味，尽管它没有毒，但村人那种神化思想比蛇毒还要强大。母亲拿了木棍，从猫嘴里夺下蛇——蛇好像已经死了，满身血污，落在地上一动不动。母亲挖了一个土坑，安葬蛇时，猫在一边看，呜呜叫着，充满了敌意和反抗。母亲说：蛇还会活过来的。几天之后，我挖开那里的土，蛇果真不见了——此后的几个傍晚，猫竟然抓了好几只灰色的野兔，照例喵喵叫着炫耀——我感到惊奇，论体形，野兔比它还大，论狡猾，我想猫肯定不是野兔对手——但它俘获了，而且大都是一击致命，尖利的牙齿穿透了野兔的喉管。还有几次，它竟然吃了毒死的老鼠，瘫软在地，神情极度萎靡，就要死了，母亲拿了醋，灌它，一夜之后，它又活了过来。

这真是奇迹——母亲说：猫有九命，联想到人，那时，我虽然只有十五岁的年龄，但还是忍不住为人——自己感到了些许悲哀。

小姨家养了一条黄色的雌性狼狗，我第一次去，就被追得满巷子乱跑，吓得魂儿都没了。后来跟在母亲后面去了几次，慢慢和它熟悉起来，以至到了它向我摇尾的程度。有一次带到我们家来，猫看到了，两个家伙嗓子里发出低沉的呜呜声，四只眼睛针锋相对，拉开架势，就要打斗一场。

狗和猫都是人豢养的，都是肉食主义者——我想它们不能相容的因由只有一个：争宠。这是它们的本能和上天所赋的脾性，并不是离开人不能存活，而是一种习惯行为。但谁也没有想到的是，它们俩都好景不长。冬天，呼啸的北风冰冻大地，深夜的冷蔓延到了天空。正在睡梦中，我被一声声的猫叫惊醒过来，我听出了它的声音——门槛下有洞，它可以钻进来，可是它没有，号叫声越来越远，消失在通往深山的方向。

没过几天，小姨家的狼狗也死了——不是被人毒死，倒像是动物对动物的一种召唤。母亲说；猫老归山，我相信奶奶家那只猫至今还活着，在我看到的深山，像狐狸或者狼一样，望月啸鸣，踏雪飞奔，它已然不再是家畜了——那狗也是的，有人说，吃毒药死的狗都是极其忠诚的，不然就不会遭到嫉恨，遭到人的毒杀。

2000年，父亲又买了一对小尾寒羊，平时放在家里喂养，秋天牵在自家田里，如此两年，它们生养了四只小羊羔。其中一只是公的，性格剽悍，有几次用角和弟弟打斗，竟然将人抵翻在地。弟弟说，有一次，它趁牵它的父亲不备，猛然冲过去，父亲一下子栽倒了，脸上碰了一下，不一会乌青一片。2003年冬天，我携妻儿回家，就要春节了，忽然又下了一场雪，纷纷扬扬，霎时之间，山川连绵的太行山南麓万籁俱寂，白得一无所有。

刚吃过晚饭，听到母羊疼痛的叫声，我们打手电去看——它正在生产，父亲赶紧抱了软的干草，放在它身边——我一直在看，它的生产过程和人毫无二致。等第一只小羊出生，母羊转身舔破胞衣，小羊发出咩咩的微弱叫声——我忽然一阵感动，觉得了一种天性的仁慈和美好，以至它一口口吃掉自己的胞衣，我也没有再产生幼时那种恶心感觉——又过了一会儿，又一只小羊出生了，前后不过十分钟。父亲拿了牛奶，在炉子上温热，放在母羊面前，它嗅了嗅，大口大口喝起来。母亲拿了泡软的黑豆，它也吃起来——两只羊羔全身洁白，腿脚苗条，高而细长，颤巍巍站起来，在它们母亲后腹下摸索好久，才找到了那一对结实饱满的乳房。

第二辑
我卑微的亲人们

南太行乡村暴力

北风掠过枯燥山冈，但却没发出任何声音，群众太激愤了，多少年压抑的仇恨火山一样爆发，经由嘴巴，就成为了一声声嘶喊——看着昔日骑在他们头上胡作非为的地主们——这时候，地主们再不会无视群众存在了，广泛的仇恨不仅停留在嘴巴上，还有拳头乃至挥舞的木棒，他们头顶神奇了好几百年的瓜皮小帽早已不知去向——被暴怒的群众反剪双手，昔日趾高气扬的脑袋奋拉下来，整个上身是弯曲的，鼻尖几乎碰到了自己的肚脐。

其中一个地主是柳树村沟的，叫白殿起，祖上几代地主，到了这一代还是地主，祖上都平平安安一辈子，到他这一代，忽然之间一贫如洗不说，还拉出来游街——他记不清是第几次了，头上的高帽子忽悠忽悠，一会儿瘪了，一会儿胀了，背上还插着一块木板，上写"打倒地主恶霸白殿起"，之后是三个血滴一般的感叹号。

这一天，天气格外冷，冻掉手指的风还夹杂了粗糙的雪粒，针尖一样扎在满是伤痕的脸——长工们嫌他走太慢，不停推搡着他的后肩膀，一推就是一个趔趄，好几次摔倒，啃了满嘴的黑土——路过一面红色悬崖时，谁也没有想到，白殿起的身子就像一块笨重石头，猛然跳了下去。

群众都惊呆了，张大嘴巴，任凭冷风钻进钻出，相互看了好一会，才有几个胆大的站在悬崖边，朝几丈高的悬崖下面看——白殿起的身子就像一块黑色的卵石，或者一口装满麸糠的破麻袋，伏在河沟一动不动。尾随的群众谁也没说一句话，有的转身回家去了，有的坐在路边的枯草上，掏出旱烟，用石英石打着，一口口的青烟就像是一个个稍纵即逝的灵魂，由人体吐出，消失在茫茫虚空之中。

还有一个叫曹白鹭的地主——被群众揪出来，在石展子专门为批斗地主恶霸而搭建的高台子上，挨了不少的口水，还有群众不断上台，痛斥他坑害乡亲的罪行。激愤的群众捡起石子，雨点一样砸在他们的身上——全身包了白布，在一丈多高的柱子上，寒冷的北风穿透了他的身体，骨头结成了冰渣。孤零零的一个人躺在昔日的牲口圈内，没过几天，连呻吟声都听不到了。

所有这些，我没能够亲眼看见，都是爷爷讲的——讲的时候，很多年过去了，他的口吻还很激动，尤其是群众的那种残暴行为，说得很"动人"，每个人的表情都刻画得惟妙惟肖——比如，他说点火的人：先是用袖子抹了一把清鼻涕，在屁股上擦了一下，再掏出石英石，手冻得像是烂了的猪脚，打了好几下，棉絮才冒出火星……远比我的叙述精彩百倍——我至今还记得，那个夜晚很黑，同样的冬天，重复着同样的北风，还夹杂着盐粒大小的雪花，一只只打在马头纸的窗上。爷爷说完，爬起来，又点了一袋旱烟——看不见的青烟一直攀缘到黑色的屋顶，惊扰了几只硕大的老鼠，一阵仓皇奔跑之后，一切都归于平静。

我躺在那里，看了一会儿黑暗的墙壁，有一种稀薄的光，从无法看到的地方，向我内心蔓延。我不知道为什么那样——从那时，我就知道，在黑夜，光会更加锋利。隔壁有孩子哭起来，尖厉的声音充满了恐惧与绝望——我知道那是一个堂伯新生的儿子，比我小四岁。他母亲是一个凶悍女人，娘家在羯羊圈村——先前生过四个闺女，一个比一个凶悍——我不知道她和别人家到底有什么仇怨，总是伙同几个闺女，欺负村里的一些人。还和她的婆婆打架——有一次，我亲眼看到她抓住她婆婆的头发，揪下来一大片，婆婆迅即狂叫一声，伸手摸了一把头顶，手掌立刻一片殷红，还滴滴下落。

很多次，我看到她和其他妇女吵架——双手掐腰，或者手足舞蹈，飞溅的唾沫星子在阳光下就像是无数的肥皂泡——我第一次听到这样的脏话："操恁娘的×××"，还把牲口的生殖器强加给人等等，我觉得害怕，像只幼鼠，躲在母亲怀里，眼睛里满是恐惧——原始的恐惧，人的凶暴行为使我觉得了一种近在咫尺的危险——有一次，在河沟，满满的池塘边，我看到她正把一个小孩子的头使劲按进水里——那是一个和我一般大小的男孩，挣扎的四肢像是被刀刃切割的羊羔。

此后，不用母亲交待，远远看到她，我就躲了起来；宁可多走一点路，也不敢与她碰面，尤其是没人的时候——她让我感到一种与生俱来的恐惧——人对人的恐惧，害怕同类被同类吞噬甚至虐杀的恐惧——但她偏偏就在我们上面住着，每次去爷爷奶奶家，都要从她门前走。天晚了，母亲就送我；实在忙不开，我就绕道到村子上面的一家，再返回到爷爷奶奶家——每次路过她家院子时，我的心脏狂跳，全身的肌肉都紧张起来，眼睛死死盯着那扇黑嘴巴似的门洞，趁着没人，赶紧跑过去。

从上学第一天开始，她的闺女们就老是欺负我，九岁那年，放学回家路上，我看到她的二闺女在路边的石板上写咒骂我母亲的脏话——有时候故意藏在高处，看我走来，往我头上扬沙子，丢石头——我头顶的几个疤痕还在，多少年了，我摸到就还是一阵战栗——当时是殷红的鲜血，从浓密的头发中泉水一样渗出——那一次，我真的急了，搬起一块比自己小不了多少的石头，冲她二闺女（我该叫堂姐）的脚上丢过去，她一跳躲开了，反过来又打我，而且是扇我耳光——火辣辣的疼痛倒在其次，主要是屈辱，我疯了一样，用身体砸她，可是她老能躲开——那时候，我就想要一把刀，就像电影中八路军杀日本鬼子长刀一样——如果谁真的给我一把，我会毫不犹豫，挥向她的身体。

仇恨一直跟随着我——在她一家人身上，自己的那些屈辱随即就忘了，主要是母亲所受的那些——我亲眼看到，她们一家人坐在房顶上，大声辱骂我母亲，而母亲只是一个人，我吓得钻在她小腹上，大气不敢出。当我出来透气的时候，却发现一块三尖石头，冲着我的脑袋呼啸而来——母亲用手一挡，石头击打在骨头上，发出很脆的响声，落地碎成了三块——我看到鲜血淋漓而下，像溪水，滴在青色的石板上——我哭了，抓住母亲的血手，使劲往家里拉她——

从那个时候，我的内心充满了复仇欲望，时间越长，欲望越是强烈——我曾经设想：拿了父亲从工地带回来的雷管和炸药，像英雄黄继光一样，冲进她们家里，点燃……直到二十多岁，我还一直以为，儿子为母亲而死是光荣的，是英雄行为，可以万世传颂，生生不灭！

父亲是一个懦弱的男人——多年之后，我仍旧这样说自己亲爱的父亲。还有爷爷和奶奶，当母亲受欺辱时他们总是劝父亲不要管母亲，说母亲是一个多事的女人——父亲真的很听话，私下还向欺负母亲的堂伯堂大娘说好话——母亲哭了，很伤心，她的哭声在午夜尤其凄惨——我躺在母亲一边，被汹涌的泪水惊醒。我开始恨父亲，觉得父亲不应当是我的父亲，一个连妻儿都保护不了的男人……而父亲有他的理由：不惹事，和为贵，听天由命之类的……还有爷爷奶奶，还让我劝母亲……我暴怒，摔烂了他们的一个粗瓷大碗，还有一个啃了几口的馒头。

母亲就此归结为家人少的原因，相比亲兄弟三个，还有两个姊妹的她们家，爷爷奶奶只生养了父亲和姑妈；一个是父亲的懦弱——"马善被人骑，人善被人欺"。母亲总是说：报仇的担子就放在你身上了——我把它看做一种使命，几乎每天都能清晰感觉到有一种气息在胸腔激荡，我也几次按照想了无数次的办法，拿出父亲的炸药和雷管。母亲看到了，她大声哭着抱住我，让我卸下来。看着母亲悲恸的脸，我咬着的牙齿松动了，忍不住放声大哭起来。

十六岁那年冬天，村子里又发生了一起暴力事件：也是亲叔伯兄弟，住在一起，因为宅基地而大动干戈，其中一个七个儿子，两个女儿；另一家则是三个儿子，一个女儿——

开战之后，所有家丁齐上阵，似乎敌我之间的一场你死我活的战争，铁锨、镐头等等工具都用上了——更像是一场农民起义，杀戮的欲望和动作搅起尘土，暴怒的嘶吼仿佛来自地狱，很多人看到了，但没有一个上去劝阻——有的人在笑，有的跺脚大喊，还有一些人，悄悄离开了村庄。

还有一件：女婿怀疑岳丈与养女关系不正常，将岳丈暴打一顿，扔在马路边——岳丈满嘴是血，额头还不停往下滴，呻吟声比过往的汽笛还要响亮。有人把他扶了起来，包扎了伤口。另外一件是邻村的，一个光棍被一位妇女的丈夫打了，也扔在马路边，一天过去了，路过的人走了好几回——但只是看看他，没人肯扶他一把——还有一个是，亲生父母打坏了自己儿子的膝盖，十岁的儿子再也站不起来了，蹲着走路到现在。

这样的事件让我惊恐——听说之后，额头冒出汗滴。有一次，弟弟被别人欺负，我立马过去，截住那个人，把他打了一顿。而正当我立志要报仇时，母亲的态度变了——而且是一百度的大转弯，总是对我说：你要好好读书，读书好了，才能真正报仇，让他们再也不敢欺负咱家。那时候，我不知道读书和报仇有什么关系——母亲说，读书才能当官，当了官儿谁还敢欺负咱家？她还说了宋朝吕蒙正的故事，开始人人瞧不起，受欺负，高中状元之后，欺辱他的人都巴结他了。

我似懂非懂，觉得这里面一定有着一种玄妙的因果关系——随着时光流驶，我逐渐明白：权力有时候是制止暴力的最有效武器，权力是比暴力更能置人死地的尖锐之物——人敢于和身边具体的人争斗，却对无形但庞大的国家公器束手无策，充满敬畏——后来读金庸的《射雕英雄传》，杨铁心夫人包惜弱被完颜洪烈掳走后，杨铁心为要回自己妻子还丢了性命——完颜洪烈最强大的武器就是掌握了国家公器，有那么多人为他看门护院；还有一夜白头的伍子胥，最终报仇还是依靠吴国的国家军队。

十八岁，我已经能够看懂一些世事了，乡村暴力的存在可以与人类诞生的长度相比——利益的争夺导致了人性最大的恶，更是恶的膨化剂和助推器——遇到势力庞大的家族，也会有所偏倚——村里这样的事情层出不穷。

有一次，听说这样一件事：两个年轻人结婚了，但女的根本不爱对方，男人一直暴打，妻子跑掉了，要离婚。男人不允，跑到岳母家，将妻子拖回来，继续暴打，并威胁说：你跟我离婚我就灭你全家——这话让我战栗，我想象不出这个男人说这话时，是怎样一副狰狞面孔——晚上，一把菜刀结束了他人世的最后的一刻。被捕的妻子说：我不杀他，他就会杀我！

我听到了，觉得私奔乃至逃跑都比杀人好——人杀人是什么？是最简单的暴力，也是最大的暴力，是最大的恶和人性的败坏。这应当是乡村最为普遍的暴力行为了，也是人与人之间仇恨的最终目标——很多仇恨实际上是乌有的，甚至根本不存在，但暴力的杀戮却使它们成为了现实——与此同时，还发生了几起私奔事件，我为此拍手叫好——我们不爱，可以分开；我们相爱，我们私奔！

古希腊的伊壁鸠鲁说："灵魂最圆满的幸福，有赖于我们思考到那些使人心最大的惊惧的东西，以及与它们同类的东西。"（《论快乐与幸福》）——私奔在南太行乡村是大逆不道之举，但避免暴力和杀戮的私奔是更大的功德！我愿意为那些真心相爱，而不得允许、无奈私奔的人们致以最隆重和真诚的祝福——但一个问题是：无论漂流在外多少年，两个人总是要回来，或许有人再也不会回来了——不管怎么说，生命是最重要的，哪怕再也见不到。

与此相反的一个例子，一个老人，一辈子老是打自己的妻子，妻子擦干泪痕，还笑盈盈地站在他面前。妻子死后，他似乎意识到了什么，几天不出门，再看到他的时候，一个老了的男人，就像一个孩子，蜷缩在妻子睡过的地方，早就没了声息——对她死去的妻子，我始终有着莫名的敬意——非暴力的抵抗，温柔的抵抗，虽然没有当时化解，但从根本上改变了一个暴力男人的最终立场。

前些年读马丁·路德·金《我有一个梦想》："非暴力寻求消除作为当代人类重大困境的精神的落后状态……非暴力是一种强大而公正的武器……它不仅砍下去不会造成创伤，而且使挥舞它的人变得高尚。"（在诺贝尔和平奖授奖仪式上的演说：《和平、非暴力和兄弟情谊》）这令我动容，感到惊讶，非暴力让我觉得了一种痛苦的快感，耻辱的高尚。

很多年过去了，我的报仇愿望还没有实现，每次回家，总还看到那些曾经欺负过母亲的人——她们也都老了，孩子成群，孙子也成群，花白的头发，皱褶的面皮，多么像时间的灰烬啊！再强的人终究是"人"，我们大抵是被自己蒙骗和局限了——作为暴力甚至欺辱最直接的承受者：我母亲，也开始苍老了，说起旧事，总是叹息，但再也没有提到"报仇"二字——我低下头来，想起当年的激烈情绪，也觉得了惭愧，暴力让我再次感到惊惧，深深的惊惧就像是一把反转的刀刃，砍下的是别人的身体，疼痛乃至被罪恶缠绕的却是自己。

或许是简单的生存要求了暴力——最近的几年，每次与母亲谈心，她还坚持自己当初的观点，只是没有了更多的怨恨和报复心理——但每每想起，我的心总是不能平静，胸中火焰熊熊而起。母亲跟着很多人，先是跟着一帮子人背诵《新旧约全书》，后来受洗成为了基督教徒——总说的几句话大抵出自上帝的嘴巴："慈爱的人，你以慈爱待他；完全的人，你以完全待他；清洁的人，你以清洁待他；怪僻的人，你以弯曲待他。"尤其是最后一句，让我忽然明白了一些什么——也许上帝不是不要人进行斗争，而是要人采取合适的策略罢了。

时间是可以消灭仇恨的，从根本上消除——当年那些被暴力折磨而死的地主们，他们的后代依然在——甚至与当时的始作俑者后裔成为了儿女亲家，往来说笑，内心笃诚，仇恨已然不见——他们早就忘了，亲情使得仇恨成为了真正的"泥土中物"——而又有一些新的仇恨导致了新的暴力，最大面积的就是那些在煤矿铁矿下井猝亡(炸死，被煤块铁块砸死，乃至瓦斯爆炸、塌方等)的人，他们的妻子都还年轻，转身成为别人妻子，而与公婆的仇恨也是无形的——这应当是一种传统思维所导致的背叛行为，相信不会太久，也就会烟消云散的。最近，有一个人亲口告诉我，他从小看惯了暴力，尤其是家庭暴力，至今不相信人世间还有真的爱情或者感情存在——我觉得悲伤，暴力使我们内心蒙羞，良知失明。

哈马贝斯说："参与者并不想用暴力或妥协，而是想用沟通来解决他们之间的冲突。"（《话语伦理》）我总是在想：要真正消除南太行的乡村暴力，如果他们认同马丁·路德·金和圣雄甘地等人的"非暴力"主张，我想在后面再加一条："沟通"。当我老了，如果我能够行走，我愿意挨门挨户坐下来，面对温和阳光，向他们说……只要他们愿意听。

亲近的惋伤

一

这是悲哀的。除了我，不会再有人来记录他们——我的两位舅舅，微不足道的两个人，在世上，在冀南西部村庄活着，然后死亡。几十年的生命，与身边其他同龄人毫无二致。似乎也是按照年龄顺序，最先死去的是大舅，一个一生没有子嗣，血脉流传的人，67岁那年秋天，不小心从房顶跌下来，身体窝在后墙道几个小时，发现后，脸憋得青紫，气息全无，手里还抓了一颗没有晒干的玉米穗子。

在家一个月时间，母亲多次催我去看看大舅，我总是用各种借口推搪。我确实不想去，主要是害怕大舅的责怪和教训——从小到大，我不是一个听话的孩子，老惹母亲生气。母亲没处诉苦，就到大舅身边说，久而久之，大舅对我深恶痛绝，当然也更多地包含了恨铁不成钢的成分。

回到甘肃，收到弟弟的信，才知道大舅突然死亡。打电话回去，母亲还哽咽着骂我不肖，让我去看我都不去。我无语，心头潮湿，站在那里，不知道说什么好——很早之前，姥姥姥爷就过世了——记忆中一个最深的印象是：在姥姥的村庄，秋天的田地里，一个头包白色毛巾的男人抱着我，咧着大嘴呵呵地笑。

我还看到地边的高大柿子树，拳头大小的柿子隐藏在众多的绿叶之间，深蓝的天空明净无比，几朵白云骑在山峰上——长大后，看到别的孩子都隔三差五去姥姥家一次，我就问母亲："我的姥姥呢？"母亲说姥姥不在了。我又问，那个在地里抱我的人是不是姥爷？

答案可想而知——虽然有点伤感，但那幅影像深刻在了我的记忆。时间久了，还觉得很温暖，一个孩子，被一个慈祥的男人抱着，在秋天的田野，一切的景象都是明澈的——再没有什么比某个亲切的场景可以让我在成年之后找到曾经丢失的快乐了。

姥姥姥爷一辈子养育了五个子女，大舅之后是大姨，再二舅，再母亲和小姨妈。按照乡村风俗，姥姥姥爷不在了，舅舅是最权威的家长。到后来，我还听说，当年，姥姥姥爷为省些费用，同一天为大舅二舅娶了媳妇，第二天一早，两个新媳妇却都无缘无故地死去了。

二

大舅续了一个寡妇，还带着一个儿子。二舅又娶了一个黄花闺女。到我六岁，二舅和舅母已经生了四个女儿和一个儿子，年龄都比我大，最小的四表姐也在我十六岁那年结婚成家了。

大舅娶了大舅母后，一直没有生育，但我想，大舅也肯定想和大舅母生一个自己的孩子，但事与愿违，大舅母过了生育年龄，大舅只好全心全意地抚养大舅母带来的儿子，盖了房子，娶了媳妇，紧接着又是孙子，肩上担子一点也不轻松。大表哥当兵退伍回来后，在县政府机关开车，一家人都在县城住，但表嫂和两个孩子是农村户口，还分了田地。

大舅不能看着田地荒芜，帮着大表哥养种，秋天打了粮食，就托班车带到县城。每次跟着母亲回娘家，因为没了姥姥姥爷，只能在舅舅家。大舅很和蔼，见到我，还没进门就走出来，咧开嘴巴，呵呵笑着，把我揽在怀里。可我不愿意进门——大舅母的脸色太难看了，黑得像十年不刮的锅底。在她家吃饭，吃了一碗，我再也不敢自己动手舀第二碗，总是大舅，接过替我舀上。

这情况母亲也知道，但看在大舅的面子上，明知却不说。母亲姊妹三个，对两个哥哥尊敬到了父母的程度。二舅也是，二舅母也对我和母亲，还有大姨妈膝下的几个表哥不大喜欢，每次去，二舅母也黑着脸。有时候，二舅也随着二舅母，对我们这些外甥不理不睬。

也不知道什么时候，大舅要了一个闺女，也就是我的大表姐。但大舅母不喜欢，只要大舅母眼睛一瞪，表姐就全身哆嗦不停。母亲说，大舅要这一个闺女，无非是想自己身边有个人，老了，走不动了，有个人端水伺候，等自己百年之后，还有个闺女披麻戴孝，从形式上看，与有女儿的人家没有太大的区别。

三

文化大革命前期或者中后期，二舅做过几年大队支书。那时候，远近几十个村庄是一个大队，七沟八村的人聚合起来，怎么说也有一万多人。二舅脾气暴躁，心眼直，遇到不顺心或者不满意的事情，开口就说，张口就骂。公社开展植树造林活动，二舅组织了群众，连续干了三年，在远近荒山都种上了树木。阳坡种杨槐树、椿树和材树，背坡种松树。据说，政府还派了飞机播种几次。我读初中一年级时候，坡上的树木早已长大成林，最小的也可以当檩用了。

但那时候，二舅已经不再担任大队书记了，原先的大队也拆分成几个小的大队。每逢开会，仅仅这里的大队支书和主任，少说也有二十来个。后来我听到一个出乎意料的情况：那时候大队支书虽是二舅，但真正当家的人是大舅。很多事情，都是大舅建议，二舅再公布实施的。于今看来，大舅似乎有"垂帘听政"的嫌疑。

至于二舅告别大队政治舞台的原因，大致是他大力提拔的两个新秀，用了一些必要的手段，取而代之罢了。在一个大队的政治斗争当中，母亲和其他亲戚归结的原因是：二舅受到了他人挑拨，而不再请大舅出谋划策，而被迫走下支书岗位。我17岁那年秋天，二舅家盖房子，我去山里帮忙伐木头，还听表哥说，是队里看在二舅是老干部的面子上，免费送了几根木头。

大舅二舅住在同一个院子里，只是地面不平，大舅住在最上面，二舅住在最下面，中间隔了一座老掉的石头楼房。从高处看，那院子就像一个方方正正的日子的"日"字。楼房中间有个拱门，两扇年久破裂的大门上总是悬着两幅残缺不整的对联。每年去拜年，我们总是按照辈分，先经过二舅的院子，去给大舅磕头拜年完毕，再返回来给二舅磕头拜年。中午吃饭，大舅二舅都抢着叫我们到自己家吃，两位舅母不是很热情，来了，做饭，吃饭，不吃拉倒。

有一年，二舅受别人的邀请，到山西和顺承包了一个砖场，当了一回包工头。因为二舅在村里的名声好，都知道二舅不会亏欠他们一分钱，几乎没怎么费劲，就找了五十多个人。秋天，一年就要结束，也挣了一些钱，就要收工回乡的时候。一个负责放炮崩土的光棍突然被崩塌的土山压在了下面。等挖出来，送到和顺县医院，已经无药可救了。

那个光棍家和二舅粘连了一点亲戚，找人好说几次，砖场赔了五万多块钱。这样一来，分给大家的钱就少了好多，但谁也没有怨言。后来，我听一个同在二舅砖场干活的人说：出事后，大家蜂拥而上，因怕用镢头刨伤他，就用手刨，先是露出脸，青紫的，像伤口的瘀血。拖出来后，有人发现，那个光棍的下身弥漫着一股新鲜精液的味道。

四

大舅二舅关系似乎不大融洽。母亲说过多次，我也不知道为什么。另外，二舅母和小姨妈的关系也很紧张，这令我不明所以：二舅母和小姨妈关系不好没啥，最令人想不通的是大舅二舅，同胞兄弟，还闹别扭，我觉得不可思议。曾经有一段时间，二舅也对小姨妈有了意见，见面不说话，梗着脖子，鼻孔里发出轻蔑的哼声。

不管谁对谁错，在感情上，我倾向大舅。我们家盖房子的时候，大舅二舅都去了，不过一个先来，一个后到。我12岁，认为小孩子不应当干活，而且，工地锤头横飞，石头渣子乱溅，我很怕，大舅和二舅看到我不干活，就呵斥我，让我帮忙捡支子或者和泥。我不，二舅扬起巴掌呼啸而来，我急忙一闪，只听得一股强大的风声掠过耳际。

大舅温和一些，劝我说，这房子是给你娶老婆用的，你不干谁干？实在抹不过去，我就到工地帮了一会忙。过一会儿，就偷看一下舅舅走了没有。直到下工，他们一个个吃了晚饭，甩手回家，我才松了一口气。

新房子垒起来后，因为用水泥打顶还是继续用石板这个问题，父母意见不一致。最终，大舅拍板，还用石板。理由是石板房子结实，夏天凉快，冬天暖和。父亲也不好再说什么，就依了大舅。第二天，雇请了两台四轮车，到附近的石板场买石板，大舅交际广，能说会道，提前到了石板场，谈好价格，选好了石板，帮忙装车——直到我们的新房子全部竣工，偶然的机会，母亲才听说，买石板时，大舅一天水米没进。

大舅对谁都很公平，几个姊妹有什么事情，一碗水端平，谁不对训谁。二舅有点偏心，遇到事情先吼叫一顿，或者置之不理，摆出家长的威严样子。有时候只是听信二舅母的枕边话，二舅母说啥就是啥，从不仔细分析——大致因为这个，我倾向于大舅，按照那时候的是非标准，像大舅这样的人到什么时候都不会做错事。

我隐约知道，大舅二舅关系僵化似乎是因为房子的事情。二舅的房子，是先前老一辈人共同建造的，虽然已有划分，但另外一家总是想多占一点。两家闹得不可开交。作为兄长的大舅出面调停了一会儿，说了几句公道话，二舅认为大舅偏向另外一家，兄弟关系恶化。

大舅做人的最高宗旨是息事宁人，和为贵。大舅活了六十多年，从没和谁红过脸，哪怕自己再不高兴，见到人马上笑容满面。这是母亲告诉我的，也是我观察的结果。二舅则有些乖张，越上年纪，脾气也越来越大。直到大姨家的几个表哥都成家立业，去到他家，态度才显得温和一些了。

五

大舅死的那天上午，二舅站在自己的院子里，指手画脚，还把大舅骂了一顿。到下午，得知大舅死了，二舅随即放声大哭，帮忙办理了丧事。二舅突然卧床不起。先是高血压，后来是脑血栓，身体越来越不便，起居困难，也慢慢糊涂起来。卧病在床的第一年，我回家，去看他，坐在床沿上，给他点了一根香烟，他手指颤抖着夹住了，吸的时候，嘴唇好像噙不住烟嘴，咝咝漏风。

我喊了舅舅，心里有些悲痛。我知道，从大舅去世那天起，就没有大舅二舅之分了。突然间，二舅哭了起来，像个孩子一样，拉住我的手，嘴里咕咕哝哝的，不知说了一些什么。我也哭了，想起大舅，再看看眼前飞扬跋扈的二舅，觉得了心疼。

那时候我就知道，二舅的病似乎和大舅的死有关，他也觉得后悔，也知道了某些不应当，或者说不可挽回。从二舅家出来，我又去了大舅家——原先的房屋铁锁悬吊，黑色木板门上的红色对联被风撕成一条一条的，像是微缩的旌幡。方格窗棂千疮百孔，旧年的马头纸无声无息，在阴暗的光中飘飘摇摇。

年纪大了的大舅母在儿子家里，身体还好，只是耳朵更聋了。坐在冬天阳光中，脑袋低垂，满头的白发像是一堆茅草。我大声叫了舅母，她抬起脸来看我——皱纹的脸，岁月的脸，时间的脸，我觉得了悲哀。她以往凶悍而冷漠的眼光变得迟滞，就连快如刀子的说话声音也微弱了许多。

坐了一会儿，说了一些话，我起身，走到大舅摔下来的地方：终年不见阳光的墙道很窄，两边都是坚硬的石头，底下落着一些枯败的叶子，风一吹，发出嗤嗤的响声。再向下，就是掺杂着碎石的泥土了——我站在那里，大舅的面孔浮现在脑海，方方的脸，大大的眼睛，咧开的嘴巴露出两排洁白的牙齿，冲着我笑。

126

六

二舅越来越糊涂了，不知道东西南北，不认得自己的孙子和妹妹。瘫痪在床的第四个年头，夏天时候，背上和腿上生了几个疮，瘦成了一把骨头。每次打电话回去，我问母亲二舅怎样了？母亲说一些近况，总让我心酸。每次询问，也总想起大舅，后悔自己当初为什么不去看他！

大舅母也病了，死前一个星期，先夫的儿子趁夜把她背回了原来的家。死后，还和先夫埋在一起。大舅只好回到他的一夜夫妻的妻子身边，分别五十多年的夫妻，终于又并排躺下了——我不知道这对大舅来说是幸福还是悲哀，但有一点可以肯定：在地下等待五十多年的大舅母一定高兴——抑或大舅母的先夫也是高兴的。

到第五年，二舅什么也不知道了，只是躺着，一口气在身体内外断续着流传。二舅母悉心照顾，唯一的儿子儿媳从不让二舅母帮忙干其他活计，一门心思地伺候二舅。村人都说，二舅有个孝顺的儿子儿媳，处处高看几分。而大舅是落寞的，从一开始，他只是一个人，死之后，虽有先前的舅母相伴，但谁知道他们会不会觉得生疏呢？

到第七年秋天，二舅走完了他的一生。就要咽气的时候，表哥表嫂还要医生尽力抢救——在场的人都感动了，一个个眼含泪花，抽泣出声。母亲闻讯奔到，在二舅家住了两天，送走了哥哥，返回来后，才知道，家里刚打的玉米被人偷了，当时弟媳一个人在家，听到动静，但不敢出声。

听到二舅去世的消息，我没有悲伤，反而觉得是一件好事——生命对于瘫痪在床、丧失意志的二舅来说，已然不存在了——残存的不过是出入他肉体的那些空气而已，如果二舅还有知觉，一定会体验到生不如死的真正滋味。去年夏天回家，去看二舅母，进屋后，竟然喊了一声舅舅，看到空荡荡的床铺后，才意识到二舅已经去世一年多了。

即使这样，坐着说话时，还有几次忍不住问二舅母："俺舅舅呢？"全家人愕然。中午饭时，艳阳高照的天空忽然之间乌云怒卷，雷声大作，倾盆大雨瓢泼而至，我抬头，忽然发现窗户上有一条青色的蛇，向着二舅睡过的床铺缓慢游动。

回家路上，我对同行的妻子说：应当给两位舅舅写点什么——这么长的时间了，逝者已逝，黄土化骨……再有一些时间，除了他们的子孙还会隐约记得，谁还会呢？除了我之外，也再不会有人用文字来记叙他们——不是树碑立传，而是一个人对另外两个人的印象和记忆，乃至作为晚辈或者同类的悼念与惋伤。

叙述的命运

一、最初的时候

从17（或者16）到42岁，大姨共生育了6个孩子，第五个是女儿，第六个还是儿子。姨夫的二哥膝下无儿，大姨家境又不太好，就给了人家。1984年冬天，大姨家几个儿子合伙，在离村子不远的地方盖了9间房子。只小我母亲3岁的大表哥已经结婚，住在大姨家对面的3间旧房子里。新房子落成后，正逢二表哥结婚，占了3间；余下的3间，两年之后，自然而然地成为了三表哥的新房。

四表哥跟着一个木匠学手艺——手艺的地位在村人心里很重，学成，就是一辈子的铁饭碗。四表哥虽没有读过几年书，但心灵手巧，不到一年时间，就脱离师傅，独立揽活儿了。1987年，表姐也大了，有人来说媒，男方和舅舅一个村。大姨把我娘还有小姨妈叫去商量，三姊妹一致认为，表姐嫁到舅舅村里，有那么多亲戚在，相互有个照应，串亲戚也方便。当年冬天，表姐出嫁，锣鼓鞭炮，不到一个小时，就成了别人家的人。

四表哥长期在邢台西部山区一带做木匠活，因为实在，手艺精巧，请的人也多，整个冬天都排得满满的，直到大年三十才收工回家过年。1998年春天的一个傍晚，我放学回来，进门，看见炕上躺着一个不到两个月的婴儿。大奇，询问母亲，母亲说，是捡来的，我不信。又问了几遍，母亲还说捡来的。

放下书包，跟父亲到地里干活的时候，父亲告诉我，那个婴儿是你四表哥和邢台一个闺女生的，因为没结婚，怕人家笑话，抱回来，让你大姨代养。

听到这话，心里忽然很激越，觉得这事情新奇，充满了危险性，但又快乐无比。两个人，冒乡村之大不韪，以实际行动，做出了一件有点冒险意味，且令人刮目的事情。我觉得很了不起。从那儿之后，对四表哥和后来的四表嫂有了一种说不出来的崇敬和羡慕。

第二天放学回家，我急着看四表哥和他未婚妻的孩子，却发现，炕上和母亲怀里空空如也，我找遍家里可以放婴儿的地方，都不见影子。就红着脸询问母亲，母亲说，孩子给别人了。我问是谁？母亲说，是你大姨夫兄弟的闺女，拿400块钱买走了。

二、兄弟们

1990年，大表哥告别旧居，不顾全家人反对，买了村里建在麦场边上的一排房子，举家搬了过去。第二年，开始信仰基督教。接着患病，一口一口地吐白色或者黄色的水，还拉白色的黏液。三表哥仍在一家国营煤矿上班，奉父母之命，带大表哥到石家庄医院检查，结果出来：只是一般性的胃溃疡。而大表哥不信，硬说自己得了不治之症，胃里生了一个大瘤子。回来后，还对大姨说，老三纯粹糊弄人，怕他着急，说他没事。接着长叹道：这年头，自己兄弟都靠不住。

三表哥回来听说，禁不住流泪，拿出检验报告单，叫了村里识字的几个人一起看，确实是十二指肠胃溃疡。大姨又对大表哥说了，大表哥头一拧，哼了一声，还是不相信。从那儿以后，大表哥基本放弃了劳作，任由家庭萧条，田地荒芜，有时间家里连买盐的钱都没有了，仍在床上抱一本黑皮的《新旧约全书》翻来覆去看。有一次我对他说，信仰是一个精神行为，不能太迷信了。大表哥眼睛一瞪，瞅着我说："你知道个啥？世界末日就要来了，你不信，等着死无葬身之处吧。"

我也知道，因为信仰基督，大表哥也认识了不少字。在他家桌上，我还看到了一本已经翻得黢黑的《现代汉语词典》。

二表哥也已结婚三年多了，但二表嫂总是流产，怀孕三次，都流掉了。大姨和我母亲，还有小姨，打听了好多偏方，给二表嫂吃了，还是没有效果。冬天闲下来，二表哥和村里的另外一个人，合伙到山西左权和和顺县一带农村拉大锯挣钱，几个月不回来。有一次放学，快到大姨家的时候，猛然看到二表哥回来了，穿着一身新衣服，胡子刮得干干净净。一见我就笑，跑过来抱起我，放在肩膀上，大踏步地往大姨家走。

再一年，二表嫂又有喜了，举家高兴，为了保胎，大姨发动了舅舅和两个妹妹，大家东跑西颠，乐此不疲，到处求医问药。十个月后，二表嫂临盆，产下一个女儿。几乎与此同事，三表哥第一个孩子：大女儿立楠也呱呱落地。同年冬天，四表哥也在邢台和先前的未婚妻举行了婚礼，次年，又生下一个女儿。虽然都是女孩子，但亲戚们都很高兴，买了礼品，专门去看望了一次。

嫁出去的表姐有了第一个孩子之后，因为房子的事情，与邻居闹矛盾。整天吵吵嚷嚷，回来对大姨说，几个表哥也觉得气愤，但毕竟是表姐婆家的事情，也不好出头。大舅二舅听了也说，把房子盖到其他地方吧，再说，表姐婆家的老院子也没有多大空间。

三、二表哥之死

1991年，周末放学，回家，门窗紧锁，空无一人。奶奶说，你二表哥死了，你爹娘都去了。我一阵惊诧，站在石阶上，脑子轰的一声，瞬间空白。跑到大姨家，窄小的院子里果真人山人海，一口黑色的棺材放在房侧，黑乎乎的，虽有烈日照耀，但仍觉得阴森可怕。

我看到四表哥，急忙走过去，要四表哥打开棺材盖，看看二表哥。四表哥使劲推开，我看到的二表哥躺在里面，脸色红润，眼睛紧闭，三只奇大的绿头苍蝇围着他脸庞飞。我伸手驱赶出去，再和四表哥一起，慢慢推上沉重的棺材盖。

接着，是大姨嘶哑的哭喊，我走到里面，母亲、小姨、几个表嫂都在，围着伤心欲绝的大姨，一个个脸庞红肿。母亲看到我，没说一句话。我看到大姨的裤子全湿了，汗津津的。

埋葬了二表哥，母亲让我带上弟弟回家看门。天色将暮，我和弟弟回到家里，吃了一个剩馒头，脱衣睡觉。八岁的弟弟不一会儿，就呼呼睡着了。我躺在那里，怎么也睡不着，窗外月光照进来，感觉像黎明一样。

像一个恍惚的梦，二表哥柴烟和饭食香味缭绕的房子人去屋空。阴暗的夜里，我一个人不敢路过。没过多久，二表嫂就回娘家了，改嫁势在必行。有一次，母亲说，二表哥的大舅子又去闹了，打了姨夫，还抢了东西。我说几个表哥不是在家吗？怎么还能任他胡闹？母亲叹了口气说，你那几个表哥都去干活了，只剩下你姨夫在家。

我觉得气愤，跑到大姨家，和三表哥四表哥商议，要对二表嫂哥哥进行报复。当时，我们兄弟几个咬牙切齿，眼喷怒火。大姨得知后，劝我们说，怎么说也是彩霞（二表哥的遗女）的舅舅，不要闹得太僵。

事过之后，我才知道了二表哥的死因——1988年春天，满山遍野的洋槐花开了，洁白的花朵云彩一样披满山坡，把黑夜映得如同白昼。成群结队的蜜蜂不分昼夜，在花朵中挖掘。每当这个时候，村人都要挎着篮子，带上口袋，捋些洋槐花回来喂猪，遇到特别嫩而甜的花朵，还可以搅拌上玉米面，蒸熟了吃。

从山西回来，二表哥情绪极其低沉，整天唉声叹气。有一次到小姨妈家，说了一些莫名其妙的话。当时，小姨妈觉察出二表哥厌世的情绪，还说了好多安慰他的话。又十多天后的一个早晨，二表哥起得很早，走到大姨妈院子里。大姨妈还没起床，二表哥对着窗户说：娘，你老了，我今天没事，给你们捋些洋槐花回来。你和爹就不要去了。

还没等大姨妈说话，二表哥就往山上走了。傍晚才回来，扛了一大包的洋槐花。大姨妈赶紧端了饭菜，给二表哥吃了。饭后，二表哥也说了一些莫名其妙的话，情绪更加低沉。临走时，还把在山西挣的400元钱给了大姨，大姨拒绝，二表哥回头嗔怪了一句，就回自己家了。

第二天上午，大姨妈挎着篮子上山，突然看到一棵核桃树上悬吊着一个人的身体，像沉甸甸的口袋一样，微微摇晃。大姨妈大吃一惊，连滚带爬，过去一看，果真是二表哥。使劲抱起来，把二表哥放下来，哭喊着救命。可是远近无人，只能任由二表哥的灵魂慢慢脱离肉体，向上飞翔了。事后，有经验的人说，要是人上吊不久，放下来要及时用拳头顶住那人的肛门，大致可救。

四、两个小侄女

闺女像爹，长到七八岁，彩霞长得像极了二表哥。每看到她，就自然地想起来二表哥以及他对我的好。我不过长她9岁，但还是她叔叔，也总觉得她可怜（或许她自己并不这样认为，"可怜"感觉或许只是我强加给她的），特别想给她一点钱，算是对二表哥的报答，但自己也没成年，属于赤贫阶级，有心无力，不免歉疚。

彩霞也不会给我要什么东西，吃的也不。直到我18岁那年，暑假代替父亲干了一个月的活儿，除了交给母亲的，手头还有几十块钱零用钱。有一次去大姨家，正是下雨天，彩霞和三表哥的女儿立楠放学回来，我掏出来，给了彩霞十块钱，立楠五块钱。因怕立楠不高兴，就先给了她五块，看着她蹦蹦跳跳地回家去了，才把十元钱放在彩霞手上。

立楠要比彩霞快乐，三表嫂也很宠她，什么事情都不要立楠做。而彩霞不同，放学回来或者假期，还得帮着大姨妈做饭，或者挖猪草、翻地、除草等等。黑黑的脸蛋越来越黑，身体也越来越壮实。她们读小学时，学校距离我们家很近，立楠倒是隔三差五来一次，中午吃过饭就跑去上学了，彩霞来得很少，母亲叫了她才来，吃饭时候也不说话，闷头吃完，挎上书包，低头向学校走去。

小姨妈也很疼爱彩霞，抽时间来看，带些好吃的给彩霞。遇到集市，还给彩霞买衣服。母亲也是的，总说彩霞这孩子没爹没娘，看到就忍不住掉眼泪。母亲、大姨妈和小姨妈聚在一起，也常唉声叹气，埋怨二表哥不顾女儿爹娘，一个人走了，太狠心，太没出息。

不知不觉间，我长到二十几岁了，立楠和彩霞也都十几岁了。姑娘越长越好看，我是越长越难看。有几次，两个小侄女还当面说我长得丑，不像以前的叔叔。我无可奈何，端着镜子照了几次，但自我感觉良好，并不像她们说的那样丑得不可救药。

立楠长得白皙，眼睛水灵，眉目之间，聪慧流转。彩霞肤色略黑，但很周正，浑身上下透露出一股泼辣气息。还有一个区别是，立楠的学习成绩中等，彩霞则门门第一。大致是年龄的缘故，抑或习惯了，彩霞独立强悍的个性暴露出来，主意拿定，任谁说教也决不动摇。立楠则显得软柔一些，凡事由着父母。有一次，彩霞和立楠吵架，立楠哭着跑了，彩霞则站在原地，看着立楠消失，拍拍双手，又去做事情去了。

转眼之间，我也三十多岁了，立楠和彩霞也都二十多岁了。立楠读了一个职业中专，毕业两年了，一直跟着另一个表哥在外面跑生意。彩霞虽然学习好，但也没有如愿考上大学。按照乡村风俗，都到了谈婚论嫁的年龄。依照大姨妈的心愿，想彩霞在附近找个婆家，而彩霞则偏向去武安（因其生身母亲改嫁到那里）。有几次，大姨妈找我商量，我说彩霞大了，婚姻是人家一辈子事，大人干涉多了不好，由着她吧。就在前天，立楠还打电话来，说到了自己的苦恼，也想来我所在的西北看看，我满口答应。

五、突如其来

1998年初春，乍暖还寒，但侍弄土地的村人都忙活开了。这一天早上，姨夫早早起来，拿了镢头，要把积攒了一个冬天的土粪抛开。正抡着镢头干得热火朝天，忽然有一盆水兜头泼下。姨夫抬头一看，三表嫂正提着尿盆匆匆往家里走。这时候，姨夫才明白，刚才泼在身上的不是水，而是三儿媳妇的夜尿。

从小我就知道，姨夫很老实，一句话都不说。我到他们家去，在整个大家庭当中，姨夫形同虚无，空气一样，只是干活，吃饭，睡觉，即使亲戚们到他们家，姨夫一声招呼都不打。或许正因为如此，我也根本不在意姨夫，看到就也像没看到。

几个儿子分别成家，女儿也出嫁之后，大姨和姨夫，带着彩霞，也告别了摇摇欲倒的旧居，搬到新房子居住。这时候，大表哥虽然身体不好，但也能够照顾自己，有一年，还出去打了几个月的工，挣回一笔钱。但耿耿于怀的是要把二表哥的房子据为己有，三表哥三表嫂也是，总觉得二表哥过世了，膝下又没有儿子，彩霞迟早要出嫁，余下的房子肯定是自己的。

为此，兄弟两个开始争，明着也来，暗着也来。为此，兄弟两家经常闹别扭，不是你骂我，就是我打你。大表哥心眼小，生怕三表哥把二表哥的房子弄走了，就和大表嫂分居，一直睡在二表哥死前一年修的房子里。没过多久，三表哥说做酱油和醋缺地方，要用二表哥的房子。夹在中间的大姨没办法，又不能阻止孩子们做生意赚钱，就拿出了二表哥房门钥匙。

几乎是一夜之间，大表哥患了精神病，吃饭都不知道往嘴里塞了，整天神经兮兮，从自己家跑到二表哥的院子里，站一会儿，哭一会儿，然后返回。全家人一看不行，就把大表哥强行送到医院治疗。也就在那天晚上，姨夫给大表哥看门，傍晚吃饭去睡下，到第二天上午，还不见人回来。大姨和彩霞一起去看，大表哥的家门朝内插着，怎么喊也没人开门。大姨妈无奈，找了一个壮年劳力，把门弄开。看到姨夫安静地睡在大表哥的床上，过去一看，身体早已冰凉了。

姨夫的死距离淋了三表嫂的夜尿不过十天时间——远在

邢台的四表哥回来了，在邻村的表姐也回来了。姨夫的丧事办得和其他人家一样，锣鼓唢呐，还放了一场电影，然后送入泥土，插上柳枝，一个人就这么告别了，无声无息。只是大表哥没有参加，也不知道自己的父亲去世了，还在医院里被二表哥的房子折磨得神情恍惚，不知所以。

一个月后，大表哥被接了回来，情况有所好转。那时候，正是播种的时节，大表嫂带着一会儿好一会儿糊涂的大表哥去山地种豆子。两口子冒着春天的炽烈阳光，干了一个上午，在树荫下歇息了一会儿，回家路上，大表哥一不小心，从山坡上滚了下去，等大表嫂奔到，大表哥已是血肉模糊，气息奄奄了。还没送到医院，就没了气息。

六、现在的生活

2006年，大姨73岁了。去年回家，多次去看大姨，也请她到我们家住了一段时间。似乎从那个时候开始，我建议让大姨住在我们家，母亲也同意，但大姨不肯来，只是偶尔来一次，住几天，然后一个人，蹒跚着回自己家。

彩霞一直在武安一带打工，女孩子干不了重活，在铁矿把井口或者开吊车，一个月下来，也有几百元的收入。只是不能照顾奶奶，每次出门，都先把大姨送到我们家，家里家外叮嘱了又叮嘱，还时常打电话回来，询问大姨的情况。大致是2003年，大姨一个人到山里拾柴禾，不小心摔断了胳膊，要不是有人在，趴在那里不疼死，也冻死了。

大姨的高血压越来越严重，有时候晕得把持不住。常感觉自己的脑袋的血管不通了，憋得疼。去年夏天，去基督教堂聚会回来，突然晕倒在地，挣扎着爬起来，一个人在床上躺了两天，水米没进。

知道这样的情况后，母亲和小姨妈时常去看她。冬天，母亲和父亲一起去给大姨拾些柴禾，劈开，放在灶火旁边。播种和收割时候，也去帮忙干活。大姨总说我们一家对她好，有一次，她偷偷对我说，她攒了三千多块钱，好像三表嫂知道，给她要了几次。我叮嘱大姨，这钱谁也不能给，留着自己用。

大姨还说，早年间，没信基督之前，有算命的对她说，到她78岁那年就没了。我听了，很伤感，看着她鬓间的白发，觉得了悲伤。七十多年了，这一个人，走过了她人生的大半时光，膝下6个子女，一个远在他乡，两个壮年夭折，现在只剩下两个名副其实的儿子和一个女儿了，孙子孙女个个长大成人，也有了一个重孙子。但是，她好像没感觉到幸福，总是愁眉苦脸，唉声叹气。

每次见到，大姨总要和我说很多话，叫我乳名。说着说着，眼泪汪汪地哭起来。有几次，从兜里掏出我这些年断断续续给她的钱，硬往我手里塞，我急忙跑开。每次打电话回家，也常询问大姨的近况，嘱咐母亲多去看看，没事了就把她接过来住几天。我知道，大姨老了，母亲也一把年纪了，两个同胞姐妹，风雨大半生，老了，晚上，躺在同一面炕上，说一些往事、家事和心事，尽管她们一定都会很伤感，但那种情景应当是温暖和亲切的。

我们的父亲

稍长的脸颊，红而薄的嘴唇，额头突出，鼻梁高挺，嗓音低沉，眼长且有神，尖下巴，身长一米七〇……这一形象的实际拥有者，是我的父亲：从农历一九四六年三月十四日开始，在南太行村庄，他的双脚在泥土深陷，身影掠过每一株草木和岩石——手指短粗，指甲含满黑泥。三十岁时萌生皱纹；四十岁后逐年加深……五十岁到现在，一直被一种名叫十二指肠溃疡疾病所困扰，他的疼痛不为人知（时常捂着肚子呻吟出声），一如他迄今为止六十三年的农民生活（稼穑稿，精荆编；粗木工，善牧放）。他内心情绪极少流露（抑或是因为我们的忽略和漠视）。他迄今为止的人生历程模糊不堪，与南太行乃至全世界以耕种为生的农民毫无二致（以身体的劳累和疼痛，甚至出卖尊严获取生存所需）。

他的名字简单而灵性：小方，官讳恩付（承袭族规）。他的经历简单得就像一条直线，所有的喜怒哀乐按部就班，毫不离奇。他的生命和身体像是一枚贴地而行的草芥，在南太行的村庄及其周边方圆五十公里的地方，连滚带爬，嗤嗤啦啦滑行。时常会被尖利的石头划伤，被自己的镰刀割出鲜血。

在我很小的时候，时常见不到他的身影，据说在远地修水库。我九岁那年春天，父亲背着行囊回到家里，不久又承包了村里的羊群。放羊是一门手艺，也不算是一门手艺。但村里的男人大都放不了，或者放不好。五月，麦子持续变黄，蝴蝶在麦芒上翩翩起舞，布谷鸟叫声从幽深的椿树林传来。学校放假，父亲把经年的羊铲冲我递来。母亲在一边看着，眼睛很柔。父亲叹了口气，转过头，蹲在磨石前使劲磨镰刀。我知道我逃不掉，只好噘着嘴巴，低着脑袋，像父亲那样，从村庄走到羊群面前，一声呼叫，头羊率先站起身，抖抖鬃毛，朝着山坡迈开四蹄。悦耳的铃声敲打着四边的岩石和蒿草，仍还毒烈的阳光在浅薄的流水上溅起一道道白光。

羊群逶迤，像是移动的黑色卵石。这时候，父亲和母亲已经到了麦地，俯身刈割。先是看到羊群，再探身看到我。父亲直了身子，朝我喊：站在羊群上边！母亲也提着一把镰刀，朝我大喊：别去陡地方！我听见了，但没吭声。俯身抓起一块小石头，狠狠丢向羊群——依照父母叮嘱，我在山坡上与羊只们赛跑，看谁先爬到高处——秋天，北风骤起，树叶摇黄，白露像是均匀的一层盐粒。气温从枯草根部升起。羊们似乎也嗅到了枯败和艰难的气息，看到一片庄稼或者一层发黄的落叶，就疯狂奔去。我制止不了，一屁股坐在地上号哭。

父亲听到了，扔下镢头，沿着层叠的堤堰、光滑的茅草和绿色的苔藓，气喘吁吁冲进羊群，嘴里不停呼号，挥动手中的枝条。羊们像是顺从的臣民，看了一眼父亲。扭头走出庄稼地。父亲转过身来，走到我面前，一把抱起我，替我拍拍屁股上的尘土。再一伸手，不知从哪摸出一只苹果，或一把红丢丢的酸枣——最稀罕算是山楂和葡萄了。

冬天，母羊在山坡分娩，疼痛的叫喊与我听到的人的生产没有两样。雪粒砸断头发的时候——父亲手里提着几只小羊羔，咩咩的叫声把村庄外围浓郁的白雾和黑夜敲得格外清脆。带着一身羊膻味回到家里，吃过晚饭，父亲就又打着灯笼，回到羊群中间。

父亲时常坐在门槛上吃饭，粗大手指握着细筷子，黑色的手掌端着洁白的瓷碗。他一次次把碗里的东西拨进嘴巴——不管是汤的还是稠的，都重复这一动作——吃面条时，稀溜溜地发出声音，吃馒头时会吧嗒吧嗒嘴唇。起身送碗筷时，总是先哎呀一声——好像腰很疼，一只手按住后胯，再慢慢把弓一样的身子拉直——坐在门槛上抽烟，摊开几张破报纸，一条条撕开，再抓了旱烟叶子，均匀撒上一层，卷起来，噗的一声，划着火柴。

那烟雾从嘴唇上升到房檐，再转一个弯儿，越过我们家青石房顶，在阴霾或湛蓝的天空化为乌有。几年后，村里没了羊只——它们分别被各自的主人取命卖肉，或者活着卖给另外一些人。农闲时节，父亲去附近林场扛木头，扛一根两块钱。直线路程不过五华里，而其中的沟壑纵横交错，上上下下，似乎是一张张弯弓。

父亲每次从茂密的林地，扛一根或两根木头。新伐的松树松脂外溢。父亲一步步，从这边的山岭到另一座山岭，下到沟底之后，再爬上山岭。我去看他的时候，他还在远处，我跑过去，想帮他。父亲说：你这么小怎么能扛动呢？我只好跟在父亲身后，看着他越来越弯的身子，颤悠悠的木头，脖颈里的汗水和汗水浸湿的衣衫。

吃饭时，父亲拿了好多麻花，找了一个大碗，给我盛了油腻腻的面片蛋花汤。父子俩坐在洋槐树的阴凉下，四片嘴唇油光发亮。吃完了，父亲躺在蚂蚁横穿的草叶上，美美地伸了一个懒腰。交错的双手放在后脑之下。我也学父亲躺下来——从树叶的空隙我们看到高远的天空，以及天空中游弋的白云。偶尔的燕雀嗖的一声，从我们鼻尖飞过。

林场的木头扛没了。父亲又有了新活计，到外村给别人家盖房子。每天早上，父亲带了泥铲子和小锤子，沿着门前小路，消失在峰峦深处。有一天，我发现，父亲左手腕上忽然多了一块亮晶晶的东西。我看了几次，父亲似乎注意到了。取下给我，我端详了一会儿，套在自己腕上。我翻过来倒过去地看，除了表链有些长，表盘太大之外，我都喜欢。

几天后，几乎每个同学腕上都亮了起来，在我眼前和内心闪动。我想到了父亲那块手表。当晚回到家里，就朝母亲要。母亲说小孩子戴啥手表呢？睡下之后，辗转好一阵子，开始做梦——亮晶晶的手表，在我手腕上闪着明净的光亮。那么多的同学都把脑袋扭过来——早上，我看看手腕，觉得沮丧，再看看父亲。他已准备出发。我想说出愿望，但又张不开口。父亲扭身出门，噗噗的脚步声渐去渐远。我一骨碌爬起来，胡乱套上衣服，背了书包，沿着父亲的脚迹，匆匆追去。出了一身热汗，父亲遥遥在望，我继续狂追。距离父亲两百米时，忽然难为情起来。

父亲站在原地等我。清晨的凉风吹落草芥上的露水，核桃树叶和白杨树叶不停拍打手掌。山鸡倏地挣脱了草丛。我始终低着脑袋，跟随父亲的脚尖，一声不吭地走着。快到学校了，父亲停下来，从手腕取下手表，递给我。我抿着嘴唇，眨巴眨巴眼睛，看看父亲，再看看手表。

四十岁以后，父亲俨然进入了老年。冬天的大雪把南太行村庄山野笼罩其中，野狼嚎声彻夜不息。黑夜的灰色颗粒还悬挂在门楣上，父亲起床，抓起铁锤、钢钎和洋镐，吱吱呀呀踩着大雪。不一会儿，石头与钢铁的鸣声就沿着曲折的河谷跌宕开来。母亲双手捉钢钎，父亲抡锤——再一些日子，大小不一的石头，通过架子车和父母亲的肩头、后背，进入我们家新辟的房基地。

月亮照耀的夜晚，寒风在夜枭的叫声中变得凄厉和幽深——父亲、母亲和我，一人一个木头架子，一人一次背一块比身体还要重的石头。汗水在夜风中沸腾，石头在暗夜中移动。我累，哭。父亲母亲谁也不说一句话。我只好咬着牙齿，跟在他们身后，使尽所有的力气。

一九八八年正月十八，父亲完成了石头的搬运工作。吃完饺子，叮叮当当的声音蔓延开来。到二月，我们家的新房子耸立起来。它远离村庄，在南太行阳光照得最多的一处山坳，一边是流水，两边是山岭，门前是成片的田地。田地之外是大河谷，河谷一侧是战备公路。公路再向南，是连绵无际的松林，形状奇特的山峰。站在院子里，张目远眺，有一种胸襟乘风，青山入怀的开阔之感。

父亲嗨呀一声，屁股重重坐在光滑的石头上，像疲累至极，如释重负。伸出左手，像抚摸茅草一样摸了一下胡须，然后掏出撕开的报纸和旱烟，一丝不苟地卷了一支，点着，深深吸了一口，含了大约三秒钟。然后，才从鼻孔和嘴巴一起吐出。我觉得，那一口烟，是父亲在我们新房子当中点燃的第一把人间烟火。

父亲似乎想起什么，转身抓了镬头，向岭后走。不一会儿，父亲一手提镬头，一手捧着一把湿润的泥土，泥土上，摇晃着一棵刚冒芽的椿树苗。走到院子，父亲放下树苗，抡起镬头，刨开新鲜泥土，将树苗放进去，扶正，双脚踩踩，又舀了一桶水，哗啦啦倒进树坑。

几个月后，这棵树便和周边的茅草、庄稼和枣树、板栗树、杨树、洋槐树一起长出绿叶，在夏日炽烈的阳光下，打出一小片妖娆绿阴。时常有花大姐和知了飞来，趴在上面唱歌，抑或不停抖翅。这时候，新房子浇了黄泥，装了门窗，我们一家告别了吵闹的村庄，在偏僻一隅，在时间当中，接续由来已久的乡村生活。

父亲又开始出外打工——有几次去得很远，烧砖或者给别人修房子，再或修马路和桥梁。每次回来，父亲都会带些吃的。再拉开一层一层的衣衫，取出一沓纸币，冲母亲嗯一声。母亲通常会问，这是多少？父亲有时会说出一个详细数字，有时会让母亲自己数数。然后扭了脸庞，看别的地方。

父亲时常去爷爷奶奶家。奶奶会拿出一些稀缺的食物。父亲闷着头吃。盲眼的爷爷坐在一侧，吧嗒吧嗒抽烟。父亲吃东西的样子像是一个可怜的饥饿的孩子，津津有味，心无旁骛。吃完，还要将碎渣捡拾一遍。下地回来时，父亲坐在一个堂哥家门口，和堂哥堂嫂唠家常，开玩笑。脸上皱纹一次次大规模舒展，呵呵笑出声。而在我们家，父亲几乎没有笑容，嘴角紧绷。不是苦大仇深就是郁郁寡欢——而更多的时间，父亲的生活一如既往，不是出去打工挣钱就是在家及

145

第二辑　我卑微的亲人们

四野忙碌。冬天，和母亲一起到山上割了紫荆，晾干后，再一趟趟背回来，垛在院子里。

融化的积雪，屋檐的滴水在地面砸出泥坑。父亲抓一把荆条，分四次拼成梅花状，用脚踩住，再一根根转圈编，编成圆状，直径达四十厘米后，把四角折起来——几个小时，一个花篓子就已成形。一个可卖一块五，再后来是两块五毛钱。再后来，花篓子没人要了，冬天，父亲就编荆茔子，有人收购，大批量送到附近煤矿和铁矿。

父亲粗通木工，简单的桌椅板凳乃至农具家什都可以随手拈来。家里的大小柜子和凳子，梯子和木桶，都出自父亲之手——有些年，父亲会被人请去编荆篮子和挎篮——在南太行村庄，种地挑粪，打板栗、核桃和柿子，甚或倒垃圾、串亲戚都离不开这些家具。

146

父亲这些手艺，自然可以贴补家用，但都极为繁琐且容易伤到皮肉，粗糙的体力活，向来不被人看重——倒是理发，总引来不少乡亲。这时候，父亲才像是一个手艺人，用一把剪刀和推子，在别人头顶上往来驰骋——但父亲理发向来免费。所以，母亲给他购置的推子用到生锈之后，便成为了委婉拒绝他人的理由。

父亲是喜欢给别人理发的——他会和那些一起光着屁股长大的同龄人说话，甚至开很荤的玩笑。父亲边理发边笑，额头的皱纹一下子被风吹去，粗大的手指灵活得像是弹钢琴——我想，这时候，父亲是快乐的，而且是他一年甚至一生中最罕见的快乐——而母亲却将他唯一的快乐剥夺了。我知道父亲的郁闷和不满，但父亲从不爆发。懊恼甚至生气时，会乖张地说几句，然后闭了嘴巴，任母亲的唠叨在耳边跌宕。

　　十八岁那年，我暂时离开他们。每一次回家，母亲就老一圈儿，父亲更不例外——老是每一个人的必然，但他们老的速度之快，令我猝不及防。每次我都给父亲带几条香烟，还有一些肉食及奶制品——母亲看到了，就说：抽烟没好处，给他带那个干啥？

　　我知道抽烟对人身体的危害性——我想，父亲几乎没有任何嗜好，喝酒打牌滋事生非甚至会相好，都没他的份。唯一的乐趣就是抽烟——每天都有卷烟装在兜里，夹在手指，就是最大的满足——如果将这一嗜好也去掉……我的想法或许迎合了父亲，使得父亲获得了欢乐和满足。

　　2000年后，每次和妻子一起回去，除了香烟，总要给父亲买和煮爱吃的肉类——母亲自小素食，锅不沾腥，好荤食的父亲自然屈从。我们回去，父亲可以满足一下口福——2006年春节，我强行敬了父亲一杯酒。父亲皱着眉头，满脸痛苦咽下去，摇摇脑袋，说再也不喝了——那时，父亲的胃就开始发炎和溃疡了，陪他去医院几次，都是十二指肠溃疡，买一些药物回来，父亲不间断地吃。

　　以药为生的父亲，似乎没有注意到药物的效果，我打电话回去，总要问问父亲的胃。通常是母亲代答：好了，或者说药管用。父亲接到电话，叫我一声名字，就把电话递给母亲。我知道父亲木讷少言的性格，每次都想和他多说几句话，但他似乎也不爱说那些家长里短。

　　这时候，弟弟也结婚了，早我当年一年——但到现在，他也没和父母分开生活。父亲忙完了地里的活计，还要出外打工。当我发现自己进入三十岁时，父亲也开始奔六十了——而父亲仍旧要出去，修路或盖房子。我向母亲说了好多次。母亲说，现在俺还能动弹，不愿拖累恁都（你们）。我说五千块钱就够你们俩一年花了。母亲叹息了一声，摇着花白的头发，说，房子还没翻盖，你弟的孩子要上学，现在两个闺女，还得要一个小子……我听了，一顿茫然。

父亲坐在一边，头发还没白，只是更加瘦削了，整个脸庞像是磨利了的刀锋。

父亲愿意我们在家，但从来不说。每次要走，父亲、母亲和弟弟提了我们的行包，或抱着孩子，送我们上车。父亲看着，弓着腰挥手，站在路边，一直朝车辆看，直到看不见。每次回来，父亲站在院子里，呵呵笑，看着我们一一进门。然后坐在椅子上，听我们说话，吃喜欢的东西。

有几次，不知因为什么事情，父亲发脾气，拧着眉头，弓着腰，快速挥动手臂，脸色涨红，粗大的声音像是从门缝挤进的寒风——我听到了，劝他不要一说话就瞪眼睛，呵斥人，尽量柔和、轻缓些。父亲听了，语气变得和蔼了许多。我时常想：我们这一家人是这世上最紧密的一群，是一个患难与共的自然国度——爱是最高政治，责任是兼顾城墙，义务是不竭水源，亲情是阳光，爱情是苗圃。而父亲，就是巍峨堂皇的宫殿，四处伸展的建筑和道路，都因他宽阔和伸展——我们长时间忽略他，他的身体的疾病和疼痛、内心和趣味……2000年夏天，弟弟说，父亲肚子疼，瘦得不像样子。走路都拖着腿。妻子汇去一些钱，让他到医院检查，结果说胃、肝及肾等未见异常。可父亲还很疼，脸白得像涂了一层石膏粉，继而发黄，比菊花还黄。又去另一家医院，检查结果是幽门处重度糜烂，要做手术。

妻子乘飞机赶回，劝他到另外一家医院做了胃镜，提取了胃液——弟弟在电话中哽咽，好长时间说不出话。我似乎知道了什么，涕泣出声，躺在床上泪流满面。儿子趴在怀里说，爸爸你怎么了？一边用六岁的手掌，替我擦掉眼泪。

几天后，我赶了回去——父亲躺在病床上，身体蜷缩，像一个孩子。看到我，叫我名字。我坐在父亲面前，抓住他的手——粗大的手掌，指甲缝里仍旧嵌满黑泥，暴起堵塞血管像是一串串蚯蚓。脸瘦得更像刀锋，夹杂着白须的胡子硬扎扎的。额头的皱纹像是水面上的波纹——眼睛红红，瞳仁有些发黄。我低了脑袋，摩挲着他的手掌，嘴巴咧了几次，想哭，可又忍住。

妻子告诉我，父亲胃里肿瘤已经破裂，淋巴和肝、肠道都有，脏器粘连在一起。医生不主张手术。即使打开，也只能再缝上。以父亲的身体状况，刀口难以愈合。弟弟说，来医院那天，从另一家医院取了报告单，赶到找好床位的医院——父亲吃了一些喜欢的甜蛋糕，趔趄了一下。弟弟和妻子去搀扶，父亲说没事。刚坐下，就扑倒在地。眼睛紧闭，牙关紧咬。若不是距离医院只有五分钟——妻子说：父亲吐了一脸盆瘀血，吐得她和弟弟满身都是。等父亲苏醒过来，输了一千毫升的血，才慢慢好转起来。弟弟说，要不然，咱爹恐怕那时候就没了！我听着，咬着牙齿。我突然想狠狠发泄一下，或者冲着漆黑的夜晚的城市嚎叫几声。

黑夜，静滴的液体，不瞌睡的父亲，看着白色的天花板。母亲蜷缩在病床一侧，铺了一面破纸箱子。医院的黑夜静得可怕，眼神迷离的父亲就像是一个无助的孩子，眼眶红红的，嘴唇干裂。我和妻子打了水来，给他洗脚，洗脸，擦了手掌和身体——父亲乖得真的像一个刚出生的婴儿。

午夜，我听到了哭泣，是母亲的——我没说话，看着她，在白炽灯下，两个生养我的人俨然是两个孩子——我知道母亲为什么哭，也第一次听到她为父亲而哭——我把父亲的手掌放下来，拿了纸巾，给母亲擦泪。母亲接过去，自己擦，然后起身，站在父亲病床前。

天光放亮，医院嘈杂，查房的医生，就诊的患者……进来和出去的……生命和亡灵。妻子拿了CT片，主治医生片子夹在显示屏上，一处处指给我看：彩色底片，清晰内脏，肿瘤的形状及感染部位——妻子还悄声告诉我：父亲左胸第三根肋骨陈旧性骨折——我询问了弟弟和母亲，他们猜测，大概是前三年冬天，弟弟盖厨房时，父亲从数米高山坡摔下所致。

150　父亲这一折断已久的肋骨，足以让我们终生羞耻——放弃手术，是一个痛苦的抉择——医生说，再住下去也没用，只能维持。我看了看妻子，打电话征求母亲意见——回到病房，父亲在哭，瘦得只剩下骨头的身体不断蜷动着，眼泪流进了耳朵，鼻涕像是两只蠕动的虫子。

几天后，父亲神色好了起来，脸庞有了血色，也稍微胖了点。精神尤其振奋，每天输液时，吃一些饼干，我嫌太硬，给他买了月饼、奶糖、八宝粥和蛋糕。父亲好像没吃过这些东西，总是很忘情，好几次滚针，鼓了好几个包。扎好后，父亲仍旧像孩子一样，坐着、躺着吃——不停地吃。

我们陪父亲去了附近新开发的旅游区——父亲说他二十多年前来过这些地方——我们为他照相和录像，搀扶着他，在人来人往的景区——回程路上，我忽然觉得，这些都毫无意义的，对于一个病入膏肓而浑然不知的老人而言，这时候的"好"是虚假的，甚至做作得不可原谅。

趁父亲输液的时候，妻子和小姨妈买回送老衣，放在父亲轻易看不到的地方。我找了木匠，在曾祖母房子里做棺椁——和妻子去到那座早已废弃的老房子里时，木匠正叮叮当当地干活，厚厚的土板刮得白净如镜——我抚摸了一下，扬起脑袋，攥紧拳头，使劲砸下去。

我和妻子暂别父亲那天，一夜没睡，早上四点钟给父亲扎上输液针管。告别时，父亲忽然大声叫我和妻子的名字，说，我不能送你们了啊！声音特别的大，尾音尤其长——在我记忆中，这是父亲平生说给我们第一句话客套话，我和妻子跑过去，抱住父亲的头脸和手臂。

又一个多月过去了，父亲的病仍在持续，而我和我们却还在千里之外，每天的电话，都急切地想听到父亲的声音。总是私下询问母亲和弟弟父亲今天的精神状态。深夜躺在床上，想起父亲……无可治愈的疾病，腹部胀满，肋骨生疼。我想，在自己这三十多年的人生历程当中，最失败的就是没有照顾好自己的父亲——我只是注重了对父亲性格喜好的某种迁就，但却没有真正走进父亲的心，用更为柔软贴切的形式，让父亲快乐。

六十三岁的父亲，原本迟一些时间患病便可以与我们同在这个世界生活更长一段时间——虽说死亡是一种习惯，而对于父亲，却极其残酷和不公平。

父亲的这种病，是南太行乡村农人惯常的疾病，共同的杀手——我想，父亲于我而言，是这个家中最雄厚的一面墙壁和一面石碑，只要他在，人世的风就不会吹到我的脊背……我想我们总有一天会失去他的，抑或是父亲厌倦了我们和这个世界以及持续一生的苦难和农民生活——尽管他至今仍蒙在鼓里，以我们虚假的谎言，用痊愈的期望对抗肿瘤。

很多朋友通过我对父亲表示问候和关心——有的让我代替买些父亲爱吃的东西，有的让我节省一些费用……有时候，我幼稚且认真地想：我的父亲会是很多人的父亲吗？他是不是可能还是与我同龄的所有人的父亲呢？或许这话说得太大，但"我"的父亲又何尝不是"我们"的父亲呢？我何尝不是另一个"你"和"你们"呢？你和你们，他和他们，又何尝不是我的父亲和我呢？

父亲的面容一再在眼前闪现，在电脑上看到，猛然心惊——他的眼光和表情似乎变得凌厉了些。他张嘴微笑的神态时常让我想起故去多年的爷爷奶奶，还有从未谋面的曾祖父曾祖母，乃至曾祖父的父亲——在二十世纪后半叶，父亲与南太行乃至全世界的耕种者一样，用劳作的方式对抗苦难，在苦难中用身体作为最大的工具和赌注——大炼钢铁、吃树皮和观音土、在洪水和地震中侥幸逃得性命……人民公社、改革开放……他只是一个用力气换取生活报酬的人。

现在，肿瘤占据了他的身体，人世间的药物和技术，都无法抵抗和消除他的疾病——父亲的身体成为了肿瘤的母体和巢穴，它们在剥夺，用不停胀大的贪婪，榨干这一个人在俗世之间所有的习惯、欲望和本能。

这似乎就是我的父亲，我们的父亲，一个农民，病痛中人——除了会写自己的名字，熟练计算自家田地亩数之外，他对这个世界的诸多本质和表象一无所知，也不做深究——

除了我们和我们这个家庭，整个世界都与他无关——中秋节，我在巴丹吉林沙漠看到的月亮出奇大，又出奇低，似乎就在人和树木的头顶。

坐在月光下，忽然想为父亲提前写一个墓志铭，这似乎有些忤逆，如果父亲看到，也许不会原谅我，也许会笑一笑——"在这里躺倒的这个人是我们的父亲/他累了，他在阳光和五谷之下/他是大地的亲人/南太行每一株草木都与他有过美好的纠葛/人世间的尘埃与云朵/必将从这里经过/他在这里静静回忆苦难和美德/他在这里必将得到永恒的福乐/——只有开始，永不止绝。"

第三辑

在时光中遁逃

失败的青梅竹马

一

开学三个月后，我才知道谁是刘俊花。

当年春天，杨絮、燕子，逐渐暴烈的日光，把方圆几百里的南太行乡村也弄得草长莺飞，鸡叫驴喊。我和同村七八个同学扛着杌子，背着渴望知识的新书包，人模狗样地成为了光荣的中学生。学校就在西梁村前边一公里左右的山头上，一排青石房屋，上下都是田地，院子内外长着几十株都已成年结果的大核桃树。

刘俊花学习成绩和我差不多，至少英语和代数成绩每次考试都比我多七八分。开始注意她，某天，班主任心血来潮，首次打破男女界限，合并课桌。其他同学都乖乖听话，惟有班花朱爱莲公然违抗命令，在课堂上向班主任提出不同意见，并且主动要求自己和刘俊花同桌。

这使得我们大为惊诧。朱爱莲的理由是，在她看来，我们这些男同学没有一个像点模样的，不是鼻涕擦不干净，就是学习成绩差得连把土都不如。和我们这些男生同桌，一来辱没了她的尊严，二来影响她的学习兴趣，第三，回家吃饭也没胃口。

班主任啊了一声，怔在讲台上。

我们集体哦了一声，几十双眼睛齐齐冲向朱爱莲扎马尾辫的后脑勺。

朱爱莲当然有这个资格和实力。

我们几个患有多嘴捣蛋毛病的男同学脑袋挤在一起，一番各抒己见，很快形成以下意见。第一，朱爱莲是我们班上二十来个女生当中最最漂亮的，个子虽然也矮了一点，腰身也粗了一点，但眼睛大，睫毛还长，脸白得给冬天深河沟里的冰块一般模样。说话、办事嘎嘣脆，还有威仪和风度。即使我们班最捣蛋的男生张大棍子，敢和班主任当堂辩论，和同学拳脚对垒，但朱爱莲一开口，他立马就茄子一样把脑袋奔拉到裤裆里了。第二，朱爱莲学习成绩也好，除了班长曹建军第一名一年多居高不下之外，第二名也被朱爱莲长期霸占着；第三，朱爱莲的爹是石盆大队支书。学校这地盘也属他管。

可朱爱莲为啥选至多算个中不溜的刘俊花做同桌呢？

班主任怔了一会儿，威严的嘴巴没吐一个字，算是默许了朱爱莲的"霸王条款"。这样一来，原先只能在墙角寂寞独自开的刘俊花一跃成为我们班当红女生，一举击败了先前学习成绩一直在前十名此起彼伏的朱建云、刘风花、周小娟等次班花，以不可阐释的软实力跃居第二名。

尽管如此，我也没把刘俊花当成朱爱莲一样看待。甚至有些鄙夷她。在我看来，刘俊花之所以从寂寞开无主到雄鸡一唱天下白，靠的不是自己能力，而是经由朱爱莲的当堂力荐，才红遍我们班的。否则，她还得在那黑乎乎的墙角夜雨芭蕉空敲窗呢。

初二那年暑假开学不久，校园内外的核桃树下一片狼藉，人们把能卖成钱的核桃摘走了，没用的叶子不但被打落凡尘，还弃之不管。我背着书包，和同村的老民棍子漫不经心地从马路上了进学校的小路，正在闷头走，后面传来一阵很特别的脚步声，一回头，就看到了朱爱莲。

男女生之间的感觉很奇妙，天天眼珠子碰撞、口气互吹未必会电光石火，间隔一段时间再见到，一瞬间就有可能火烧燎原。

还真是的。

那一次之后，我就开始抓耳挠腮、六神无主。确切说，是那一种开天辟地的感觉，好像午夜的一道闪电，冬天的一声闷雷，还像野地里一片成熟的庄稼地，石头上一枝带露的花朵。

我一下子呆住了，看着朱爱莲的背影，然后又具体到她那一弹一跳、左右划桨的马尾辫；再看稍微有点宽阔的背部和过早扩张的臀部……和双腿……在我十四岁的眼里，朱爱莲走路的姿势好看极了，比戏台上那些大家小姐更有教养；即使张二柱嫁到城里，每次回家都穿着高跟鞋扭屁股的闺女张改云也得等而下之。

二

朱爱莲和刘俊花坐在课堂中间最前排，距离讲台、老师和知识最近，虽然粉笔末会落在脸上头发上和课桌书本上，但两相比较，当然是学习知识重要了。

有得必有失。朱爱莲这样一做，刘俊花也瞬间变成了男女生的众矢之的。胆子最大最会捣蛋的张大棍子首先发难，刘俊花和朱爱莲坐在一张课桌上的第一堂自习课，后脑勺就连续被人用纸团袭击了两次。纸团虽然没有杀伤力，可毕竟是一个东西，再加上张大棍子肥胳膊粗手指，刘俊花也觉察到了。第一次挨丢的时候没好意思回身，第二次挨到，满是黑头发脑袋猛地向后一甩，两只细眼睛里两玉米籽大小的眼珠子机关枪一样扫了一下后面的男女同学，见个个都在装模作样看书或者写作业，只好收脸回正。

当张大棍子第三次袭击时候，站起来的不是刘俊花，而是朱爱莲。"谁要再欺负一下俊花，谁不是他娘生的！"这句硬邦邦的话居然从朱爱莲那张樱桃嘴里飞出来，我觉得好像又有一道闪电，倏地就切断了我一年多来对朱爱莲的所有印象，尔后一团模糊，很黑，还很黏稠。

朱爱莲还没坐下。其他同学集体发出一阵嘘声。我回头看了看张大棍子。张大棍子黑脸涨红，犹如火炭。

我忽然觉得很悲哀，张大棍子那么庞大的一个人，老师都不放在眼里，却被朱爱莲一个小女生威慑得服服帖帖，太没尊严了也。就对同桌老民棍子低声说："棍子，你说张大棍子天不怕地不怕，为啥就怕朱爱莲呢？"

"这你就有所不知了吧！"老民棍子一副自得的口气，斜着眼睛看了我一眼，又把眼睛放在课本上。我看着他鬓边的黄毛，正等下文，谁知这小子忽然正儿八经起来。就用铅笔捅了他胳膊一下。

“心急吃不了热豆腐，放了学，俺好好地告诉你。”老民棍子脸也不扭地说。

三

回家做作业，没心思，看着书本上的字和公式就像一群张牙舞爪的黑蚂蚁，黑黑的细细地跑。躺在炕上，眼睛都可以清晰地看到被柴烟熏黑的屋梁，还睡不着。侧身闭上眼睛逼着自己睡，可眼睛里都是朱爱莲，背影、马尾辫、酒窝、大眼睛、长睫毛、樱桃嘴……比电视剧还精彩，比我们偷着到戏园买票看的《射雕英雄传》还叫人欲罢不能。我再翻个身子，朝着墙壁睡，却听到老鼠们在里面疯狂搬运物资，还吱吱呀呀地开会。次日早上，眼睛就成了大核桃。娘说：“做作业熬成这样了！心疼的俺！”我不由得一阵羞愧，抓了一块干粮，背起书包，就趔趄着往学校走。

老民棍子在路边等我，一看我这个架势，哎呀一声说：“你这个学习劲头，值得俺快马加鞭扬长避短地学习。”我叹息一声，停住脚步，看着比我矮一头，头发全是黄色的老民棍子说：“棍子，咱俩可是最好的同学兼兄弟和哥们盟友啊，俺给你说个心事儿，你可不能传出去。”

“那当然了！兄弟的事儿就是自己的事儿嘛！”老民棍子一脸正经地说。

我一边向前走，一边看着远处起伏的山峦，脑子飞机螺旋一样转着想：“这事儿对整个世界来说，小得连鸟窝都算不上，可对我自己却比天还大。老民棍子要是透露出去，不仅在学校难以立足，传到村人耳朵里，一人一口唾沫都得淹死十回。更要命的是，父母甚至爷爷奶奶都得跟着我受人挤对和白眼。"

"啥事吗？说就说，不说你就是信不过哥们儿。哼。"在一边和我并排走的老民棍子不满地说。

"哎，……是这样的……你可得像保守武林秘籍那样保守我的秘密啊，棍子！"我欲言又止之后，又用近似哀求的口吻，看着老民棍子说。

"你这人……"老民棍子有点不耐烦，"我想追朱爱莲！"我站住，盯着老民棍子，神情凝重地说。"咳，就这个事儿啊，我还以为啥军事机密呢！"老民棍子不屑一顾地说。

我心一下子从半空掉到冰窟窿里。老民棍子看我站在原地发呆，催促说："快走吧，不然要迟到了！"

"咱这班的男同学，哪个不喜欢朱爱莲？不光是你想吃天鹅肉，我也想！可是这天鹅肉不是一般人能吃上的！实话说，像你我这样的，爹娘爷奶都是土农民，住的房子一阵风就能吹倒，要想把住楼房，平均两天换一套衣服的天鹅抱到自己的草房子里来，我看，比登天还要难上七八分！"老民棍子一边走一边说。

我反驳说："你知道七仙女和董永的故事吧，还有许仙和白蛇，梁山伯和祝英台，你咋就红口白牙地认定人家朱爱莲就是那种看门第，爱慕虚荣的人呢？"

老民棍子站住，两大眼机关枪一样把我上下全身扫了一遍，轻蔑地切了一声，摆了摆手说："老人们常说，龙凤配，凤求凰，凤嫁龙，凰配凤，这千百年来，不管是帝王将

162

相还是下里巴人，历来讲究的是门当户对，起码差太多，像你我这样的草头小民，只有一种可能……"

"啥？"我一脸疑惑地问老民棍子。

"除非考上大学，又分到政府机关……一句话，就是当官！"

四

我心思更加恍惚，上课根本没心思听老师讲方程式、南北极、哀秦和后人不暇自哀之类的，就盯着朱爱莲的后脑勺看。我觉得，朱爱莲那后脑勺就像一部电影，透过那黑色的头发和晃动的马尾辫，整个世界的事情都在那里上演。我想，朱爱莲一定不是嫌贫爱富的女子，而且还特别有七仙女的慧眼和品质。我呢，虽然学习成绩不好，但一定不会一辈子在村里撅着屁股拿镬头修理地球，专门给荒草、石头蛋子过不去。别说三层楼、窗明几净的乡政府，十层楼、有电梯的县政府，我就职的地方，一定楼高二十层以上，上下都是电梯，而且是一个人使用一间超大的办公室，电话是专配的，连卫生都有专人负责……当然了，专职司机也少不了。我住的房子，一定是楼上楼下电灯电话，洗澡的，洗衣的，做饭的，也都有专门的机器和具体人负责……那时候，朱爱莲就是我的夫人、太太，别人见到她，就像大臣们见了皇后，老百姓见了县太爷一样……

轰的一声。脑袋就像爆炸。我正在不知所以，一截粉笔头从我脑壳滚落在课桌上。随即听到一阵哄笑声。我抬头一看，教英语的曹老师站在台上，一手拿课本，一手搓捏着一根粉笔头，满脸严肃地看着我。

下课，我趴在课桌上，内心纷乱，觉得绝望又甜蜜，无奈却又生机勃勃。放学后，和老民棍子一起回家路上，他又语气严肃地对我说："咱们现在都还小，将来的事情谁也不知道。不过，照目前的国家形势看，以后的人们会更加注重物质财富和社会地位。咱爹娘小的时候是以穷为贵，咱这一代肯定是谁有钱谁有尊严，谁就能占到更多的社会资源。你喜欢朱爱莲，我也喜欢，可咱俩唯一能够如愿以偿的办法只有一个，好好读书，将来考上大学，哪怕不是清华北大，就是河北师范大学出来也会立马鸟枪换炮，成了人上人。到那时候，不用咱自己出面，其他人就替咱把事儿办好了。"

我恍惚。觉得老民棍子说的有道理，又没道理。也觉得，就凭他老民棍子，个子离地不足二尺，满头黄毛，再加上兄弟七八个，家里房子紧张，吃的穿的都是全村最差的。朱爱莲都不会迈进他们家门一步。

心里这么想，嘴也管不住，就说："算了吧，老民棍子，就凭你，也想追朱爱莲？"脸上也露出鄙夷的神色。老民棍子忽地站住，侧着脑袋，斜着眼睛，满含怒气地看着我大声说："咋了？我喜欢朱爱莲关你屁事。就凭我的学习成绩，你就是活马当死马医，老鼠咬黄鼠狼也撵不上。就凭这个，我追朱爱莲比你多一百个资格！哼！"

我也急了，也怒气冲冲说："单个说其他，就我的语文，你就是把南海观音、北海龙王请来也赶不上我一根头发丝。英语、几何，只要我稍微用点功，别说你老民棍子，就是他曹建军也不能望我一指长的项背！"

争论没有结果，战斗开始。

那一次，我和老民棍子在放学路上打作一团。尽管我胸脯和裆部受到了重击，但决死之心蓬勃，不妥协地与老民棍子作生死搏斗。骑着自行车回家的英语曹老师路过，上前拉开，并询问原因。我和老民棍子都铁口钢牙、宁死不说。曹老师说："那行，明儿个到学校以后，交给你们班主任亲自处理吧。"

这件事直接导致了我和老民棍子的决裂，这还算小事，我追朱爱莲的消息像着了火的荒坡，无休无止，连冬天都快烧红了。当然，老民棍子也是。我的心事是他不遗余力地散播出去的，我肯定当仁不让。有一次，我无意中听到，其他几个同学私下议论说我和老民棍子就是狗咬狗，两嘴毛，谁也不是好东西！这使我很震惊，就像革命先驱陈天华所写的两本书名：《猛回头》《警世钟》。忽然觉得，我和老民棍子的战斗，纯属内部自相残杀，亲者痛仇者快。

静夜，老鼠们继续大规模搬运物资，屋梁照常被我在黑暗中抽丝剥茧。我脑子里一会儿是朱爱莲在轻盈起舞，一会儿老民棍子的眼睛和黄头发窜出来。

我想起老民棍子前段时间给我讲的事儿，即张大棍子为什么怕朱爱莲。

朱爱莲的爹是村支书，张大棍子家也在他爹村里。去年，张大棍子找朱爱莲爹批房基地。朱爱莲爹说这要党员干部开会才能定，他一个人说了不算。张大棍子爹就说："其他人家批房基地你一个人说了就算，轮到我这里，就开会？"朱爱莲爹一听这话，忽地站起身来，甩掉还有半截的过滤嘴烟头，瞪着眼睛说："这是党的纪律，组织原则，你懂不懂，不懂就滚出去！"张大棍子爹脾气也暴躁，当场反驳说："你这个支书太鸡巴没原则了，李家娘儿们给你睡一觉，你就给批十间房子的地方，赵家给你买几条好烟，你也批，就看我这个没钱没肉的人没本事你就故意刁难？算毬啥党支部书记？"

五

"一个人喜欢另一个人，就像一头野牛闯进一片丰美的草原，自己都拉不回头。美丽的亲爱的永生的爱莲，我的神，答应我吧。"

这话是我写的，趁下课时候夹在朱爱莲的语文课本里。上课没十分钟，班主任老师正在语气沉郁地讲鲁迅的《药》。我心跳像地震，浑身刮龙卷风。不知道朱爱莲会怎么想，又怎样回复我。拒绝的可能最大，但既然喜欢她，哪怕只有一声叹息的机会，我都会死皮赖脸争取。

可真的被拒绝了呢？万劫不复。

假如她答应了呢？人间天堂。

谁知道，还有第三种情况。

上课没几分钟，老师正在讲鲁迅的《药》，朱爱莲忽地站起身，对老师说："老师我有事报告！"老师被弄了个突如其来，脑袋一时没转过弯儿来，怔了几秒钟，才看着朱爱莲一脸无奈地说："啥事？你说！"

朱爱莲转身离开座位，把我的那张纸条递给了老师。老师打开仔细看了不说，还一字一顿地念了出来，同学们顿时一阵哄堂大笑。

"谁写的？主动站出来倒还罢了，一旦查实，绝对没有好果子吃！"这种威胁口吻我们已经司空见惯。可轮到我头上，又是这样的事情。我的脸青白不定，一会儿烫得好像炼钢炉里的火炭，一会儿凉得万念俱灰。

六

还没半天，这个消息便向秋风灰尘一样覆盖了整个学校和附近的大小村庄。有一天放学，我还没回到自己家，奶奶就站在院子喊，叫我去一趟。一进门，她就说："平子，你咋能哪样呢？"我呆住。奶奶继续说："你是不是招惹人家朱家丫头了？"

我还没回答，奶奶又说："你知道不知道，那朱家是俺娘家人，叫俺叫老姑姑的。都是亲戚，咋能成亲家呢？再说，人家是村干部，你爹是土农民，即使没这层关系，也不能成啊，平子！"

耷拉着脑袋，心里装着五千斤的沮丧。刚进门，娘就黑着脸说："俺和你爹吃糠咽菜供你上学，你不干正事，才芝麻点大就开始搞男女关系。这还不算，还让人家奶奶亲自跑到家里，把俺好好地贬斥了里外不是人。"娘说着，眼泪就下来了。我待在地上，脑袋轰的一声，好像飞起一群蜜蜂。

夜里，我拿着用来背柴的麻绳，拴在梁头上。就要把脖子挂上去的时候，忽然想，就这样完蛋了太没出息。爱莲也不会为我掉一滴眼泪。伤心的还是爹娘，他们一把屎一把尿一滴血一滴汗地把我养得这么大!

"就他家那破样儿,还想和人家支书攀亲戚?也不撒泡尿照照?真是的!""真是家里没秤,自个儿几斤几两都不知道,就去招惹人家千金大小姐,不自量力!"这些话,尽管没当着我的面说,可也都随着风曲里拐弯地进了我的耳朵。而且,直到我高中毕业,也还没完全消散。

唾沫星子真能淹死人。

我的大学梦最终还是被自己毁掉了。但也没有寻死觅活。因为,我们那班除了曹建军考上了师范大学之外,朱爱莲也名落孙山,但辗转去了本县教育部门搞的一个师范学校读书,两年后出来,在本村当了小学老师,没多久就转正了。

这时候我才彻底醒悟,我和朱爱莲确实不对等的。她考不上大学可以辗转一下,我考不上就只有回归农民本位。她能在学校拿工资,我只能像爹娘一样,用体力换钱。高中毕业后的当年冬天,我就去了县城一家玻璃厂打工,管吃管住,一个工给十五块钱。娘说:"咱就这个命,不要强巴争。去打工,挣点钱,有门第差不多的闺女,娶回家,就这样日了夜了地过日子吧!"

我没想到,刘俊花也去了,而且是同一家厂子。因为是同学,显得格外亲切。第一次发了工资,我就邀请刘俊花去看电影。到电影院外,我拿出五十块钱,让她先买点瓜子饮料,我去上个茅房。

两人坐在黑暗的电影院里,周边都是抱头搂腰的年轻人。基本上没一个正儿八经地看电影。一开始,我觉得没啥。可能是环境影响人。整个电影院里除了屏幕上的音乐和对白之类的声响，周围总是传来嗯呀哼喈之类的，叫人心脏造雷、血管跑马的靡靡之音。我看了看刘俊花，她一边嗑瓜子，一边喝饮料，脸色如常，不时还咧开嘴巴嘿嘿笑几声。

刘俊花也挺好的。从那一刻，我忽然觉得 。同时忍不住想起朱爱莲。这时候，她肯定在家里台灯下备课，或者家里有人来说媒……心疼了一下，眼泪不争气地落了下来。

七

当年春节前几天，玻璃厂放了假。

我想了想，朱爱莲对我来说那是空中楼阁井底看月，刘俊花家境也一般，也和我们家差不多，算得上门当户对。更重要的是，刘俊花和我一样，也从心怀幻想的高中生落成了实打实的土农民。

我要是追她，该没啥问题！

几天后一个下午，从乡政府往家走的时候，我还满身沸腾着飞扬跋扈和踌躇满志。跟着当村会计的亲姑父去了乡政府填了一回人口普查表，就像也和乡政府扯上了一层什么特别关系一样。至少我自己是这么认为的。乡政府距离我们莲花谷村十公里路程，中间隔着大韩坡、庙上、花木、大米沟、石盆、稻子沟等七八个村庄。

填完表，姑父带我去乡政府所在地蝉房最大的饭馆吃了两斤多的甜麻糖，喝了两碗鸡蛋汤。不用自己掏钱，回来由大队报销。这样的待遇，一般人磕破脑袋、双眼望成俩铜铃也没有。一路上，我也昂首挺胸，大大咧咧，红口白牙地不断跟姑父说张三道李四，乱七八糟，好像自己也成了村干部一样。

到距离我们村还有五里地的西梁村街口，姑父让我等他一会儿，他去南街村支书曹友良家一趟。乡长让他捎个信。我当然说好，并老老实实地遵守姑父的命令，坐在路边的石头磴上歇息。那时正是深冬，远山黝黑，近坡枯黄，河沟流水隐匿，白冰如练。坐下还没一分钟，石头的冰冷就毒牙一样咬我屁股。急忙站起来，正在拍灰土时候，眼前就凭空多了两个人。

确切说，是两个女人。其中一个我认识，那是我初中同学刘俊花。几年了，刘俊花个子还不高，脸白，两腮肉嘟嘟的，笑起来稍微有俩小酒窝。另一个女的大致二十五六岁，一看那胸脯、嘴角和走路姿势，就知道早就结婚了。我惊喜地咦了一声，正要上前打招呼。忽见那妇女快步走到距离我还有一米开外的地方，张口凶凶地说："杨献平你咋恁么不要脸呢！俺姊妹啥时候喜欢你了，你到处编排造谣！"我一下子懵了，满脸惊慌地看了看袖着两手，攒着一脸愤怒和恶狠的妇女，又看看也袖着双手，脖子上还包着一面大红围巾的刘俊花。刘俊花也一脸怨恨地看着我，红艳艳的厚嘴唇嘟着，表情极其复杂。

"俺姊妹子就是剩在家里，也不会嫁给你这个又穷又臭的二杆子！"那妇女又狠狠地看着我说。白花花的唾沫星子好像齐发的万箭，全部落在我脸上。

清水打开的秘密

    飞扬的尘土就像宿命，清水不过是对肉体的瞬间歌颂。我冬天的手掌和脚掌上积攒了一层厚厚黑垢。不知从何而来的虱子爬满身体，以我干燥的鲜血把养洁白光亮。直到春节前几天，母亲才烧上一大锅热水，让我和弟弟一起洗。肥皂擦了一遍又一遍，黑水倒了又倒。如此几次，黑垢还是没有处理干净，卧在皮肤表层，像是一群凝固的羽毛残片。

    我想，身体上的泥垢来自哪里？像是一些卑劣幽灵。那时候，乡村的水并不缺少，尤其是夏天，每一个时光都是欢快的，村子附近的几座水库成了我们的乐园，赤裸的身体在幽蓝的水面上驰骋，溅起的浪花包含了无数银子的光亮。我们不知羞耻，看到同龄的女孩子，站在宽阔的坝上，弹簧一样大呼小叫，下身还没发育的器官似乎一只怎么也找不到栖落之处的蝴蝶。女孩子们气急，脸颊涨红，捂了脑袋，大骂我们不要脸。

    上课后，男女同学相见，女生还是一脸恼怒，嘴巴噘得能拴好几头小毛驴子。我们则若无其事，得胜的将军一样，穿着花裤衩，在满是木刺的杌子上扭动屁股。而秋天之后，这样的好时光就要等到来年了，凉风之中幽蓝的水面看起来温和迷人极了，但水质刺骨，有着刀子的力量。

这似乎是我最初的洗澡活动了。南太行乡村把游泳叫做"玩儿水"，十足的儿化音。一则表示玩水是孩子们的专利，一则带有明显的嬉戏成分。到初中一年级，这种爱好依然浓烈，每年夏天中午都泡在附近的水库里，只是不敢再赤身裸体毫无顾忌了，腰间多了一条单薄的布片，遮掩了一个欲盖弥彰的世俗观念。再也不对那些偶尔路过的女孩子大呼小叫，有时候还慌乱地把身体埋进水里，让水承担和埋没羞耻。这时候，我也隐约想到：那些女孩子们若是看到我们，一定会想起一些什么的。至于想到什么，所有的解释和说出都显得多余。

172　　十六岁以后，身体的一部分消失了，曾经张扬的蝴蝶变成了不见天日的蚯蚓，懵懂的本能像是一团若隐若现的火焰，悬挂在身体的空中，明明灭灭。那些年冬天，每隔一段时间，我总是自己抱一些柴禾，烧开结冰的水，用硕大的盆子，一遍一遍地清洗自己的身体。昏黄灯光中，肉体是雪白的，娇嫩的，除了一些伤疤之外，就是一块玉了。我忽然觉得，肉体原来如此精巧，成长的基数就是肉体。一生所有的东西都被它携带、制造、张扬和隐藏。

有一天，我从乡文化站拿回一本没人要的《美术》杂志，上面有一幅靳尚谊画的女体油画：丰腴、沉静，到处都是光。还没进家门，母亲和另一个妇女看到了，母亲嗔怪说：小孩子不看正经东西，一把撕掉了。我目瞪口呆，但没有哭闹，仿佛自知理亏似的，转身走开。晚上，躺在一个人的房间，灯光在黑夜失踪，天空的星光从窗玻璃泄露。我又想到了那幅油画，那个安静、满身有光的女人，她的眼睛始终在我眼睛上方看我。

我想到了她的身体，和我同样的位置，那是什么？什么被隐藏，又有什么被张扬？随后的事情可想而知，我第一次扔掉了自己的内裤，压在荒草之中的一块石头下面。现在，它自然是腐烂了，连同我身体第一次溢出物。后来在市里读书，第一次进入公共浴池，那么多人，赤裸着肥硕或者瘦弱的身体，一个个旁若无人，在热气腾腾的水中，洗下灰垢，落在地面上，在泡沫的水中，虫子一样移动，沿着通畅的凹槽，消失不见。

我觉得了丑陋，男人身体的丑，尤其是上了年纪和肥胖的，那些肉不是条状的，而是棉花状的。有的竟然让我想起了发霉的馒头和雨天里的树叶。唯一好看和匀称的是我们这些大孩子们，无论怎么瘦弱和肥胖，肌肉都是紧绷的和光滑的，即使私处，也白白净净，似乎一只大的宝石，在躯干环绕的草丛之中，保持着一副不明世事的懵懂姿势。

而他们的不一样，我想一定是什么打败了它们，或者它们自己把自己打败了。我站在自己的位置，面朝墙壁，不去看，仔细擦洗自己的身体。还没有擦干，就跑了出来，穿上衣服的瞬间，我忽然觉得了一种轻松，还有一种逃离的快感和安全感。事后，我还觉得公共浴池的味道是奇异的，充满了一种浓郁本能意味。

或许我错了，但奇怪的是：当我再次进入，面对同样的情景，竟然没有了原先的那些厌恶和惶恐。众多的肉体依然如故，飞溅的水流呈乳白色，连同氤氲不散的潮气，向着一侧的排气孔涌流。我的身体也在其中，同性之间在赤裸中是没有骄傲的。但人总是会想象，由此及彼。比如我，当时就忍不住想：异性的人们是不是也是如此？在赤裸的氛围当中，是否也进行着和男性一样的活动呢？她们会不会感到羞耻，会不会有所掩饰？

还有：她们是怎样洗净自己的身体的呢？会不会像我一样想到我们？答案是简单的，但掺加了许多隐讳而激情的因素。大众浴池是肉体的盛宴，也是清水粉碎灰尘之时。所不同的是：肉体自始至终都是那一具，而灰尘是会转换和改变的，甚至是重复的。谁敢说我们今天洗去的不是前天沾染过的呢？穿上衣服走出大门的时候，我觉得了轻松，身体去除了负累，剩下的就都是自己肉体的了。

有一年暑假，我一个人去往了深山，那里我很熟悉，荒草遍地，中间是巨大的河滩，数百棵核桃树长得茂盛甚至灿烂。山根下的一眼泉水早在我出生之前，就滋润过村里的牛羊、草木和树根。中午，我摘了好大一摞翠绿色的梧桐树叶子，编成篮子形状。脱光衣服，舀清水洗澡。冰凉的泉水在炽烈的阳光下坚硬而坚决，水流似刀锋，瞬间穿过沸腾的血肉，直达骨头内部。迅即传来的是一种碎裂的疼感，让我浑身颤抖。

阳光和清水，火焰和刀子，两种境界的混合。身上的泥垢被清水打开，我索性躺在一块巨大的石头上，水珠滴落，发出哗哗的响声。我看到了天空，深得像是一口水井，四周的茅草在动物们的摩擦下发出精致或者粗暴的响声。远近无人，赤身站起来，蓦然发现，我自己的身体白得耀眼，流光过后，是一层层的白色皮屑，我仔细抚掉它们，就像雪粒和灰尘，落在红色的石面上。

我觉得了第一次觉得了自己肉体的美，美得过分。白的皮肤上面闪着无数的光，那些光落在附近的草叶和岩石上，落在山峰的眼睛和微风的鼻梁上，又珍珠一样滚下来。那时，我没有想到更多，只是觉得我就是我，一个人在自己肉体呈现的表象中沉醉。我也第一次发现了肉体的某种迷惑性，它是不可思议的，也是不可掠夺的。但会消失和变形，肉体是只属于时间，可以篡改，但不能更换。

很多年后，我一直记得那个情景，要是有相机，我会拍下来。到老的时候再看，我会有什么样的想法？青春的有效期是短暂的。到1992年，我再次蜂拥进入大众浴池，那么多的同龄人，将先来的一些人拥挤得草草收场。我们是新战士，一个个木讷而莽撞。这一次，我发现了一个奇怪的肉体，他的瘦是可怕的，虽然还很年轻，但皮肤却有些松弛，一抓就是一把骨头。此外，我还发现，男人的肉体也是不尽相同的，除了肥瘦之外，还有器官和部位的离奇和差别。比如，长出身体的那一部分，一个人是这样的，另一个人是那样的，内敛和张扬，萎缩和雄壮，我又一次觉得了迷惑和不可思议。

幸好转瞬就忘。很多次，我忍不住想：与我迥然有异的那些，将来会不会遭到拒绝？会不会被称为畸形？而接受它们的异性又将是什么样子的呢？对此，她们持有什么样的心态？这些想法是糟糕的，我当时使劲避开，努力转换思维，但毫不奏效。我想我是有心理疾病的人了。还有几次，我看到一些不应当的事情，一些人的某处在公共浴池竟然胀大了，昂昂然不可一世。我想他们一定想到了什么。自己也有几次也是这个样子。觉得羞耻，使劲掩饰，但很徒劳。那时候，我确实想到了什么，而在这个场合，我有强烈的罪恶感。这种罪是原始的，我从一开始就以为是不洁的，它在公众场合暴露了我隐蔽的本能和欲望。

这令我不安，肉体成为了一种展示，我极力驱逐的东西是那样的顽强和无耻，它占据了我的肉体，令我感到丑陋。肉体不仅仅是一个承载，还是一个限制，不仅仅是隐藏的巢穴，还是咆哮的洪流。在西北沙漠，最初几年，我尝够了肉体反叛的痛苦滋味，但不能够怪罪于它，而是自己的意志和欲望，本能简直就是一座岩浆汹涌的火山。

几年后，在边城酒泉的宾馆，我第一次觉得了独立沐浴的快乐。一个人的房间，禁锢的身体得到释放，丑陋和罪恶感荡然无存。我觉得自己就是一座宫殿，一座天堂。但这些都是不重要的，重要的是我又回到了多年之前的乡野时代。天地万物之间，惟有一个人和他赤裸的身体，还有细若游丝的触觉和思想意识。在清水中，自己把自己打湿、擦洗和晾干，微热的水冲过时，我忍不住一阵战栗。我抱着自己，站在水中，猛烈的水箭穿过皮肉，击打骨头。我甚至可以听到一种悦耳的鸣声。

而当我回到街道，车辆和人流，高空的模糊日光和近前的飞扬尘土，令人沮丧，我光洁的脸颊开始加重，然后是整个身体，一点一点，有一种被凌迟的感觉。我想回到水中，一个人的水，一个人的身体和思想，安静的一隅，美好得可以令人忘掉整个世界。可我必须要出来，离开清水，离开单独的个人，回到汹涌的尘世上来。那段时间，只要出差，进宾馆的第一件事就是洗澡，早上再洗一次，有几次，睡到半夜，也要起来，站在水中冲洗一会儿。

水制止灰尘，让我最觉得了最真实的自己。很多年里，我的洗澡活动都在大众浴池度过，但从不泡澡，我觉得容纳了很多人身体的水中杀机四伏，除了看不到的敌人之外，还有很多让我不可以接受的他人身体——我不可以与他们同处一片静止的水，哪怕那水再迷人。

有几次夏天回到老家，中午一个人去昔日的水库里玩水，远远就听到孩子们的呼叫声，就像我当年一样，张扬稚嫩粉白的身体，向着与他们同龄的女孩子们炫耀。我穿泳衣，入水，如船击水，身体像是一尾笨拙的鱼，完全没有了少年时代的活泼和优美。更多的是呆滞、缓慢，身不由己和沉闷不乐。我想到赫拉克利特的话：一个人不可能同时涉过同一条河流。今天的我已不再是昨天的我了。不免悲伤，看着被孩子们不断溅起浪花的水面，长时间凝神不动。层层涟漪像是即将展开的皱纹，从这里荡开，看不到结束。

乡村的夏夜是安静的，风吹扑火的飞蛾，漫天的黑，是大地的一种沐浴方式。而西北的巴丹吉林沙漠是干燥的，无所不在的灰尘清水一样洗劫身体。汗液仿佛酒浆，噗然落地或者打在胸襟。很多人在游泳池内乱溅水花，我只是路过，在栅栏之外，石头一样无动于衷。偶尔看到一些身体年轻、丰腴、苗条的女士，青蛙一样在水中浮动，我不知道众人游泳究竟有什么乐趣，也想不通她们为什么也要混杂于同一片水中。

我想她们是有些炫耀性质的，游泳的乐趣不在于身体的运动，而是一种隐秘身体于众人面前的展示。有一次，偶尔看到日本的男女同浴习俗，丹田有股热气蒸腾而起，无法遏制。我想那是一种奇妙的体验，或许比同性的大众浴池更为丰美和快乐一些。后来，我有了这样的经验：一个人专心为一个人清洗身体，且是自己心爱的人，手指划过之后，清水淋漓，皮肤上的曲折水线闪着无数的光。

从第一次，我就武断认为：这是美的，身体纤毫毕现，在水中相互成为展览。妻子怀孕之后，每次洗澡，我都和她在一起，她只需要站着，在清水之中，被我抚遍。怀孕七个月时，到北京的当晚，在羊坊店路单位办事处西边那个房间，我也像从前那样，帮劳顿了三十多个小时的妻子洗澡。看着她凸起的肚腹，有一个人在里面轻微动作，我想他一定听到了清水的声音，感觉到了摩挲的手掌。

这是幸福的，不单是我们两个人，还有妻子身体里的孩子。躺在床上，我对妻子说起奶奶病重时候，父亲为她洗澡的事情。我没有亲见，但也忍不住感动流泪。奶奶是有女儿的，但父亲担当了这个任务。老实木讷的父亲，自己都很少洗澡，我不知道他给奶奶洗澡时想到了什么，但这种行为，我觉得高贵得足以令所有的美德都感到羞涩。父亲清洗的是一具病躯，一个人，自己生命的诞生地，他的一切都来自奶奶的身体，我想父亲要是像我这样想：一定会有一种回到生命最初的美好和新奇感觉。

过完春节，和妻子到邢台市区，在汽车站，看到一个上身赤裸的妇女，于人群之中，晃着两只洁白的乳房，嘴巴不停唱歌。听口音，似乎是清河或者隆尧县人氏。我和妻子相互看了看，低头走开。到北京当晚，还是在原先那个房间，我再一次与妻子一起洗澡。清水之后，我觉得这就像是一种脱离和逃跑。那一次，我也发现，每个地方的灰尘也是不同的，城市的带了很多油腻，乡村的只是干土；华北像是黄胶泥，沙漠的是粗糙的碎沙子。

很多年来，我一直想：巴丹吉林沙漠频繁的沙尘暴有千万分之一落在了我的身体，那是一种强大的吹袭，无孔不入的黄尘落在皮肤上，也进入了身体内部。洗澡是必须的一门功课，清水冲过身体，也冲过别人的身体。对于一个男性来说，身体不单单是自己的私有财产了。这一点，我时常觉得有一种无可辩驳的神圣感和激越心情。当妻子痛苦万状，儿子出生后，我看到又一个新鲜的身体，他来自他母亲，像是一个从前的我，微缩的我。

他的身体柔软极了，我开始的时候也是这样的。给他洗澡时，先剪了指甲，手掌轻缓抚过，像是一件艺术品，芬芳的奶香令人心醉。妻子带他洗过几次澡，还去过几次大众浴池，我相信儿子是懵懂的，他看到了，又什么也没看到。四岁的时候，我带儿子洗澡，忽然有一天，他说：爸爸的是大鸡鸡、儿子的是小鸡鸡，妈妈没有鸡鸡。我笑了，再就是害羞。看着一脸稚气的他，一句话也没有说。

这是身体基本的秘密，我想儿子知道是对的，明确的性别意识和身体差异观念对于他的心理健康有益。至少不会再像我当年那样，对这些保持了高度的神秘感，也以为这是不洁的。晚上，他脱光了衣服睡，我总是喜欢抱着他，抚摩他的身体，据说这样使得孩子性情温和，心生慈爱。有时候喜欢抱着裸体的儿子，放在胸脯或者肩上，他呵呵大笑不止，我也觉得他的柔绵的身体是对我的一种抚摩。我也常常想到：我小时，父亲也是这样抱我的，坐在父亲的肩头，紧贴血缘和根脉，接近更高的空间和事物。

忽然有一天，我发现自己的身体粗糙起来，也有些臃肿，尤其腰间，肉堆涌起来。身体多像一个疆场啊，我觉得沮丧，腹部也有了些许的皱纹，也变黑了，但还没有松弛。与儿子的相比，简直就是两种动物。打开的清水奔泻不息，身体不停变换角度，手掌抚过之后，有一些断断续续的阻力。有几次，我看着清水从身体流下，就像眼泪，更像干土表面上的细水。我年少时候的疤痕不多，但阻断了水流，曲折的水就像一把刷子，接连不断洗掉世俗尘土，落在坚硬的瓷砖上，再流向幽深黑暗的下水道。我想我的身体一点点被带走了，在水中，跟随灰尘，成为新的灰尘。

有一年夏天，再次回到老家，又去了旧年的水库，但大都干涸了，乱石堆满。闷热的晚上，寻了一面池塘，在黑夜之中，脱光衣服洗澡，萤火虫漫天飞舞，天空幽深。清水敷上身体，我打了一个激灵，然后是温热的冲刷。从山里流出来的清水，它们在歌颂我的身体。我感到幸福，忍不住笑，小声唱歌，还像少小时候那样，赤身裸体站在大地的一面水中，只是，除了繁星、萤火虫和村庄的零落灯火，四周黑暗，一个人和他的身体，在水中，像是一块石头，也像一朵泡沫或者涟漪。

暗　示

　　我还年幼的时候，每到寒假，都要跟着奶奶，到山西看望姥舅。他所在的村庄坐落在一色褐红的山间，蜿蜒的道路似乎匍匐的蟒蛇，碎石铺满；两山雄峙，壁立千仞，天空犹如蓝色缝隙，直到中午饭后，才照见阳光。我第一次去，站在青石横陈的街道上，看到对面山坳里，有一座依山而建的石头房子，低矮的姿势，黑色的门扉，在冬天稀薄的阳光之下，与岩石草木融为一色。

　　村人说，那里住着一位中年妇女，嫁到这里的第一年，还没怀上孩子，丈夫就在煤矿被炸死了。有好多次，我在村子里遇到过她，衣衫简朴而整齐，头发梳得纹丝不乱，高高的发髻竖在脑后。村人说，丈夫死后，每天晚上，她家都会有声响传来，不是敲门就是敲窗户，还有人从门缝往里塞东西。有一次，一个人正在全神贯注敲门，她忽然拉开门闩，手里握着一把菜刀，迎面砍去，那人倏地一闪，受惊的豹子一样。

　　那时候，我还懵懂，听了半天，也不明其意，只是隐隐觉得，这可能是一种惯常的偷窃行为，与物质有关。第二年冬天去，村里还有人说：那次事件之后，没多长时间，晚上，她家又响起了敲门敲窗户或塞东西的声音，那位妇女也不吭声，佯装闩门睡觉了，悄悄提了一根木棒，躲在院子一侧。一连好几个晚上，没有人来，除了深夜的狼嚎和虫鸣，村庄安静得近乎乌有。

再一段时间，村里又有人隐约在半夜听到，发自她家方向的响动，那声音突兀而又谨慎，像蛰伏的猛兽磨牙，又像是夜风吹动枯枝。时间长了，人们逐渐麻木，谁也不再关心她的事情。再后来，那些声音再也听不到了，但时而有半夜或是凌晨开门关门的轻微响动。

村人觉察到了什么，纷纷在背地里猜测哪个深夜和凌晨，进出寡妇家的人是谁？猜来猜去，村里所有男人都有嫌疑，但谁也不敢肯定就是哪一个。那年冬天，我和奶奶在那里住了一个寒假，晚上几乎没人，村里的大人们坐在昏暗的灯泡下，眼睛中闪动着一种兴奋而狐疑的光泽，你一言我一语推测。

有一段时间，我隐隐觉得，那个人一定是我姥舅。那时他四十多岁，一直没娶媳妇。奶奶每年来看他的主要"任务"，就是为他拆洗和缝补棉衣。晚上，奶奶住姥姨家，我和他睡在一起。很多夜晚，我一觉醒来，屋里静得可怕，扭头一看，姥舅还没回来。开始几夜，倒不在意，有一晚，我忍不住想：姥舅晚上能去哪里呢？谁家聊大会那么晚？

这让我联想到那位中年妇女……而就在我确认无误的时候，一天晚上，我跟着姥舅到别人家去，他们又七嘴八舌地议论起这件事。姥舅半天没说话，最后，敲掉一锅旱烟后，吧嗒着厚嘴唇说：谁知道是哪个不是人的东西去干事呢！说完后，还一脸憎恨吐了一口唾沫。

这使我伊始的"确认"瞬间崩塌。我想，人是不能骂自己的，尤其是带有诅咒性质的话。我想了好久，越想越是怀疑自己错了，但忽然又觉得开始的猜疑没错……夜深了，姥舅的铺盖还像往常一样，整齐地蜷缩在墙角。第二天早上，村里有人拆老房子，人喊马叫的，白色的灰尘在刚刚爬上山岭的日光中飞旋。忽然有人喊：长虫长虫！霎时间，很多人围了上去。

果真是一条青色的蛇，蜷成一个圆圈，还在睡觉（冬眠）。奶奶早就对我说，山西的蛇有毒，咬人一口就会送命，每年夏天，蛇要咬死这村里的好多羊只。我站在旁边，看着冬眠的毒蛇，全身发冷，心脏发颤。其中一人，用铁锹把蛇铲起来，扔到河滩上。

晚上，我对奶奶说起，坐在火炉边的姥舅插话说：这不稀罕，哪座房子里要是没蛇，就住不起来人。奶奶也说，就是的。姥舅又说，那年夏天，寡妇桑妮子在北山上被蛇咬了手指头，要不是他及时把毒血吸出来，她恐怕早就死掉了。我问，桑妮子是谁？奶奶顺口说，就是汉子在松原煤矿被炸死的妇女。我闭了嘴巴，看了看姥舅，又看了看奶奶。

要开学了，我和奶奶回到河北。春天，村人纷纷挑着扁担或推着架子车，往地里送粪，有的抢着镢头翻松田地。到处蓬勃温暖，东风带着桃花、杏花和梨花的香味，从四面八方飘溢。开学第一天，我们发现一个重大变化，以往清一色的男老师中，蓦然多了两个衣饰光鲜的女老师，身材苗条，高跟鞋敲着教室外面的水泥地板，鼓点一样，一遍遍敲打我们的耳膜。

女老师的到来提高了我们的听课质量，以前调皮捣蛋的同学也都老实许多，上课不再趴桌子上睡得哈喇子直流，爱看金庸武侠小说的我也收敛许多。有一天自习，我拿着语文课本去找新来的女张老师请教。走到她办公室兼宿舍门口，敲门，没人答应，下意识地推了一下，门竟然开了。

张老师在，还有去年来的男曹老师。我怔住了，他们也怔住了，曹老师和张老师双臂互相抱着，一起扭头看着我，眼珠子一动不动。我明白了什么，心脏狂跳，扭头跑回教室。坐在凳子上，脸庞涨得通红，喘气很粗。旁边的老民棍子问我咋了，慌慌张张的，像做了贼。

校园长着很多核桃树，枝叶茂密，冠盖庞大。中午，老师午休，我们爬在核桃树上说淡话或背课文。这件事后，从自身意识说，我发现自己一下子长大了，一瞬之间似乎明白了很多东西。尤其是上《生理卫生》课，看到课本上素描的男性和女性生殖器时，就有一种想知道自身和女生生殖器官到底是什么样子的冲动。

然而这是隐秘的，谁也不可告诉。接下来的问题是：为什么是那样，而不是那样呢？为什么不同？为什么要有性别？以前，当我问起母亲自己是从哪里来的，她总是说：是石头缝里蹦出来的，或从茅房里捞出来的。

曹老师和张老师的那一幕在我脑海悬挂了好长时间，最后，我确认他们当时是在拥抱在一起亲吻，我敲门，他们或许真的没听见；门打开，他们也像我一样猝不及防，一时没转过弯儿来。

没过多久，曹老师和张老师的事情在学生间传开了。关于此事，我最先对同桌兼同村的堂哥老民棍子悄悄说了。那天，放学后，我和他走在路上，快到了家，太阳还老高，站在西边山岭上，火炭一样烘烤大小村庄。我俩靠在一棵核桃树杈上，在叶子的掩映下，我把嘴巴挨到老民棍子的耳朵，轻声描述着曹老师和张老师亲热的场景。

第二天，因为这件事情，我和老民棍子翻脸，在学校大骂起来。我说老民棍子是个叛徒、小人，他也骂我是小人，还指着天空，拍着胸脯说：谁要是给别人说了曹老师张老师的事儿，谁就不是人养的！这句话让我愤怒，在乡村，最忌讳最恶毒的咒骂就是"不是人养的"了。我跳起来，冲过去就是一拳，打在老民棍子鼻子上，噗的一声，鲜血冒了出来。

傍晚，我还没回到家，老民棍子母亲带着他已经在我家了，他母亲对我母亲一遍一遍说："看怎孩子把俺孩子打成啥样子了！"母亲连忙赔不是，见我回来，拉过来就是一顿狠揍。我哭喊，老民棍子母亲的话才软下来，说孩子们闹事，教育几句，以后再不犯就行。我背着书包，站在院子里，哭着看他们离开。母亲问我为什么打架，我支吾半天，也没说出缘由来。

叶子变黄，秋风一阵紧似一阵，最先衰落的是梧桐树叶，硕大的叶片，在空中跳着我看不懂的胡旋舞，再嚓的一声落在地面上；柿子树叶子变得紫红和血红，可能敷了霜的缘故，沉甸甸的。村人都在忙着收割玉米、谷子和豆子，然后浇水、翻松土地、播种冬麦。

羊群从山里回来了，远远就嗅到浓重的腥臊，沿着曲折的河沟，在枯草和岩石上飘荡。我知道，每年这时，是羊只发情的时节，公羊睾丸肿大，臊味四溢，跟在一只又一只的母羊身后，嘴巴一边发出奇怪的声音，一边强悍而又快速地爬上母羊后背。

我看到了，心里有一股说不清楚的滋味，尤其和女同学一起看到，就急忙走开。下第一场雪时，我们家的母羊生了一只雪白的羊羔。我拿了黑豆和玉米，到羊圈，先把母羊拉出来，再抱出小羊羔，让它们站在院子里吃。小羊羔很可爱，全身雪白，身体颤巍巍地在母羊的后胯下摸索半天，才找到奶头。

公羊们老实了很多，不再像秋天时候那样喧哗和骚动。见有人来喂，公羊们也按捺不住，挤着抢吃。我看到了，有一种说不清楚的厌恶，一脚踢过去。但它们皮糙肉厚，根本不当回事，我找了一条木棒，一顿乱打，公羊才咩地大叫一声，趔趄跑开。

没过多少天，好几头母牛也下崽了。老民棍子家的牛是一对母子，前二年，母牛生下那头小公牛，但母牛今年生下的小牛，竟然是前一个小公牛和母牛的。我觉得别扭，当和好如初的老民棍子，眉飞色舞冲我炫耀时，我没好气说：你们家的牛是小公牛和他娘生的，还谝个啥啊？

老民棍子愣住，看着我，嘴巴半天没合拢。眨着眼睛，好一会儿，低头嗯了一声。几天后，老民棍子家的小公牛掉了一只角，血淋淋的。他告诉我，是他拿了棍子，把小公牛角砸掉的。他说他怎么看那小公牛都不顺眼，抢吃抢喝，还用角抵老母牛和刚生下的小牛犊。说完，还怒气未消似的，朝地上吐了一口。

腊月，班里又出了一件大事：朱安民母亲跟一个外地人跑了，一时间，十里八乡的人都在议论。朱安民十几天没来上课，老师们一脸的无奈和可惜，我们也难过。有一天中午，曹老师带着我和老民棍子去他家，没进村，就看到朱安民一个人坐在院子的石头上，耷拉着脑袋。进屋，他父亲在炕上躺着，眼窝深陷，眼睛发白。

放寒假的第三天，曹老师结婚了，我们买了东西去他家祝贺。新娘不是我们张老师，而是乡政府一个干部的女儿，长得很俊俏，只是皮肤黑了些。我有点不好意思，老民棍子也是，两人埋头吃了饭，匆匆告别。此后，又过了好长时间，才下了一场大雪，足有一尺多深。天一放晴，不到两天时间，向阳处的积雪就融化了。

我和老民棍子一起，天天扛着大斧头，背着篮子，到山上砸朽烂了的木桩子，背回当柴烧。两个人哼哧哼哧砸半天，装满篮子，就坐在枯草上说淡话。老民棍子眼睛闪光，一脸向往对我说：他喜欢校花裴莉莉。他还告诉我，他觉得裴莉莉身上有一股叫他脑袋发木的气息，不知道自己究竟是谁，要干啥了。老民棍子还说，刚上《生理卫生》课时，他还偷偷趴在女厕所上面的地里，看过裴莉莉上厕所。

说到这里，我心也跳了起来，嗵嗵地，像闷雷。我问老民棍子都看到了啥，老民棍子侧脸看了我一眼，不屑说，这事能给你说吗？我转身看着他的脸，觉得迷惑，问他为啥不能给我说！老民棍子用鼻子哼了一声，说，这是两口子间的事儿，能给你说吗！

大年初三上午，我又跟着奶奶，乘上邯郸到阳泉的长途班车，去山西看望姥舅。从河北到山西，不过一道山岭，海拔却高出了一千八百多米，汽车爬到山岭上，感觉特别冷，风真像刀子，轻而易举穿过衣服和皮肉，刮骨头。到左权县拐儿镇下车，西风扑面，还卷着尘土和碎了的枯草，吹得人眼睛都睁不开。奶奶带我到一个熟人家里，喝了一碗米汤，烤了一会儿火，才步行往姥舅的村庄走。

村庄还是以前的模样，只是多了几间新盖的石头房子。进村，我又看到了那位中年妇女，头发照样梳得溜光，发髻仍在脑后。见到我和奶奶，远远打招呼，奶奶应声，我背着布包，气喘吁吁走。姥舅闻讯，迎面走过来，接过奶奶背着的布包，又接了我的。

我特别注意到，这一次，很少有人再议论那位中年妇女的事儿了，连姥舅都不多说一句。我想，大家都知道了，再说也没意思。后来，有一次去姥舅的邻居家玩，那个老太太很唠叨，先是问我河北这边的情况，又说一年不见，我一下子长这么高之类的。

我听着没意思，想走，她却说，你姥舅要是和桑妮子合起来就好了。我怔了下，嗯了一声，走出了她家。晚上，又躺在姥舅炕上，因为火烧得大的缘故，很烫，翻来覆去睡不着。我又想起姥舅邻居那句话，总觉得不大舒服，不停想，那个中年妇女，一个人过肯定比和姥舅一起过好。

初中二年级后，我再也没去过山西姥舅家。十八岁那年，我离开了家乡，在千里之外的巴丹吉林沙漠安下身来。河北老家和山西的那座村庄在记忆里很快褪色。三年后，第一次回到老家，在路上遇到曹老帅，他已经是一个孩子的父亲了，眼角也有了皱纹。听同学说，朱安民也成家了，媳妇是从四川一带买来的。老民棍子在铁矿打工，被塌下来的石头砸死了。

我觉得伤感，几年时间，很多人不在了。当年的同学，基本都结婚当了父亲，还有几个，事故亡去或病故了。没事时，我坐在院子里，看着对面马路上人来车往，父亲养的几只小尾寒羊在院子下面吃草，五只之中，除了一头公羊外，其余都是母羊。

　　春节前几天，姥舅从山西来了。当天中午，我去叫他吃饭。姥舅明显有些老了，红色的脸膛皱纹深刻。饭后，父亲对姥舅说：要是把桑妮子娶过来也挺好。姥舅笑笑说，人家早嫁走了，是西有志那村里的，和咱村（姥舅村庄）挨得不远。我在旁边坐着，蓦然想起当年在老家那个想法，心里有点惭愧。

　　2005年，我结婚几年了，有了自己的儿子。夏天，一家人再一次地回到老家，村庄还是以前模样，羊只被卖掉了，说是封山育林；牛也没有了，只剩下四处乱窜的狗，咯咯乱叫的鸡。很多次，路过当年和老民棍子谈论隐秘欲望的地方，忍不住驻足看看，当年情景历历在目，只是觉得两个人那时的面孔都有点模糊。又遇到曹老师，他让我去他家玩，喝酒，我答应，但始终没去。

　　七月初，下了一场雨，帮着父亲除完田里的草。就又去了山西，路比以前好走，不用从邢台县境绕，我骑了一辆摩托车，曲折爬上山岭，穿过一条隧道，再行驶几十公里，就到了姥舅村庄。姥舅见到我，很高兴，晚上还买了啤酒，两个人坐在照旧昏暗的灯光下，说了好多话。

　　姥舅真的老了，须发洁白，腰身弯曲，二十多年，简直就像一场梦境。姥舅的邻居还健在，头脑清晰，反应敏捷，还像以前那样喜欢唠叨，一说话嘴角就冒白沫。她开玩笑说我差点成了她的女婿。这时候，我才知道，我二十岁时，姥舅给我做过一次媒，女方就是这位老太太的二闺女。

桑妮子的房子早就坍塌了，废墟一堆，院里长满了各种各样的荒草，其中还有几朵花，是山上常见的野杜鹃。我在那儿站立了一会儿，想起当年，我还是一个孩子，在这座村庄里，跑来走去好多天，听说了一些事情，看到一些人，而现在，他们大都不见了，只是那些破旧房屋还在。姥舅一天比一天老，再过几年……数天后，回到巴丹吉林，我给姥舅寄了一些衣服，转眼，又几年过去，姥舅一直没回信，我想问问，可他们村至今没有一部电话。

在梦境永生

月光照耀大地和它的村庄，落在池塘上，反光照见天堂。青蛙和小虾是不安分的，在水中和石头上蹦跳、鸣叫和奔跑。一个深夜回家的人，从远处的城市或村庄，抑或近处的某个门洞回来，他走过的路是黄色的，间或有一些庞大或者微小的阴影——草木的、山峦的和夜间动物的——他一一穿过，像风中一粒沙子，穿过空气也穿过在黑夜沉浸的事物——他的身体很远，面孔和呼吸却很近，我站在对面的山冈上看他——在我感觉当中，他就像一个夜间动物，在溪水边的月夜下面，慢条斯理地走——忽然刮来一股风，从我的身上奔到他身上，尔后掠过午夜的茅草、流水和庄稼，不知所终。

这一个重复的梦境，让我长时间着迷，那一个在夜间行走的人，似乎在用重复不懈的行走，向我布施一种力量，抑或其行走本身就是一个充满意味的箴言和启示——而在做这些梦之前，眼盲的祖父就一直躺在我的身边，一袋一袋地抽旱烟，刺鼻的味道呛得我不住咳嗽。

　　祖父的嘴巴在黑暗当中不断张合，不断讲述——很多年以来，从他的口吻当中，我大致听到了如下一些态度：白蛇最终赢得了更多人的喜欢和同情，作为男人的许仙有点窝囊，法海的无聊干涉叫人咬牙切齿——至于那些各式各样的神和鬼，妖精和僵尸，无论是善良的、还是凶残的，他地的还是近处的，甚至祖父亲身经历的——从本质上说，它们都是可恶的，好杀的和嗜血的。

　　我看不到，但却想到了，吓得不敢大口呼吸，想到凶险处，浑身冒汗，牙齿打战，急忙钻进祖父的被窝（烟味、汗味十分浓重）。有一些时候，祖父讲完了，我还睁着眼睛想，看着黑黑的墙壁，看得久了，发现那里站立和蠕动着许多祖父故事中的神鬼猛兽——它们在陡峭的墙壁上车水马龙，排着络绎不绝的队列，在看不到的道路上熙熙攘攘，曲折蜿蜒。

　　我害怕，闭上眼睛，却又怕它们爬到我的身上，甚至眼睫毛上来。就大声喊叫祖父，祖父嗯了一声，转身又睡了过去……好久之后，我也睡着了，却又梦见了它们，一个个的神灵和鬼魅，妖精和僵尸，在我宽阔的梦境当中逃跑或者逼近——我没命地奔逃，跌下悬崖，或者陷入泥淖……抑或被人救起，甚或孤立无援，粉身碎骨——这样的梦境强悍到了我无可遏制的地步，一直持续到我十四岁那年冬天。

　　大致是听惯了这类故事的缘故，我总是不敢一个人在家里睡觉——祖父的故事好像枯竭了，我不断央求，他重复讲，我不听，实在没办法，他就给我讲他自己的一些亲身经历——在山上开荒时候遇到的离奇事件：看到月光下有一个黑黑的小伙子赤身奔跑，一袋旱烟的工夫，就越过无数山

192

冈；看到深夜当中飘忽的神灵和鬼魅，像人一样喜怒哀乐，推碾子或者摘果子；看到死而复生的长辈，吓得屁滚尿流；看到莫名其妙死去的外地石匠或者木匠，对他们的死因主观臆断或者横加猜测……几乎每一个故事，都充满了诡秘的气味和玄幻色彩。

有一天夜里，我又做梦了，梦的主角还是那个重复在我梦境出现的，在月夜的溪水和池塘边独自行走的男人，与过去相比，他的面目清晰了好多：国字脸，粗眉毛，大嘴巴，头颅硕大，胡须金黄——脸色长时间阴沉，但总是张着嘴巴，有时候吐气成雾，有时候一声不吭；有时候狰狞可怖；有时候和善可亲。

他一直那么走着，脚上的布鞋早已破烂不堪，还露出半个脚趾，他走过的地方，都会有光，尤其是那面波澜不惊的池塘，没有涟漪也没有水声，沉在池底的石头历历可数，在月光下，泛着银子一样的光。那些光亮又反射了池塘四周漂浮的水草。

也总是有一只青蛙蹲在石头上，眼睛朝一个方向看——青蛙看到的是：青青的玉米地，夏天的玉米穗子吐出红缨，剑刃一样的叶子弯曲朝下，剑尖上不断滴着露珠，明净的露珠，噗嗒噗嗒地掉落在潮湿的田地上。玉米地后，长着三棵柏树，叶子一动不动，发白的表皮和皱纹像是一个年老女人的脸。

柏树下安静极了，有几只红色的甲虫，在碎了的草茎和沙砾上笨拙地走动（它们可能自以为飞快）。再后面，是一面高坡，黑色的坡面上，长着洋槐树、榆树灌木和一些叫不出名字的蒿草——午夜时分，时常有野鸡的梦呓、野兔和地鼠啃食的声音传来。

我总是想爬上那面山坡，想看看山后是什么？可不算太陡的山坡，我怎么爬也爬不上去，自以为爬了老高，回身却发现，身体还在原地——蓦然醒来后，一身热汗，满心沮丧。白昼的阳光照在纸糊的窗棂上，梧桐树上的鸟儿们早就开始叽叽喳喳了，奶奶在厨房做饭，眼盲的祖父拄着拐杖，敲敲打打，从石阶路上回来。

而持续展开的白昼，似乎就只是日升日落，就是三顿饭和我两只脚在学校和家之间来回地走动。夜晚再次来临，星星开始明亮。遇到有月亮的晚上，我和祖父坐在院子里，看月亮（没有太阳刺眼，可以长时间看），一次又一次地询问他嫦娥（这名字听起来像是隔壁的一个村姑）的故事，问她一个人在那么高的地方居住，摔下来咋办？

有时候我大发异想：等自己长大了，就做一把长长的木梯子，到月亮里去（具体要做什么，到现在都没有想好）。那时候，院子四周都是乘凉的人们，老人、孩子、妇女和男人（他们根本不会在意一个孩子的询问和梦想）。高大的梧桐树不时会掉下一些什么东西，祖父说是虫子或者是黄了的树叶。远处和近处的狗都在叫，还有树林里的猫头鹰（那种叫声在童年是最为恐怖的）。

睡觉了，奶奶躺下就睡，鼾声高低不平。祖父又开始给我讲故事：神仙和鬼怪……我专心听着，有时不知不觉睡着了——刚刚入睡，那个持续多年的梦境复又重来，且又有了新的进展——我终于爬到了山顶，山后是一座亮着灯的房子，有人，又好像没人。不知怎么着，我就走到了门前，听到里面一声接一声的叹息——是个女人，听声音似乎年纪不大。

我犹豫，害怕，在门外一直站着，腿脚颤抖，一动不动。可我总是想看看她到底是谁，什么样子。正捻起脚尖，从窗户往里面看的时候，黑色的木板门却吱呀而开，一缕灯光均匀地打在满是砂土的地面上。

我走进去，扑面一股清香，不是花朵的，也不是某种化学合剂。仿佛来自她的身体，又像是来自自己的身体。房间很干净（这在乡村很少见），一边墙壁上挂着一副镜框，里面有她和另外一个男人的合影，镜面光洁如洗。灯光最亮的地方，是她的床铺，悬了一面粉红色的蚊帐，里面的被褥也是粉红色的，绣着一朵牡丹花。

那一年我十五岁——我不知道那个梦是怎样结束的。醒来后，我看到祖父家的黄色墙壁，一些蛛网在墙角悬挂。屋外传来镢头和铁锨碰撞石头的响声，还有小孩哭叫和嬉闹的声音。我照旧躺着，想那个女人到底是谁，为什么在哪里居住，为什么一个人……可想来想去，还是不明所以。

到学校，老师教我们学习鲁迅《从百草园到三味书屋》，读了一遍，我忽然觉得，昨晚的梦境和《从百草园到三味书屋》有着许多相似的地方：恍惚的记忆，说不清楚的忧闷和离奇……此后很多年，这个梦境没对任何人讲过，但记得特别清晰和牢固。这么多年来，我经历了很多，也淡漠了很多，惟独这个毫不关己的梦境，历久弥新，光彩照人。

祖父说，有些梦境是带有预兆性质的。我开始不信。不几年后，它果真出现了。十八岁的一个傍晚，我从三十公里外的一个小镇返家，路过的村庄早已酣睡，太多的事物在黑夜摇摆或者静默。深山的野兽活跃异常，嚎叫贴耳。半路上，我看到一座仍旧香火茂盛的庙宇，因为害怕，就进去躲避（潜意识是寻求神灵的庇护），而我没有想到的是：庙宇里阴冷异常，不一会儿，就令人身体发僵——从那个时候开始，我懂得了一个不为人知的道理：深夜的庙宇和神灵比外面的鬼怪和野兽更值得怀疑。

我急忙跑了出来，沿着宽阔的马路，快步行走，到家的时候，也是午夜时分，路过村前的溪水和池塘，忽然想起旧年的那个梦境：月光照耀的池塘和溪水，四处茂盛的水草、水底的泥沙和石头，乃至游动的小虾、螃蟹和蝌蚪，青蛙蹲在石面上，呱呱叫喊。

我觉得恍惚，不知道自己是自己，还是自己就是梦境的那个男人。我停下来，看了看四周的事物：天空幽蓝，月亮如盘，池塘似乎一面反光的镜子，茂密的蒿草之间，蹦跳着许多青蛙，对面的山冈上好像有人，一直在看我。

这是令人震惊的，我蹲下来，无意看到自己在水中的模样，除了没有胡须之外，都像极了梦中的那个男人——我惊诧，感觉自己就是梦中的那个人。我忽然害怕了，像落入某种圈套一样，张腿就跑，一直到家，看到睡眼蒙眬的父母，才擦掉额头的汗水，躺在床上，觉得了梦境的虚幻。

也似乎从这个时候开始，我总是做一些稀奇古怪的梦——梦见自己站在高高的悬崖上，背后有一个面目凶横的巨人，逼着我往下跳；梦见大风之后的村庄道路，许多蚂蚁翻掘土粒，不一会儿，就翻出了一眼深邃的土洞，我探着脑袋往里张望，什么也看不到，只觉得晕眩，像喝醉酒一样；梦见蛇、豹子、羊群乃至逝去多年的曾祖母、第一任队长、被妖精掠去做女婿的堂爷爷……还有从没谋面的姥爷姥姥……那些不知姓名，对我微笑或者呵斥我的人。

十六岁以后，我的梦境明显减少，但相对集中起来，时常断断续续地梦见一些陌生的女人，也似乎是那一年，我第一次有了梦遗的经历。有一段时间，我总是梦见一个似曾相识，妖媚如画的女子，赤着身体，躺在绣花的被褥上，冲我做着各种各样的姿势——我想了好久，忽然觉得，她就是我当年梦见的那个独自在山中居住的女人——几年不见，她似乎比那时丰腴了，妖媚了，总是露出洁白的牙齿，冲我笑，还有结实饱满的乳房、看不真切的私处，洁白的身体如蛇扭动，在我面前一览无遗。

我日渐消瘦，母亲看到了，先是找医生。那个赤脚医生住在很偏僻的村子里，一天黑夜，跟在母亲后面，走过一段很长的土石路，才看到一座灯火寥落的村庄，走着走着，我突然又想起梦中遇到过的那座房屋，以及在午夜彻夜亮灯的窗户，墙上的镜框和那个妖媚的女人。走过一座石桥时，我蓦然晕眩了一下，又瞬间醒来，口水流出嘴唇，就要滴在前胸。

我害怕了，不由自主叫了一声母亲，走在前面的母亲应了一声，我急忙紧走几步，使劲抓住了她的手。

医生说，我的消瘦不是病，是梦遗太多的缘故，身体方面没有问题。母亲说，是不是哪个妖精作怪啊？医生笑了一声说，差不多吧。当夜，母亲从邻村请来一个巫婆，给了粮食、布匹和钱，把她一个人关在屋里，手足舞蹈了大半夜。我和母亲站在空旷的院子当中，看着漫天的星斗、黑得只剩下轮廓的崇山峻岭，想了好多事情。

到1992年，冬天，祖父死了，突然而又理所当然。站在他的尸体前，我怎么也不相信，这就是一直为我讲神怪故事，一起睡了多年的祖父——生死之间，感觉竟然如此迅疾。丧礼之后，到处都是白的，就连自己家里，也多了一种说不清楚的味道。

埋葬了祖父的当天晚上，多年不复出现的梦境再度袭来：所不同的是，那个在午夜回家的男人俨然是我，不是来自某个村庄，而是来自远处的某个大城市，提着一个黑色的皮箱，一个人，在月光和阴影的路上，吃力行走。临村的时候，遇到的不是池塘，而是一片沼泽，明亮的月光落在上面，泛着黑油油的光泽，不见了青蛙和石头，到处耸立着一人多高的蒿草。

我没有畏惧，在沼泽里一点一点行走，一点一点下陷。也并不慌张，自己看着自己被污泥淹没，直到头颅将尽的时候，才感到呼吸困难——但仍旧很坦然，就要被淹没的时候，我想努力记起一些什么，可什么也想不起来……我想我就这样消失了，连身体都看不到，正在绝望的时候，那个女人出现了，就站在对岸的一块青色的石头上。她面带笑容，将手掌伸过来，越伸越长，像传说中的仙女，只轻轻一点，就把我提出了沼泽，像从河水中提起一件蘸水的衣服一样简单和轻松。

站在岸上，我想我该谢谢她的，我正要开口，她却率先说出了这样的一句话：在黑夜，没有人会看到你落难，也没有人看到你上岸——这样一句话，让我震惊，直到现在，我还总觉得，这句话和那场梦境，是有关午夜的落难与狄救，麻木和奇遇，感激和温暖的，像充满暗示的箴言，让我长时间地惊醒而又牢记于心。

此后，很多年，我总是重复这样的一个梦境，情节基本

198

如常，只是总无端滋生一些离奇的细节——但最为可惜的是，这一梦境从我结婚那年就开始绝迹了。现在也很少做梦，有时想努力做一个，就像从前的那些梦境——可是再也没有，即使做了，也只是会梦见一些极其枯燥的事物：车轮、刀锋、货币、街斗、追缴、亡命……乃至头破血流、瞬即苍老、临水化石或者登高而落、牙齿破碎、风吹如割……各种各样的场景，在我的梦境毫无规则地显现、变异和跳跃。

我总是觉得，梦境当中有着太多的悖逆、巧合、离散和温暖成分，且弥散着一种迷离的哲学味道——后来我读到博尔赫斯的书籍，他说："（梦醒的人）即使识破了高低层次的所有谜团，要把纷繁无序的梦境材料塑造成形，仍是一个人所能从事的最艰巨的工作：比用沙子编绳或者用无形的风铸钱要艰难得多。"

2004年春天，我在北京一所大学培训。有一天清晨，窗外花园里的民工正在使劲敲打一块大理石。太阳正在升起，我还睡着，我又做了一个类似的梦：还是同一片沼泽，月光照耀的水泽，泛着碎银的光芒；我一个人在其上行走，像走在平地上一样，没有深陷，也没有拯救。后来忽然转到一所深夜的房院前，循着微弱的灯光，进入一个女子的房间——早年镜框仍旧挂在墙壁上，颜色清亮，镜中的那个男人不再陌生，与现在的我极其相像……那个女子坐在床上绣花，飞快的钢针像是箭矢。我快步走过去，她忽然呀了一声，抬起的手指上，溢出一粒珍珠一样的鲜血——我做这个梦的时候正是暮春时节，偌大的北京喧哗依旧，杨絮纷飞，花香满园，通往香山的公路上车辆呼啸往来。上课铃响了，我还在被窝里，一动不动，在梦中深陷，一时不能自拔。

身体的梦魇

一

春天，大批花朵在山岭展开，它们的芳香在风中泛滥成灾，旋即飘落的花瓣在向上的青草和半掩半露的岩石上，灰烬一样看着天空投下的众多光明和阴影。阳光热烈得让我急切地想起去年清水满盛的大水库，想起我们众多的赤裸身体像白鱼一样从大坝上整齐跃下，扑通扑通的击水声似乎一块块溅水的石木板——不过几天，后山的杏子挂出来了，花瓣仍还残留在上面。成群的蜜蜂嗡嗡嘤嘤，逐渐肥硕的身子摇动树枝。我在山岭上看到，众多的青色杏子掩藏在树叶之间，正对阳光的那些，皮肤一天天发黄。我爬在树杈上，身子都在杏子和叶子之间穿梭——青涩的杏子不断打中额头。

在乡村，九岁那年起，我就没有了懒惰的理由。到十一岁，我喜欢一个人出门和劳作，即使上学，也远远地避开那些穿红挂绿的女孩子——我们有过的亲密时光，不设防的打闹和欢笑，似乎就在那一瞬间，突然就消失了，取而代之是内心慌乱和羞怯，是远远躲开。

　　这种排斥和远离让我自己也感到莫名其妙。在学校，男生和女生几乎同时向老师说出了愿望——将课桌分开：各自为阵，壁垒高筑——男生女生之间的战争开始了，我和同桌的刘美丽在课桌中间用铅笔刀划出了楚河汉界，说好谁也不可以逾越。我们寸土必争，还闹了几次，在课堂上，像大人一样吵架，相互指责……而男老师总偏向女生，班主任老师对我的怒气使他的胡子针尖一样乍了起来，眼睛睁得像是两只大枣。他每次都喝令我向刘美丽道歉——得胜的刘美丽自然趾高气扬，气焰更为嚣张。我知道什么时候都不会是她的对手，只好忍气吞声，任由她裸露或者包裹着的胳膊肘子一次又一次在我的"疆土"上横行霸道。

　　就这样，一个冬天过去了，在课堂上，我的忍耐充满了无奈和愤怒。春天到了的时候，满天的花香和果实在一定程度上分散了我的"仇恨"。果子们挂出来了，随便在哪个地方，我都可以看到。那时候，吃——快乐的，尤其是偷窃的吃，它让我在很长时间内沉迷和陶醉。令我忘却了好多事情，就连预谋了好久的对付刘美丽的招数也总是在放学之后忘记，又在课堂上想起。

　　女生们似乎也注意到了春天，她们是喜欢花的，她们也偷着采了好多的鸡冠花、苹果花、杏花和梨花，放在清水的罐头瓶子里，她们梦想无根的花朵开得比春天更为长久，就像我们渴望满山的果实永不掉落一样。这时候，男生和女生之间的战争明显减少了好多，课上课下大家相安无事，风平浪静。

　　而花朵和春天并不长久，就像青色的杏子一定会变黄，

201

第三辑　在时光中遁逃

被摘下来，或者自行掉落一样。其实呢，作为男生，我们早就盼望夏天了——通常，还没有立夏，我们就踏遍了本村和邻村的大小水库，就连十里外的上盆水库也没有放过。我们想，每个水库都积攒了一个冬天的水，它们都应当清水满盈，风吹涟漪，燕子点水，碧波荡漾。而事实往往叫我们失望——大人们把水放开了，大批的水从闸洞里哗哗流出，沿着曲折的水渠，消失在田地里面。

我们失望，接着渴望暴雨——而初夏的暴雨太少了，我们那一带的村庄似乎总是这样，春夏时候旱得需要挑水浇灌禾苗，初秋时候大雨连绵，雷鸣电闪，就连平时干得开裂的旱地，都水泽津津——水库干了，我们就盼，而上游的水流太小，即使伏在它们跟前，也听不到一丝响声。实在忍不住，我们就去小池塘，可怜的水都不可以让我们掩住私处。往往，脱了衣服，就使劲儿蹲在里面，像蛤蟆一样挪动。还提心吊胆，生怕哪个路过的女生看见。

一场暴雨之后，泥沙沉淀，水库终于满了，我们都很高兴，吃过午饭，就相约去了，把书包扔在大坝，捋掉衣服，各自撒尿，用一只手接了，均匀地擦在肚脐上——这样可以防止着凉和拉肚子。然后一字儿排开，齐声大喊，整齐的身体向着皱纹洋溢的水面重重砸下，看起来柔静的水面在与我们身体碰撞的刹那忽然具备了铁板的硬度。我们的肚子一片紫红，有时候内脏微疼。只好爬上大坝，趴在灼热的大石头上，太阳的温度进入肌肤，像文火一样烘烤着身体。

二

再过了一年，我们就有些明白了，对于自己和女生，我们的"变声"令她们感到诧异，她们胸脯的隆起让我们看到了自己内心的某些隐秘欲望。夏天开始的时候，老师别出心裁（据说是服从学区的号召），重又男女混排。开始遭到女生们公开反对，但男生始终没人出声。就我个人而言，我倒觉得了有些兴奋，但没有了从前的幸灾乐祸。凑巧的是，刘美丽又和我分到一张课桌上。

这时候的刘美丽好看了，再不是那个老是擦不完鼻涕、头发乱蓬蓬、不喜欢打扮的刘美丽了。她整洁起来，不怎么新鲜和漂亮的衣服干净，散发着一股淡淡的肥皂味。第一天坐在一起，我侧脸就看到了她裸露的白皙小臂，看到她不知何时鼓胀起来的胸脯，我一阵心跳，急忙收回的目光有时候被她无意中捉住——我的脸像西红柿一样红，紧接着发烧，好像连骨头都升高了温度。

好多次，我听老民棍子说，刘美丽背地里说我是流氓。我没有反驳，我看着马路下面的一丛洋槐树灌木，顺手采下一把叶子，放在嘴里，像羊一样嚼了几口，然后吐掉。而有些时候，想起刘美丽的那句话，我就有些伤心——我不知道怎么回事，看一下就成了流氓了吗？我觉得她滥用了"流氓"一词。我应当找刘美丽更正或者说解释一下。我一晚上想了好多解释的方式和语言，可是，第二天早上，远远看见学校的时候，我就气馁了，整个胸腔空空的，严重力不从心。走到学校门口，刘美丽迈着步子也正要进门，我一下子瘫软了，我突然勇气尽失——我第一次感到了自己的虚弱。

好在我很快就忘了这件事。夏天来临之后，中午，我们照常玩水，在水库中，青蛙或者白鱼一样翻动——与以往不同的是，我们再也不害怕被女生看到了。有时候女生站在远处，集体高声骂我们流氓不要脸。我们也不生气，光着身子大喊大叫，还嘻嘻哈哈，内心里有一种说不清楚的激越情绪。女生们生气了，抓起石头和土块，甩着膀子使劲儿朝我们丢——她们力气太小了，石头还没有飞出一丈远，就像破瓦片一样坠落在地。

每次，下午上课之后，刘美丽发动全班的女生和我们怄气，在课堂上，我们私下进行着指责和战争。有一次，我下课回来，兴冲冲落座，却有一个尖利的东西刺入臀部。我大叫一声，一跳而起。同学们和老师先是一阵惊诧，继而哄堂大笑。刘美丽更是笑得前仰后合，一嘴白白的牙齿几乎全部突出嘴唇。我摸到了鲜血，从薄薄的布匹中渗出来，落在我手指上，虽不怎么浓厚，但颜色异常鲜艳。老师询问的时候，刘美丽主动承认，但不认错，甚至说这样可以是对全班男生的一个提醒，可以使我们收敛本色，成为老师和家长都喜欢的好学生。

刘美丽振振有辞令我们愤怒，经过一番讨论，报复的重任落在我一个人身上，他们的理由简单且充分——我和刘美丽是同桌，实施起来容易，而且机会众多。而用什么来对刘美丽乃至对全班的女生进行报复呢？我们坐在核桃树上讨论到太阳落山，星星出现，还是没有结果。第二天上课，我突然有了个主意——我故意双臂互抱，把铅笔攥在手里，削尖的一头正对着刘美丽伸来的胳膊肘子，黑色的铅笔在白色的皮肉上划了几道，我斜眼一看，突然的阴谋得逞了，便装作写字，撤回了铅笔。

我没有想到的是，聪明不可一世的刘美丽竟然没有发觉，她可能真的以为我不是故意的了。下课的时候，我看到她到水管那里洗了，还认真地搓了几下。时间一长，想起这件事情，我就有些愧疚——刘美丽对我的警告或者报复，是明目张胆的，而我却在用一种屑小的手段——我看到了自己内心的阴暗。我不止一次地想，总有一天，我会对她说出和道歉的。

一年一年之后，我们算是长大了，那时的同学大都一起考进了中学。刘美丽自在其中。十六岁的时候，还是春天，一个早上起来，我发现自己的内裤湿了，一股异常的味道袭击了我的嗅觉。我一阵慌乱，我不知道这是怎么一回事，我当然也不敢对父亲和母亲说起。在我的潜意识中，这是羞耻的，尽管它包含了新奇、冲撞、渴望和欲罢不能。我悄悄地跑到另一个房屋，将内裤换下来，把散发着奇异味道的裤头揉做一团，塞进裤兜。我清楚记得，那个早上，我没有吃饭，提前十几分钟上学去了，走到半路，我找了一个隐蔽的地方，把裤头扔下去，又搬了一块石头，把它压住了。

我们也照常在夏天玩水，可谁也不再赤身裸体了，有几次忘了穿内裤，我就绺了裤腿，光着脊梁玩水。有一次傍晚，放学回来，女生还在后面，我们就跑到马路下面的水库里玩水。女生们真的看见与否，都不会再像以前那样大喊大叫，同口指责了。有些低年级的男生和我们当年一样，看到女生从上面三三两两经过，就放肆地嗷嗷乱叫。

在此期间，我清楚地记得，有一次，刘美丽朝站在大坝上站着的我看了一会儿，就在一棵杨树的后面，她夏天的脸庞梨花一样的粉白。我看到了，我打了全身一个激颤，仿佛被子弹击中一样，整个身体和灵魂都在那一瞬间被一种前所未有的情感充满。我再看的时候，刘美丽已经不见了，只有一个黑色长发的头顶，向着村庄快速消失。

三

秋天：山上的山楂、李子和山葡萄熟了，它们成熟和霉烂的味道在远远近近的村庄和河谷弥漫。放学之后，我和老民棍子他们背着书包，上山去采了一些回来。自己吃了，再给爹娘和兄弟一些，还有一些就留在书包里。第二天带到学校。我也不想都给自己吃了，但除了关系特别硬的，给其他的男生又觉得可惜。我想给刘美丽吃，可是又不敢直接给，第一次，我偷偷地在她书包里放了一些——我不知道她当时的心情，也不知道她到底吃了没有。

临近毕业的时候，正值秋忙。而我们一些自以为或者被老师认为学习好的同学留了下来。学校里没有饭堂，老师就让男生女生轮流做饭。我们这些粗手粗脚的男孩子自然做不出好吃的饭菜，只好请女生帮忙。老民棍子撺掇我请刘美丽——他知道我一直暗恋刘美丽。说：这样的好机会不利用，你小子肯定错过了这个村就再也没有这个店了。我是害羞的，也有着严重的自卑。刘美丽知道，或者不知道，我觉得这些都不是最重要的。很多时候，我站在学校外面的核桃树边，在夕阳中目送刘美丽由公路而小路走着回到自己的家。有一次，她穿着一件红色衬衣，在树木和草丛之间，在渐去渐远的原野中，她轻盈得让我想起世界上最华美的譬喻和赞美。

还有一个黄昏，停电了，我在她的房间，红红的蜡烛在秋风中莫名其妙地闪着，她斜倚在床上，我站在离她一米左右的地上，她大大的眼睛在烛光中盈满了清水的火焰，荡漾的微笑令我的身体在顷刻之间软瘫下来，我的骨头开始粉碎了——我情不自禁，有一股来自丹田的丰沛激流，火焰一样猎猎向上。

我知道，我遏制不了它了，它在我身体之内，是一头凶猛的野兽，是大水奔撞的江河，它从此要一泻千里，不可挽回。我感觉到它的强大，更令我感到无奈的是，它竟然大过了我的灵魂和意志——像闪电一样，在这一时刻，从遥远模糊的梦境中将我唤醒。

我猛然夺门而出，像一阵突如其来的狂风。我依稀听见她在身后"咿"了一声，那声音好像是夜莺和眠鸟的叫声，它刀子一样跟随而来，刺穿了我的血肉、灵魂和骨髓。再一天之后，我萎靡了，我低下头来，我发现自己一下子衰老或者强大了许多——我想我再也不是以前的自己了，从那一刻开始，一个人诞生了，一个少年不见了。即使我穷尽一生，也找不回来了，哪怕只剩下一粒灰土。

后来的时光像正在粉碎的石头——有时暴烈，有时沉静。这年的秋后，刘美丽走了，我也走了，朝着相反的方向。她在一中，我在另外的一所中学。之间的距离远得虽没有超出想象，但也形成了一种强大的阻隔。很久之后的一个周末，我徒步走过沿路的城镇、村庄、车辆和行人，尘土掺杂汗水、心情在连绵的丘陵之间跌宕。我到达，而她们已经休息了。我在高高的围墙外面，想要看见一个人。而看门的老人像对待贼一样把我长久地留在了围墙外面。那夜的星光是黯淡的，让我看不到自己的十米之外的任何物什。一个夜晚，我蜷缩着，在深夜的寂静、间断的狗吠和早晨的冷风中，不断叫响一个人的名字。

可叫着叫着，那个人就离我远了，像一个肥皂泡，不经意之间，就在空中破裂了。这年冬天，春节就要到了，我在她们的村子外面，在傍晚，在满是尘土的风中，看见她和另一个人的身影——他们是欢快的，在卵石的街道上，他们两个人的身体像蝴蝶一样翅膀挨着翅膀。我绝望了，像个孩子一样，一个人回家的路上，我对着空旷的河谷，满山的蒿草和枯去的树木，大哭出声。我的声音和狼嚎混在一起，我自己分辨不清，那些睡眠的人们肯定也会无动于衷。

208　　　这一次，我真的长大了。我看到了活着的虚妄，在空气之中，我的双手挥舞起来，不停地捕捉多么无效？高三那年的暑假，我不可以单独待在家里，我不断地到别人家中。在她那里，那个黄昏——她把我留下了——正巧那晚也停电了，她站在门口，伸出双臂，不要我走。

我坐下来，她全部的身体落在我的两腿上，我感觉到她其实没有刘美丽的轻盈，她是沉重的，她热烈的嘴巴寻找着，我无法阻挡。她吹灭了蜡烛，黑暗在粗重的喘息中显得低矮和仓促。她的鼻息吹动我的柔软的头发，她的身体迅速裸露，她热烈的身体让我看到了凌乱的星光和飞溅的火光。我知道，我将要沦陷了，一个少年就要在一座蛛网密布的碉堡中，将自己彻底埋葬——伊始，我不知道自己将要去向什么地方，我慌乱、急促、痛苦而彻底，像是一匹刚刚会跑的马驹，我激烈、冲撞、怒吼——我要彻底遗忘，交出自己，交出一生的欢愉与悲怆。

我进入了——那一瞬间，我停下来，我喘息着，在她的嘴巴上，在她的耳朵、眼睛、嘴巴和胸脯上……我感觉到自己像是一匹绝望的狼，我撕咬，我进入，我激烈，我不顾一切——向着最初和最后，发出低沉、前进、沙哑、勇敢和彻底的吼声。

灯光之后，我看到了彼此的身体——那时候，她——都已平静了下来。外面的夜晚正在深处，看不到任何的光亮。我说我要回家。她要我躺下来，就在她的身边，她抱着我的双臂像是两条温热的蛇，让我喘不过气来。我委婉挣脱了，又被再次缠紧。早晨醒来，我迅速遮掩了自己赤裸的身体，在渐明的光线中，我突然看到了自己的身上的皱纹，看到了零星的血迹，看到了众多的火焰在身上燃烧——燃烧——燃烧，尔后是不断下落的灰烬。

四

1992年冬天，我走了，离开了那里——村庄、亲人和她们，我的同学们没有送我，她们也没有，只是在远处看着，一个少年走了，在大雪的清晨，她们一定会想起一些什么，或者什么都想不起来了。五天后，在西北的巴丹吉林沙漠——丝绸之路的流沙地带，我不断地给她们写信，然后撕掉，或者在空旷的戈壁上点燃，黑色的灰烬像是一群蝴蝶，在阔大的沙漠当中，似乎一群前世的飞鸟，飞呀飞的，不一会儿，我就看不到它们的踪影了。

在沙漠当中，我慢慢熟悉了戈壁，熟悉了远处的沙漠，包括它的皱纹、风暴和流沙。在这里，我无数次地流下鼻血，随时随地的流溢让我猝不及防。我知道，是气候干燥的缘故，连它的空气都充满了灰尘。在夏天，整个巴丹吉林都张开了干燥的喉咙。树木和飞鸟、草丛和灌木、人群和建筑，移动和静止的事物，都像是沉浸在一个巨大的废旧梦魇当中的一些颗粒，在空荡中漂浮，在仅有的清水之中，心情沉闷，肢体干枯。

这时候，我的胡须开始茂盛起来，我开始不敢用剃须刀刮，只是用小剪刀剪，一根一根，把它们清除下来。后来的时候，它们蓬勃得不可救药，我只好用剃须刀了。一次一次之后，它们愈加茂盛，三天时间，就一根根地高高翘起来了。后来，两腮也开始密集。有一年春天，我频繁做梦和梦遗，床单每天要洗——它的味道大极了，从水房蔓延出来，布满了整个走廊。有一个陕西的室友告诉我：找一个女孩子穿过的内裤穿上就好了——可是有哪一位女子会借给我呢？

我求教了另外一些人，也说是的，他们年龄大了，应当不会骗我——事实上，我真的找不到。我突然想，我要是有一个对象就好了。我想，她一定会给我的。这种想法简直就是一把刀子，猛然切开了我隐秘的生理欲望。就在那一瞬间，它卷土重来了，不可阻挡。秋天时候，家里来信说，母亲托亲戚给我找了一个对象，要我有时间回去看看，并寄来了她的一张照片。我萌动了，我回家的愿望空前强烈。领导的签字墨迹未干，我就踏上了东去的列车。一路上的风景在秋天深处，在我眼睛中没有任何影像。

210

第一次见面，我失望了，我不满意她的低矮、木讷和土腥。可我却也没有明确拒绝——身体或者内心的某种欲望在起作用，在推迟和限制着我说话。相亲的第二天，母亲就让我带着她去市里赶庙会。城市到处都是油烟和灰尘，都是一些在人群和楼体上飞行的各色垃圾。庙会上到处都是汗腥和土腥味，我跟在她的后面，在衣饰、鞋帽之间转悠，买了一些东西，我就累了，我讨厌热闹也讨厌人群。傍晚，征求了她的意见，找了一间旅舍，开了两间房间。一进门，我就扔掉东西，扑倒在床上。

吃过晚饭，在我的房间，我们说话，说到好晚。她出门的时候，我从背后抱住了她的腰肢。她的身子颤了一下，好久没有回身。我的喘息急促起来，吹起了她鬓角的散发，复又重来的冲撞感汹涌而来，我想到了她的身体，我的手掌在她的胸脯上——她细腻、丰满、光滑的皮肤叫我沉醉——我膨胀起来，我感到全身的血流快速奔涌，在身体之内激流凶猛狂放——就在这时候，我猛然推开她，她回头看我，带着满脸的惊异，在灯光中，我忍不住有些心疼。她走了，之后是迟疑的关门的声音。我想我是对的——我又一次成功遏制或者打败了自己，把那头凶猛的野兽按回了原位。

返回西北的时候，她把一个布包塞给我。我当时没看。回到单位打开，里面是包着八双鞋垫和一条她穿过的内裤。没过几天，收到她的一封信。她说：你要是真的娶我的话，庙会的那个晚上你就不会推开我——她说对了，可是她显然忘了，我不推开，我就不会放弃了——那是有责任的和良知的，我怕我坚持不久，成为一生的不安和负担。

不知是她的内裤起了作用，还是我心情日趋安静的缘故。两年内，我的身体好像没有什么特别的反应和表现。我每天早早起床，累了就睡，更多的时候在室外，和他们一起玩。那些凶猛的东西，随着我心情的平静而显得呆板和无所适从，它们在悠长的深渊焦躁，但总也不能够腾冲而起，左右我的意识和行为。直到正式恋爱的第一年，我的心情仍旧出奇平静，波澜不惊。好像自己一下子变成了空心的人一样。

我又一次感觉到了自己的强大，在香艳、丰腴的肉体面前，我可以做到视而不见，或者只是看看，这种状态甚至让我觉出了自己的伟大。可它总是无数次在清晨和暗夜将我唤醒，一个人的房间，隐秘的欲望膨胀起来，它积攒的火焰是对肉体的一次残暴焚烧。我知道，它不是用来被遏制的，它的天性中充满了自由、激烈甚至摧毁的力量——那一次，我真的想了，那时候，我想到了很多的面孔，刘美丽、未婚妻和她们，我钟情和喜欢的她们——我感到了可耻和悲哀，而且如影随形，它就像一个隐忍的杀手，在我的灵魂当中，用刀子和枪支、毒药和针刺，叫我常常掩面羞涩，或者自责出声。

五

时常的渴望和自责，耻辱和愉悦——在它们之间，我知道我一生都无法摆脱，我就是它们当中的那只猛兽，就是那支不断伸缩的柔软而结实的针刺，就是慢慢深入和破坏的毒药。有一段时间，我不愿意看到自己赤裸的身体，莫名地讨厌和掩盖它——在众多赤身的大澡堂，我不敢正视，总是会有很多的脸庞和身体在脑子出现。是的，我曾经无数次想起刘美丽，想起来她在十多年前的"咿"声，想起她，深夜的烛光和泛滥的动作；想起她们——甚至是一面之缘的女子。在暗夜，我一个人无法安静自己，我蛇一样蠕动，使劲想一些悲伤的事情——用难过、伤心、失望和疼痛来消除狂浪蓬勃的欲望。

可仍旧是徒劳的——我总是觉得，一层潮水之后，我以为再也没有了，而事实的情况是，它的每一次都很强大，席卷和烧毁着我的身体。1998年，我暂时离开的前一个晚上，我又一次将欲望付诸了行动——我清洗身体，我用一张毛巾擦到皮肤渗血。而还没有结束，我就沮丧下来了。第一次的未婚妻当然不会知道——我曾经，无可挽回，我带着另一个人的体液、体温以及别的一些什么，进入到了另外一个人的身体、生命和灵魂。我甚至可以想到她们在某种状态下的急速汇合、掺杂、愤怒和排斥。2000年夏天，我和未婚妻，认真问了自己，而选择了婚姻。我知道，这样是最好的，尽管会有很多沉重的信仰和物质随之注入到我的肉体和心脏。

妻子怀孕之后，我带着她回了一次老家——在冬天，满山的枯色，依旧的村庄在蹩脚的楼房中变得古怪。我在旧年的马路和巷道里多次走过，回到从前的小学和中学，在路上或者村里碰到刘美丽和她——刘美丽胖了，身体像是一根粗大的木桩，她站在村口，我路过，她好像认不出我了，怀里和膝下的孩子像我当年一样泥垢满身，蓬乱的头发挂着万千灰尘。我走过，我回头，我想起多年之前的黑夜，一个人肉体的崩塌和建立是那样的荒唐和可笑。她还是十年前的样子，身体丰腴——仍旧认得我，还主动给我开玩笑，说完之后，笑得前仰后合。声音里面有一些暗示或者我不明白的意味。我曾经记得，那个夜晚，她说我的某一部位超出了她的经验和想象——我又想起来了，在冬日阳光下，这句话就像一把不断反转的匕首，它在破坏，也在成就。

春节之后，春天很快就来了，我们还没有返回——满山的杏花桃花梨花开了，满山的青草在枯草下面，满地的麦苗一夜之间长出老高。气温迅速暖起来了，身体跟着燥热。两者比较起来，春天的热烈是短暂的，而且非常节制，而身体，它无时无刻，不舍昼夜。临走的前几天，我一个人到附近的村庄转了一大圈子，最后登上一面四处都可以看到的山包，坐下来，我看见那些人们，从屋里出来，又进去，走到田地又走回来。又一天清晨，我们在班车上，已经走出了好远，我还想再回头看看，众多的山峰在烟岚之间，众多的颜色让我感到孤单。列车开动的时候，我避开妻子，对着坡璃、移动的人群、天空和建筑，突然间泪流满面。

我的乡村我的痛

一

到冀南的城市——沙河下车，看到大批飞行的烟尘，黑色的，大把大把的，在天，在地，周身，内心，城市和乡村。我甚至可以明显感觉到，它们落在皮肤上的撕裂疼感。我还怀疑，人的汗水就是被它们拧或者从体内排挤出来的。坐在开往村庄的长途班车上，还是大片的烟尘，从附近的铁矿和煤矿当中，大口大口吐出，又被穿梭往来的车轮连续炸起，在空中，在大地所有生灵身上，飞舞，下落，进入和消失。

我一阵沮丧，我又看到了干旱——想到工业背后的嘴巴和牙齿，想到光明之下的黑暗之中，卑微的群体性劳作。路边的庄稼面目憔悴，满身尘灰，一棵棵无精打采——这让我想起讨饭的孩子。它们脚下的泥土开裂，一张张的嘴巴，肯定在哀求或者说出一些什么。坡上的青草枯萎了，尽管还青，但我一眼就可以看出：那是一种虚假的青，病态的青。

稀疏的树木不动，身体打卷。有一些牛羊卧在它们的阴凉里，大口呼吸，大声嘶鸣。

到家，和母亲坐在梧桐和椿树织造的阴凉里。有风，从东边的山岭上，断断续续地吹，向西，掠过我们的身体和屋顶。西边的山岭上，几只灰雀在飞。院子下面的玉米叶子如刀，纷纷向下。苹果树上的青果像是儿子的拳头，三五成群，满身的太阳光泽。和母亲坐在一起，再次听到干旱这个词语——在我记忆当中，每年五月，冀南一带的农村和城市，都是干旱的，似乎是这片地域由来已久的一个习惯。庄稼苗刚刚长起来，有的扎根，有的抽穗扬花——而就在这个时候，持续的干旱开始了，炽烈的阳光，一天一天，一点一点，将冬天的雪水和春雨悉数收走，像是一个熟练的工人，抽丝取茧，剥掉土壤中的水分。

216

我知道，水是滋润的、现实的，和人、和牛羊、草木联结在一起。而暴烈的阳光，或者阳光背后、人的背后，一只灼红的手伸出来，它们——水，就跟着走了——像一群乖孩子。母亲说，地里庄稼都旱死了，没死的也挺不了几天了。然后叹息，黑色脸上的皱纹再一次拧紧，像螺丝，一点一点，似乎嵌入到骨头中去了。我一阵黯然——回家的快乐，路上想象的诗意——乡村的安静和湿润……在回家的第一时间灰飞烟灭，消失殆尽。

太阳向西，趴在另一个山头上，依旧热烈，但不再毒辣。感觉像是一个凶悍妇人，伸出尖细的手指，使劲抓住山峰上的巨大石头，不愿就此沉沦下去。这时候，风凉了，吹在皮肤上，具有清水的质感。我起来，走到院子边，看着那些玉米，竟然也像我一样，微卷的叶子开始舒展，并露出青油油的光泽。对面，远处森林黑油油的，一色的松树亲密无间，屹立不动。母亲说，河沟都没水了，只有靠近森林的河沟有，很多人买了水泵，塑料水管，往自己地里抽，一天一天，昼夜不停，一个多月时间过去了，还有流水。

傍晚，黑夜缓慢升起，一家人坐在院子里，黑暗笼罩，夜虫在附近的泥土和草叶上不停叫唤；有一些飞蛾远道而来，奋不顾身地扑打灯泡。孩子们在光明处追逐，笑声和喊声此起彼伏。父亲抽着香烟，听我们说话。我不时抬头看看天空——深邃的，乡村的天空，在群山，在生存和生命之上——亘古的广阔面孔。它太高了，我不知道怎么触摸，但我一直觉得：这个夜晚，或者稍晚，它会用云彩遮住满天的星斗，因为我或者我们再次回到这里，突然风云大作，雷电交加，然后，大雨像儿子揽我的小手一样，以最优美的连贯动作，扑然而落。

二

第二天早上，醒来，在旧年书桌上，抓起黑皮的《圣经》，随手翻开，474页，《约伯记》第七章。看到的第一行文字是："我对神说：我岂是洋海，岂是大鱼，你竟防守我呢？若说，我的床必安慰我，我的榻必解释我的苦情。"——我不知道这是什么？我懵懂，躺在床上，想了一会儿，觉得懂了，又忽然不懂。坐起来，窗外又是日光，逐渐热烈的光芒在窗外的瓜藤上，像一团团的金黄色的火焰。父亲早就下地了，房后传来锄头和沙石碰撞的声音，清脆但有些硌牙。

今天是周末，吃过早饭，母亲夹着黑皮《圣经》，要去聚会。这时候，阳光是美的，尤其落在叶子上的那些，很直接地让我感觉到女人的温柔。还有房顶上的，我觉得那是一双手掌正在持续抹去黑夜渗在里面的残渣。孩子们照样奔跑嬉闹，他们的笑声和喊声依旧是快乐的，没有杂质，至少不像我这样——不停地想到事情，想到人，想到自己过去在这里的生活遭遇和某一时间内的场景、表情与心情。

父亲抽完一根香烟，拿了锄头，说要去地里除草。我也想和父亲一起去干活——很多年了，我几乎忘记了锄头在手中摩擦的感觉，忘记了锄地的方式。看见父亲手中的锄头，我走过去摸了摸——光滑的锄杆上面，有一些浅浅的裂纹，里面嵌满了黑色的汗垢。我拿回手掌，放在鼻子下面嗅了嗅，真的是汗味——父亲的，母亲的，可能还有弟弟的和弟媳的。

上午，到处都是人，在自己的田里，挑水浇玉米苗，一个一个，一只只的扁担和水桶，在村庄外围的小路上不规则地晃动。看到一些熟稔的人，他们站在就近的地边，问我啥时候回来的，待多长时间。我也大声回答，双方的声音在空中跌宕，穿过玉米和树梢，趴在鸟雀的翅膀上，来回送达——我很喜欢这样的感觉，站在长满庄稼和草木的地方，在村庄，几个人远远地喊着说话，这种味道，我很多年没有了，现在重温，忽然感觉自己年轻了好多。蓦然想起年少时候伙伴们遥相呼喊的单纯的快乐。

但这只是一瞬间。更多的时候是汗水，是大旱之中的内心焦虑、苦疼和无休止的劳作，抢救庄稼——我也曾经历，在十多年之前的乡村初夏，我何尝不是如此呢？从事劳作虽然短暂，但那种勒进血肉的痛楚，至今还隐隐作痛——不知何时，有人站在对面的马路上，朝村庄里面大声叫喊：奶奶，奶奶，声音沿着弯曲的河谷一直向后，在干枯的石头上蹦跳，然后顺着逐渐炎热的空气，升到村庄里面，再从各家的墙角，转到院子里——另一个声音也响起来了，比这一个声音苍老、沙哑。但村人一听就知道是谁的声音。双方问答了几句，然后走开。

我想去母亲聚会的地方看看——好多次，我都拒绝，或者不愿意进入。对于基督，宗教，我想到是"爱"、"善"、"和平"和"忍耐"，以及"宽容"与"救赎"。我是想：一个人，尤其是平头百姓，没做过恶，就不会要求"救赎"，忍耐是一个美德，也是刀子，但美德是自救，不是拯救。

走出院子，再下一条小路，我和妻子一起，走过另外一个村庄，路过几家简易养鸡场，遇见堆满道路的黑色鸡粪，臭气熏天；遇见几个十多岁的姑娘和小子，从面孔看，依稀知道是谁的儿子女儿。再一个村庄，我们走进去，经过几户人家的院落，在一座三间大的房子前，听到不大整齐的朗诵赞美诗的歌声——在村庄，尤其是忙碌的，干旱的村庄，那种声音显得突兀和怪异。我们停下来，不敢推门，在黑色的木板门前站住。侧耳细听，里面集体唱道：不从恶人的计谋，不站罪人的道路……他要像一棵树，栽在溪水旁，按时候结果子，叶子也不枯干。"

我想这些诗句倒是通俗易懂。"不从恶人的计谋"，其中，"不从"这个词语让我震惊，但不仅仅是《圣经》所包含的。我蓦然觉得："不从"在现实当中的种种困境都是自己赋予的，"不从"不仅是一种拒绝，而且是坚守。然后顺藤摸瓜，想到一棵溪水旁的树，但又马上想到：在溪水旁边茂盛的树大都是柔绵的柳树，柔软，弯曲，看似向上，实则向下——听了他们的歌唱，妻子在一边也若有所思，忽然走到院子边，抓住一朵紫色的鸡冠花仔细看——我不知道她看到或者想到什么。

大约30分钟，门开了，黑洞洞的门，里面的光亮像是傍晚的。墙壁上挂着连串的基督像，背后十字架，或者站在几只羔羊旁，一边流水，脚下绿草。第一个出门的是一个蹲着走的男人——我依稀记得，小时候，他被父亲打断了腿，终生不能站起来，当然也不会有媳妇和孩子。第二个是南垴村娶了一个傻子媳妇的男人，头发白，稀疏，穿的白色短袖衬衣看起来是黑黄色的。第三个是七十岁的大姨妈，年轻时候信仰神鬼，在家里摆了不少的香案，1997年，一夜之间改信基督。再一个是母亲，出门，看到我们，便把《圣经》夹在腋下，走过来，妻子迎上去，拉了她的手，一起回家。

三

一个人死了，消息突然而又直接，又很正常。那是中午，一家人吃饭，大姨来到，坐下就说，梧桐沟村的一个人死了——在铁矿井下砸死的，那是谁谁谁的丈夫，谁谁谁的儿子，留下一个儿子和一个女儿，儿子不满三岁。继而叹息——沉滞的声音，出自母亲，父亲，还有我们。听到的瞬间，我惊了一下，仅仅几秒钟，就恢复正常。母亲说，这些年，四边村里不少人这样死了，大致数了数，18个，都是青壮劳力。

抬头，阳光依旧毒烈，四周都是植物和泥土乃至石头烧焦的味道。鸟雀们躲在硕大的树冠中，迟迟不肯出来，知了的叫声铺天盖地，持续不断。

我想起前不久在网上看到的消息：

"河北沙河市火灾事故，被困矿工总人数增至116人（新华网）"。

"中新社沙河2004年11月24日电：题：谁为六十五位矿工生命'埋单'"？

这两起事故发生地距离我们村庄不到50公里。我还记得，看到这个消息之后，急忙打电话给家里，嘱咐母亲千万不要让弟弟去煤矿或者铁矿下井，挖煤挖铁。母亲说，宁可不花钱，也不要弟弟去下井。

过了一会儿，母亲说：砾岩村流水的大儿子海书也死了，在煤矿打工时电死的。这个人我比较熟悉，和我弟弟差不多年岁。母亲告诉我说：这孩子很可怜，先是花五万元娶了一个媳妇，没过一个月，媳妇跟着另外一个男人走了。后来，女方答应退一万块钱，但男方还想把媳妇找回来，给儿子继续过日子，坚决不要钱。谁知道，就在这时，儿子在煤矿被电死了——1米77的人，烧成了一个黑色的小孩子。

我惊怵，想起在回家车上遇到海书的父亲张流水，很老了的男人，一脸焦灼，64岁的年纪，看起来像80岁的老人。当时，我并不知道他大儿子过世了，想他一定是过于操劳的缘故——和我父母亲一般年岁的乡亲们几乎都是这样，未老先衰，老了再衰，但除了政府干部和做生意发了财的，基本没有例外。想到这里，不由得再看看自己的父母，忽然觉得悲痛——人的衰老难道都是时间么？或许不是的，所谓的时间，有时候仅仅是生命的一个假象。

大家离去之后，我在原来的位置，坐了好久，头顶的梧桐叶子不声不响，硕大得有些多余。四周安静，正午了，村庄复又沉寂起来。我站起来，看着对面的马路，高处的青山和近处的房屋，没有流水的河沟像是一条张开的青色的巨大嘴巴，冲着天空，不说一句话。

第三天小姨来，进门寒暄，对我们和儿子微笑。坐下，小姨又说了一个死亡：她们村里的一个小伙子，在邢台的一个铁矿打工，塌方，再也没上来，同去还有另外几个人——我无从知道名字。但这个消息对我来说又是一个震惊，但比昨天的要小，司空见惯，习以为常——我觉得了自己的麻木，逐渐的，像慢性病，不是一举歼灭，而是凌迟受刮。小姨还说，她们村一直很怪，一个人死之后，半个月内，必然还有一个人去世。

果不其然，又一个人死了，是在山西的煤矿。本来从井下出来了，却又掉了下去。父母就他一个儿子，前年娶的媳妇，还没有孩子。小姨说，这一下这家人绝后了——乡人的香火观念一直浓厚，但这已经不仅仅是香火的问题了，而是生和死，存在与毁灭，短暂和长久，生命的根本行为了。老人们常说：一个家，添一口人不要紧，去一口人就是大问题了。

我不知道为什么这样，接二连三地死，矿难，都在壮年。其中还有一个是我的中学同学，性直，愣。上课时候和老师的争吵，坚持不断地和另外一个同学进行肢体对垒……往事，只能是往事。我笑笑，然后转移话题，对小姨说我在外面的种种情况，伤心的，不伤心的，高兴的，沮丧的——都是亲身经历的。直到后来，也忍不住说到在外省遇到的种种死亡。

直到晚上，仍旧心绪不宁，似乎有什么堵塞在胸口一样，咯得难受。上床之后，就着灯光，看了一会《圣经》，耶和华对他的门徒这样说："你们是世上的盐，盐若失了味，怎能叫他再咸呢？以后无用，不过丢在外面，被人践踏了。"（《马太福音》四、五）。又翻开阿尔贝·加缪的《鼠疫》——故事说：大的灾难发生之前，总要有所征兆的：满城的鼠，从下水道爬出来，霎时间——瘟疫开始流行。

四

几天时间，晾在房顶的麦子就干透了。又一天中午，抬头，蓝空中乱云飞渡，有下雨的迹象。我急忙和母亲、妻子上房，将麦粒拢在一起，装在大小不一的口袋里，再扛下来。母亲说，称称今年收了多少麦子。一杆大秤之后，十个口袋，580公斤。母亲说，三亩多地，就打了这么多。我拆开口袋，再看那些麦子，都是瘪瘪的，抓在手里一把，感觉轻飘飘的。此后，到大姨家、舅母家、姑妈和小姨家，都要问问今年打了多少斤麦子，都说不多。几家亲戚当中，数舅母的地多，六亩，才打了1100公斤。

他们说，种地是赔本的，尽管少了和免了好多税。天旱，地少，墒赖（差）也是问题，化肥和种子更是问题。还不如出去打工，一天挣二十块都比种地好。我觉得也是，一个家，几口人，泡在地里，起早贪黑，除草撒肥，播种收割，翻犁浇水，根本就没有消闲的时候。到几家，都是这样说，邻居和其他村里的人也都这样重复说。我说那就不种了，他们说不种又不行。理由一：总不能看着地荒了，败坏了祖宗的家业吧。理由二：挣不到钱还有点粮食吃，至少饿不死。理由三：有点地种总比没有强，不用买着吃。

村人都说，现在承包铁矿煤矿很挣钱，附近几个乡镇，每年都要造就十多个亿万富翁，千万富翁，只要不死人，不出事，找准矿源，绝对赚。我说你们也可以去承包啊，他们说没钱，谁有那么多的钱啊？没钱什么都干不了，只能守着几片田地，面朝黄土背朝天。有胆大的，做一些别的事情，多少赚些钱，贴补家用，比种地滋润一些。

与村人闲聊的时候，我也想到了三个不切实际的办法：第一：把村里的田地合到一起，像以前的公社，留一部分青年妇女耕种。成立打工服务机构，引导男人集体到外面打工。第二：大面积种植经济作物（土质不好，棉花等都不行），或者开发附近的山川旅游资源；第三：植树造林，发展经济树木，建工厂，搞农副产品深加工——这需要村、乡甚至更上一级权力机构的组织实施——但他们都摇头，使劲摇，不明所以地摇。

我知道我是无能为力的，一个人，在庞大的群体之中，很明显地觉得自己的小。有几天，母亲带着我们，去看自己的板栗树和核桃树。它们都在山上，东一棵西一棵，来回之间，都是山坡，红石深嵌，灌木横行，道路曲折。母亲说，去年核桃收成不好，一棵树上稀稀拉拉结几个，还不够孩子们吃。今年的核桃倒是很稠，满树都是。我走近看，真的是核桃满树，都在风中摇。绿叶婆娑，树冠庞大，枝桠众多，令人欣喜。我们三个人转悠了半天，数了数，算上刚成年的，才二十三棵核桃树，不禁又觉得沮丧。

其他家的情况也大抵如此。前些年，大家都栽种板栗树，除了旱死的，侥幸活下来的已然成林。这时候，树上开出了金黄色的长条花，蜜蜂在上面飞舞和停留。我知道，花开之后是果实。但母亲说，要是再不下雨，恐怕也不会结多少栗子。柿子树大概因为老了，尽管庞大，但满树不见一枚柿子，干枯的枝干倒是不少，夹在绿叶之间，形状弯曲，颜色黝黑。

站在对面的山岭上，看见村庄，自己家的老房子——曾爷爷的，爷爷的，我与弟弟出生的——在众多的房子之间，石头一样静默。我想起以前的事情，小小的院子里面，一棵庞大的梧桐，每年春天开花，下落——想吃糖的时候，父亲就叫我舔梧桐花的屁股，是很甜，不是糖块的甜，是蜂蜜的甜，但不持久。母亲告诉我：大你五岁的玉笙娶媳妇花了三万多块钱，盖房子两万块钱，母亲一直生病，十年都没有还清欠账，现在在一个煤矿下井；和你同岁的立敏从山西找了一个媳妇，生了三个，都是闺女，今年又有了，怕计划生育的抓，跑了。三桂的女儿和山西的一个小子好上了，偷着跑，一家人找回来，吊在梁上用蘸水的麻绳打。

我听着，有点陌生，但很快，又觉得十分熟悉。毕竟是这里生养的，一个人出生的地方，冥冥之中，肯定有一种特定因循素质强行灌输了他。这种素质并不一定是美好的，甚至是恶劣的，但必须存在，持续终生。就我个人而言，此前几年，或者现在，我仍旧不愿意再次返回这个村庄——我不止一次说过：这么博大的土地，哪里都是我的，行走或者躺下，都会被批准和容纳。但我不可避免地携带了这个村庄，不是一点，而是全部。帕斯卡尔说："如果万物只有一个起源，那么万物也只有一个终结……也只有通过一个人，这种联结才会重续起来。"（《思想录》）

五

翻出中学时日记，发现一句话："谁在前方等我？"时间是1990年3月24日，下午，阴，乍暖还寒。心情迷茫。那时候，我十七岁，一个大孩子，这句话或者梦想爱情，或者渴望一份理想的职业。而现在，它的味道全变了——迷茫的终极询问，抑或是对个体的质疑乃至生命的敲打？我一时想不清楚，但仍觉得震惊——有时候，一句话，命中的东西比一个人的身体更为准确和庞大。

我走出来，外面还是兜头照射的阳光，偶尔的乌云从西边飞来，像是因发霉而臃肿的棉絮。对面的森林青黑，山坡上跑过一只灰色的野兔，没有人惊扰它，尽管它总是将刚刚冒出头来的黄豆苗根根咬断。对面的村庄炊烟升起，盘旋，上升，在高处消失。我忽然想：谁在高空等着炊烟呢？散开的，柔软的，呛人的气体，柴禾的呼吸和灵魂，究竟要去向哪里？

蓦然想起前些天，和父母亲一起，到三里外的田地，锄玉米地，挑水逐棵浇将要蔫死的苗儿。看到爷爷奶奶的坟，就在田地里面，两个人合在一起——远看有些孤独和落寞。我总是想，应当再将他们分成两座坟茔，像两个人，在一面土炕上各盖一条被子那样。但妻子说，这样是最好的，活同衾，死同穴，想来也是一世夫妻的夙愿。回家路上，我一直在莫名其妙地想：爷爷奶奶，还有其他的逝者——死去之后，他们还有没有灵魂和知觉？要是有，又在何处？没有，又是为什么？

在路上又看到另外一座坟，两个年轻人，两口子，吵架，一起喝了一瓶农药死了，就埋在一边的山坡下面。

在很多时候，尽管三十多岁了，可我总是觉得自己还小，十多岁的样子，心态也是，不愿涉及太多的事情，哪怕一点俗事，都浑身不自在。不愿意说自己的年龄，不愿意告诉对方自己的一些往事——我也觉得自己很庸俗，单纯，或者在某种时候显得脆弱，甚至怯弱。而另一方面，我一直感觉自己老了——心理的老，三十多岁，就像六十岁一样，内心充满皱纹和伤痕，疲累和不安——在自己的潜意识里，总有一个声音在茫然询问：我的前面是什么？

母亲说，村里的两个老人，养子在养父病得要死的时候，断绝了关系。养父患癌症，在炕上挺了半年多，到六月，眼看就要过去了，可硬是又支撑了半个多月。总是对老婆念叨一句话：把事情办完了，就来——我等着你。村人都说，老人可能在某个地方存了一个贵重东西，要老婆拿出来，变成钱，自己死后，生不能好好活着，死了，要"住"一个好地方。

这只是他的一个愿望，死后两年，坟头依旧，黄土青石，再简易不过。第三年头上，老伴也死了。埋在一起，还是原来的模样。有一次和父亲一起到田里除草，看到他俩的坟茔，在一大片杨树林里，安静，孤单，隐隐弥散着悲凉。想起他对老伴说的"我等你"感觉像是一种召唤，说不清楚的，有着某种魔力的声音、箴言或者咒语——在一个固定的地方，一个人站着，向另外一个人发出召唤的声音，曲折幽幽，那种味道，足可让夏天的流水冰凉彻骨。

对于那位养子——没有人谴责他。有人说："真正和唯一的美德就是恨自我。"我不知道他有没有恨过自我。但是我知道，他和母亲一样，信仰基督，是这里最为虔诚的信徒之一。每次遇到，我都不由自主地问他：基督教给你一些什么？他说了很多，但似乎都不切主题。后来，我看到：神在《马太福音》的"论仇恨"一节中说："我实在告诉你，若有一分钱没有还清，你断不能从那里（监狱）出来。"我也想——没有一个人能像对待自己一样，对待别人的生死——这是令人沮丧的，我和另一个我之间，到底是一条怎样的途程？

村庄另外一件事实：十多个男人在矿难中丧生了，年轻的妻子只好改嫁他人。公婆及其亲戚竭力阻止，但最终只留下孩子——没有人能阻止她们向外的脚步。这里，新出现的一个问题是：另外一个人等来了一个人，而另一个人则彻底丧失了一个人——其间的悖论和迷雾，决不像那两位老夫妻那样简单明了。为此，"谁在远处等我？"这句话在这里也成为了一句真正的谶语。

六

大雨，几天，始终阴着的天空垂下万千丝带，把上帝和大地，人和天空连结在一起，把神灵和人放在同一个位置。我们欢喜，鼓舞。坐在一边的父亲说，雨下得迟了。庄稼沾不上光。也就是说，错过了时节，再好的雨水也失去效用。但有一点可以欣慰：干涸的河沟迎来了哗哗的水声，山坡上新栽的板栗树、田里的黄豆和谷子可以趁机疯长。

这时候，大家都是欢乐的，尽管到处泥泞，出门不易，但，雨终究是一种滋润，在这里，没有一个人厌倦和排斥。而电视新闻上洪水泛滥，后来，我打开因特网一眼就看到这些消息：

"（2005年）全国4438万人受灾。史上最大洪峰今进珠三角。全国有22个省（自治区、直辖市）发生不同程度的洪涝灾害，受灾人口4437.61万人，死亡536人，失踪137人，直接经济损失203.52亿元（综合新华社电）"；

"暴雨突袭安徽省4市13县，受灾人口已达到187万人（《江淮晨报》）"；

"暴雨山洪突袭重庆璧山，19.8万人受灾，3人死亡（8月4日《重庆时报》）"。

在阅读的时候，我没有注意到经济损失——这是我致命的一个弱点，对钱财的情感隔膜，梦魇一样，在很多时候让我失魂落魄，无所适从——但每次都丝毫不长记性——过去之后，依旧原来。我想到那些在洪水中的挣扎和死亡，那么多人，几百万，我遥远的乡亲们，他们在大水中哭泣，在倒塌之中看到这个世界的人的恐慌。

　　我总想那里的雨水，转移到北方来，在我干旱的村庄，均匀地下落，一天，甚至几个小时，令众多的人们得到滋润，克制和减小灾难。而雨水，南方和北方，它的偏依让人痛心，我不止一次对村人说，要是南方的雨——均匀过来多好？有时候怔怔地望着蓝得要命的天空，不住叹息。很多时候从树下经过，虫子的尿落在手臂上，第一个想到的是雨。

　　而雨真的下来了，那些天，我们一家人坐在家里，看外面的大雨，雨中的事物纷纷发出响声，尤其是玉米、梧桐树和杨树，啪啪的雨声，在深夜当中尤其清脆，悠远而又神秘，我常常在凌晨起来，站在屋檐下面，在清凉的雨水中，感觉它的清澈气息。

　　到第三天，山坡上有的地方冒出了泉水，一股股的，冒着热气，冲刷出一条条深深的沟，向下，向更多的水，哗哗奔流。雨止不久，很多人带了锄头，背了化肥，到玉米地里施肥，到处都是身体与玉米叶子摩擦的声音，锄头与沙石相撞的声音，此起彼伏，在村庄，在空旷的山野。

　　又两天，大雨止歇，太阳出来，大地一片崭新，到处都是湿漉漉的，那么多的叶子，青翠得近乎透明，燕子们低空飞行，蛰伏了多天的蜜蜂（包括野黄蜂和大头蜂）重新飞临花朵。村人们忙着给庄稼追肥，一家一家，三五成群，都在地里。孩子们的叫声比燕子更为欢快，在河沟里抓螃蟹，捕蜻蜓，一个个追逐得满身是汗，喊个不停。

　　我和妻子也没闲着，跟着父亲，到一块地，追肥，掩埋，扶起在风雨中倾倒的青玉米；再到另外一片地，如此几天之后，追过肥的玉米叶子黑油油的，没有追肥的则呈暗黄色。与此同时，蒿草也茂盛起来，干旱时候蛰伏的家伙，现在也趁着雨水和化肥，争先恐后，一棵一棵，乍开身子，在田里和地边横冲直撞，不可一世。

我们只好锄掉，或者拔掉。把它们的身体扔到空地上。父亲说，再下雨，这些草还会"复活"——多好的词语啊。青草"复活"，但要不是长在田里，就不用等再一次的"复活"了。山上的紫荆和茅草也茂盛起来，不到两天时间，就掩住了裸露的红色石头。中午，阳光热烈，没风，但仍感觉清凉无比，尤其是树荫下，渗入泥土的雨水开始返回——向大地表面，向空中，甚至更远的地方。

地里的活计忙得差不多了，我突感身体不适，母亲说，距离不远的邢台县一个村里有一个很好的老中医，切脉抓药特别准，去看看。我们去了，谁知道又检查出另一种不适来。他说，你这个病，有些年头了——就像种地，年年光种庄稼不施肥，肯定要亏的。给我开了二十副中药，装在一个大袋子里。此后二十天，我都在中药中度过。

喝药的时候，母亲总是说，要先晾一碗开水，喝完就喝温水，那样不苦，我不，一口气喝掉半大碗的中药，然后抿抿嘴唇，感觉中药在舌头和牙齿上的苦味——让我想起勾践老先生"卧薪尝胆"——我没有勾践的野心，我只是我，一个在村庄出生然后出走的人，一个在外行走但终将返回的人，走出和走进，其中的道路，也仅仅是一个迂回的过程。没有含义，也不会生动。

临走的前几天，又下雨了，一连两天，到处都是水汪汪的。早晨，趁着未落的夜色，告别父母兄弟的时候，我竟然十分平静，没有像上几次那样忍不住哽咽起来，泪流满面，心也不怎么疼。只是在挥手时候，鼻子有点酸，想要流下眼泪，但又含了回去。到市区，下车，感觉仍旧是干燥的、灼热的，好像没有下过雨一样——到处都是和来时一样的烟尘，烟尘，在众多的楼宇、街道、人和车辆前后，落下又溅起。

七

回首的村庄——我已经看不到了，火车向北，然后再向西，内蒙古和青海高地之后，是甘肃的戈壁和沙漠，浑浊黄河和祁连雪山——地旷人稀的地方，天高地厚，永生永世的存在。回到单位，感觉仍在老家——乡村，它的湿润和绿，忙碌和消闲，乃至说不出的单调和安静——我得承认，在乡村两个月，这是我近两年中最为单纯的生活。一家人，血缘的凝聚，天伦的融合，尽管干旱和炎热，持续着疼痛和偶然的快乐，尽管，阳光晒黑脸庞和胳膊，四周的遥远和封闭，但它们仍旧是难得的，尤其是对我这样一个长期在外的人来说——短暂的乡村是身体的一种搁置和停靠，是内心的一次回归和灵魂的一种抚摸。

我还得感谢——我的父母生下我，而且在乡村——让我知道了苦难，在世界一隅的某种状态的生命和生存。那是一个小小的村庄，在冀南太行山南麓，行政区域为河北省沙河市禅房乡南沟村——与武安市、邢台县搭界的地方。八个分别叫做砾岩、案子沟、砾岩坪、里沟、杏树凹、南垴、和尚沟、罗子圈的村庄，在皱褶的山地之间，相互勾连在一起，和睦而战争，说笑也打闹，通婚也通奸。

这里最高的山是和武安市搭界的北武当山和山西左权县

分享的摩天岭，海拔分别为1700米和1680米。最著名的建筑是宋代长城——在离我家不远的低纵山岭上，早已是残垣断壁，只有几座瞭望台依旧高高矗立。最低的地方是相距五华里的西梁村，遇有大雨，洪水暴发，大水泱泱，有时冲垮堤坝、田地和房屋。最多的庄稼是麦子和玉米，收成年年不一，被雨水左右。

最多的人是孩子，襁褓里的和上初中的，几乎每对夫妇两个以上，遇上头两胎是女儿的，还会有第三个、第四个，甚至更多；最热门的话题是挣钱赔钱和通奸，偶尔的死亡和新生；最忙的时候是农历五月和九月中旬，收割麦子，翻松土地，再种麦子，浇水施肥。最悠闲的时候是冬天，大雪之中，银装素裹，人们窝在家里，围着炉子烤火，或者坐在稀薄的阳光下面说淡话。最实在的人是砾岩村的几个傻子，有一说一，有二说二，他们的话不用任何思考，可以完全相信。

最有名的人是曾经的大队支书（凭靠旺盛的性欲），现已卸任；最令人胆寒的是派出所民警；最叫人喜欢是学习优异的学生；人缘最好的是没有婆家的大闺女们；最容易叫人说是非的是丈夫长期不在家的女人们；最令人厌烦的是那些陌生的传教人。

在家两个月，关于这些，我听到了好多，和前几次一样，如出一辙。而多年之后，我却没有那种置身其中的感觉，有的是一种与己无关的旁观者的心情和眼光——除了自己家——父母的，兄弟的和亲戚的，感觉有些遥远，至于那些死亡，尤其是矿难中丧命的人，大致是因为熟悉和由此及彼的恐惧，而导致了内心的悲悯和伤痛——但从更深的层次讲：我觉得那是对所有生命的一种警告——你是脆弱的，远远不是想象和自己感觉中的强大和坚固。

除了做农活，就是和父母坐在一起说话——这是最幸福的了。除此之外，是间断的读书和短距离的行走。读的书只有两本——《圣经》和《鼠疫》，去的地方最远的是山西左权县拐儿镇和河南的汤阴岳飞庙，其他的地方都是几十里的路程。去得最多的亲戚家是大姨和小姨妈家；最幸福的感觉是和母亲坐在一起说话，看着儿子和小侄女无所顾忌地玩耍。

有些时候在河沟里面洗澡，正午无人，太阳毒烈，一个人，脱光衣服躺在巨大的青石板上，上下滚烫，点燃一支香烟，看着空中的流云，感觉惬意无比，但朝天的裸体似乎有所忌惮——怕路过的行人看到。那时候，鸟雀飞来飞去，河水哗哗，一些金黄色的蜜蜂落在水边，成群结队，喝水，采蜜，然后飞走。也有几次在傍晚，下河洗澡，那是真的放松了的，黑色是最好的衣裳。我记得，还在星空下，光着身子唱山西的民歌——

"蜜蜂蜂采花瞎忙唉，俺想妹子那个头疼唻；

……小花花开在那个地边上，好心人帮俺说媒来。"

那时候，天空幽深，大地安静，萤火虫飞起的光明，逐渐代替了人类的眼睛和村庄的灯火。

早就应当离开了，但行程一推再推，我和妻子都不愿走。儿子浑然忘了我们在西北还有一个家，甚至对他的成堆的玩具都没有了记忆。但我知道，我们必须离开，再一次，又一次地，以前是一个人，现在是三个人，离开乍来还去的生养地，父母的村庄，我们的村庄，走州过县，从华北到西

234

北，在外省的土地，像父母一样，在时间中活着，在泥浆和风尘当中，慢慢老去。

回到西北——巴丹吉林沙漠，下车，突然流下了鼻血，除了刚刚来到时候有过，十多年间，再没有这样的情况。而今，鼻血再次蜂拥而出，之后是嗓子的疼痛，扁桃体红肿，一连二十天。我知道，对于沙漠，我需要再一次的适应，从身体到内心。时常想到村庄，两个月期间的种种情境，忍不住笑，也忍不住叹息，我不知道到底因为什么：对于乡村，尽管我还能够触摸到它的真实肌体——但我要的已经不多了，我对它基本的要求只是——当我劳碌一天，闭上眼睛睡眠的时候，最好不会在梦中被它惊醒。

第三辑　在时光中遁逃

我们周围的秘密

一、如此隐喻：从花朵开始

　　莲花谷在冀南与山西交界的地方，属华北或者北方地区。战国年代，附近邯郸出过赵武灵王、韩厥、程婴、公孙杵臼、蔺相如、廉颇、赵奢、李牧等有名的雄主与能臣，名将和贤者。抗拒匈奴，赵国在这里修建了蜿蜒百里的长城。唐朝的李世民和窦建德在这里进行过战争，还有明朝的朱元璋和陈友谅……日本名将之花阿部规秀在这里被杨成武将军击毙——村子南面，有一片面积在一千公顷以上的松树林——听说是六十年代时，由飞机播下，人工扶正的，现在已是郁郁苍苍，与先前就在、漫山遍野、无处不长的洋槐、秋子、核桃、板栗、杏、桃、梨、苹果、柿子、材、椿、松、柿子和山楂树一起，将村庄围了个水泄不通。

　　花朵们是树们的强项，也是它们招人喜欢或者孤芳自赏，或者专门向人炫耀的一种资本和方式。其中，核桃树花不怎么好看，虽然也黄，但黄得不够彻底，虽然小，可小得叫人不注意。只是数量多，面积广，哪里要结核桃了，它们便出现了在哪里。夹在发散着臭味，且时常生有大批策乐（一种绒毛带毒的昆虫）的叶子间，让人不敢接近，也不会喜欢。

倒是板栗树的花朵，虽然也小，但金黄金黄，让人首先想到小米，再想到黄金，远远地，就嗅到一股浓郁的蜜香。花落之后，它们还会吐出一条粉黄的长须，挂在果实之上，像新生婴儿的脐带。梨花是神仙在人间的灵性植物，据说，每年的五月初五清晨，远远近近的梨树无一例外地被削去了枝尖——老人们说，梨树枝尖是仙女用来修房做床的唯一原料，也可能是她们要从梨树的枝尖中提取水滴，用来润肤或者酿酒。

而梨花的白叫人眼晕，大致是太白——或许是村人习惯将白与孝衣孝服抑或死亡联系起来，因而任凭梨花开得再美，再多诗人和文章家赞叹，也还是从心里不喜欢——由此，梨树和梨花是传说中神仙们的日用品，也是人间某种审美观和习俗的隐喻。桃花惹人喜欢是正常的，桃花是真正的人间之物，红而不粉，妖而不艳。既有白色粉底，又有红色脸颊。它们是美女们最好的象征，是男人们心目当中的微缩美人和男人们对女人的惟美体现。

在莲花谷，杏花大都开在山野，和桃花一样，只不过落寞一些。我小的时候，房屋背后的野地，杏花们最先推开春天的门楣，在料峭的风中，颤抖着也舞蹈着，孤独着也喧闹着——山里的野黄蜂最喜欢杏花，一天到晚在花上趴着，一动不动。不少大头蜂，一次次从花上滚下来，又嗡嗡地爬上去。一些不知名的小黑蜂，不知怎么着，就死在了杏花上面。不过，风稍微一吹，就落在了地上——每年春天，在杏花之下，总是可以见到成百上千的小黑蜂尸体。

小麦开花也像玉米开花一样，叫人想起劳动，想起这一年的肚子和下一年的光景。在我心里，小麦花、玉米花和土豆花、黄豆花一样，是劳作和汗水的代名词。任凭它们长得再朴素、再媚俗、再美丽，我只是会想到这些，其他如诗意、如大地、如永恒、如稼穑、如"粮乃国本""无粮不安""无粮不稳""民以食为天""兴农强国"等等都没有关系。

倒是天地边缘的野菊花叫我喜欢。它们一般不扎堆成群，而是你离我远一点，我再离你近点的相互张望或者独自芳香。它们的味道是苦涩的，只有蝴蝶喜欢，时常翩翩落下，鼓着翅膀，跳一会儿古典舞或芭蕾，然后慢慢飞起。另外，最好的花朵是酸枣花，金黄色的，一簇一簇，在枝头，在尖刺之间，似乎是荆棘中某些神灵的口粮或使者，看起来亲近，要爱，必然要做好流血的准备。

在五月盛开的洋槐花也是，刺虽然不够尖利，但扎人也很疼。特别是新生的枝条上，黑里泛红的刺足有两个厘米，体格庞大，特别脆，若是扎深了，就自行折断，还得用针挑。我小时候，就吃过它的亏，以致左手腕肿疼流脓，看了好多医生都没看好。还是我自己，发现一点黑，叫大姨妈用针挑，才把那根三厘米长的洋槐树刺捉了出来。

洋槐花是蜜蜂的好情人，心中有爱的第三者。附近养蜂的人家，把蜜蜂放在洋槐林中，连续一个月，能打很多蜜，蜜质也好，常常能卖出好价钱。若论数量和规模，在莲花谷，洋槐花的面积是最大的，它们分布在每一个山岭和山

238

坡，即使沟壑之中，也都是它们的子孙或远亲。一棵树上，盛开的花朵足够一辆架子车拉，若是把莲花谷的洋槐花全部摘下来，装一百个车厢应当没问题。

紫荆花是紫色的，漫山遍野，面积大，也芳香，但人很难嗅到。紫荆花的香味大致是给野地的，包括其中的一些动物和神灵。每年春天，它们开放的速度与春天的进程成正比。老朽但仍旧翠绿的枝茎之下，新枝滋生，以一日千里的速度，与身边的老人们头并肩，摇着一身的新鲜叶子，在风中领舞。在它们的根部，时常是野鸡、野兔和灰雀的家，偶尔窜进来的蛇，将它们的卵和孩子一口吞下。

在我眼里，苹果花是淑女的象征，甚至有些红颜薄命的味道，它们尾随梨花和桃花之后开，具体什么时候开的，谁也没见过。尤其在雨中，春天的雨，滋润人心也使得苹果花楚楚动人，惹人爱怜。我小时候，每次看到苹果花，晚上就做梦——梦中的苹果花，不是一个可爱的小女孩，就是美如天仙的大女子，不是冲着我笑，就是和我手拉手。到后来，她们就到了我怀里，赤身裸体或者穿着光滑的丝绸内衣。

还有一些，如山楂花、野葡萄花、山丹花、黄芩花、桔梗花和柴胡花，它们住在深山密林中，一般不与人见面，也不愿意人看到。山楂花开了，在李子树、岩石之间，在麻雀和弹弓（俗称，一种飞鸟）的翅膀下，在斑驳的阳光之中——它们开了，开着开着，就被闷热的风打散了，然后结出青色的果实。山丹花、黄芩花、桔梗花、柴胡花则被夹在茅草或灌木之间，独自开放，也独自凋零。它们的美，只有偶然遇到，才会发现。通常，与它们遭遇的时候，我想到的是，如果我是另外一朵花，我会距离它们近些，再近些，直

239

到和它们合二为一，连刀子和雷电都难以分开。

二、民间立场：动物们的传奇

莲花谷四面环山，高纵以及低矮的山，它们分开，但又藕断丝连。它们高大，但在人的脚下。站在上面，四边的世界很小。散落其间的大小村庄像是成片的岩石，而人——我们则都像蚂蚁，像甲虫，像从来没见过的这一些和那一些。因了那一片森林，莲花谷幽深神秘起来，也绿色和臃肿起来。森林不仅养育了树木，还有灌木、野草、藤萝落叶、不期然的尸体、年复一年的风、总是不会直接落地的雨和雪。

240

当然还有在里面穿梭的我们的先祖和后世子孙。也当然还有它们：能够活动的事物，划破皮肤会流出殷红鲜血的动物。但我们不知道它们到底是就地而生还是远处迁来——至于怎么迁来，为什么迁来——莲花谷一带缺乏很好的观察者和野生动物专家——没人记录它们，尽管村人时常在遇到或者听到的时候，对它们的行为表示诧异。甚至直接会与它们正面遭遇。在我还小时，每到傍晚，不管是冬天还是夏天，狼叫之声此起彼伏。第二天早起，总会传来谁家的猪猡或者羊只被狼吃得只剩下一条尾巴或者两只硬角。

羊只、牛和猪是上帝派往人间的使者，是救世的佛陀，用自己的肉体阻遏人类猎杀和嗜血本性当中的恶，用现世的死亡，一次次唤回人间一再丧失的良善、忍耐、牺牲、奉献和博爱精神。另一些可爱的动物，如松鼠，不一定生活在松林里，秋天，它们会在村庄附近的深山出现，在核桃、柿子和板栗树上蹦跳，像是平地冒出的神灵。附近田地里遗留的玉米、豆子和花生等农作物成为了它们猎取的对象。人总是与它们作斗争，用破衣烂衫再加一顶草帽，做成人的形状，用来威吓这些喜好剥夺人的劳动成果的小精灵们。

有不少人家，养的鸡总是失踪，把一身鸡毛留在鸡窝里。有一次，不知谁发现了一只黄鼠狼。众人追赶，黄鼠狼无处可逃，一边放着臭屁，一边三下两下爬到了一棵老高的椿树上。众人够不着，就喊叫，有人还点起了火把，作势烧树。黄鼠狼开始很惊恐，可只是火把在动，树不动。一下子明白：人点这火是做样子的，根本舍不得把能当梁用的椿树烧掉。

黄鼠狼索性骑在树杈上，看着下面大呼小叫的人，一脸无所谓、镇静和顽皮。人喊得累了，方法也想尽用尽了，见还是奈何不得黄鼠狼。黄鼠狼可能想到了，不间断地放臭屁，树下的人纷纷掩了口鼻。黄鼠狼愈发得意。人气得哇哇乱叫，但毫无办法。只能弃之不顾。人前脚刚走，黄鼠狼后脚窜下椿树，钻进茅草，不一会儿，回到了自己在山里的家。

那时候，关于狼的传说最多——大致是母亲为了吓唬小孩，不要他们在黎明和傍晚在林子外面乱转。我母亲说，某个村子的一个小孩傍晚回家，在村外遇到一只狼，狼一伸舌头，就把他的半张脸舔没了。还说某人深夜去深林里偷别人家的苹果和杏子，路遇群狼，一声都没喊出来，就被狼撕碎了。更神奇的是，有一个人被狼救过，还奶大了长得也像狼回到村子，多年没人愿意嫁给他。某一个月圆之夜，一群狼突然进入村子，围着那人的家大声嚎叫声音凄厉而悲怆，尖锐而决绝。

狼叫了半宿，那人的门吱呀一声开了。有胆大的人趴在窗棂上看。只见众多的狼，在一只头狼的带领下，呈线状把那个人的房屋团团围住。那人出来之后，也发出了一声狼嚎。尔后，跟着群狼，一起奔出了村子。此后，许多年过去了，那人没在村子出现过。

再就是狐狸，它们显然都成精了，一个人看到：大中午的，一个穿蓝布上衣的中年妇女，胳膊挎了一个篮子。篮子也用蓝色的绸布盖着。一个人，袅袅婷婷地从根本无路的深山出来，到供销社买了香油、甜果和饼干，还有食盐和画布，又袅袅婷婷地消失在深山之中。

还有人看到，这个容貌美丽，带有浓郁狐臭的中年妇女，不止一次从那里出来，在供销社和后来的商铺购买东西之后，转身消失在群草蜂拥的深山之中。至于她的家——有人指给我看：一片茂密的草丛，不同颜色和不同品种的草织成一个庞大的阴凉，即使在草枯之时进去两三个人，也会看不到任何踪迹。山下有一座早已倒塌的房子——很多年前的一户人家在身后时光中唯一的存在——听祖父说，在我不知道的年代，一个人在那座房屋当中上吊自杀之后，它便被人遗弃了。

在莲花谷，更骇人的可能还不是成群结队的狼，而是獠牙参差的野猪，它们的嘴巴是最好的犁铧，牙齿是最尖利的钢刀，皮肤是原始的防弹衣。现在，它们嚣张到了白昼入侵村庄的程度，不少人捕猎，但骇于它们持久的爆发力和不妥协的复仇品性，总是心惊胆战，不敢存有侥幸。有一年，一些人捕到两只，拉到城市里，卖了一万多块钱。

还有蛇——莲花谷的人们将这种软体动物长虫奉若神

242

灵。在古希腊，在中国古代，它们是情欲的象征，甚至有着同性隐喻的矛盾和尴尬。而在莲花谷，没人想到这些。我们只是觉得长虫是神性和灵性的，是神仙们的宠物，或者某种邪恶的象征，恶灵的附着物，灵魂在某些时候的现身的导体。在莲花谷，没人故意伤害长虫，除非初生牛犊不怕虎的孩童和不明世事的二愣子，他们会采取铁锹斩断、乱石砸死的方式，将遇到的长虫置于死命。

有人说村子的老水井里，就住了一条美丽而妖艳的蛇精（大概是受《白蛇传》启发）。有些时候，那蛇精趴在附近的一棵杨树上，上身是人，下身还是长虫，冲自己中意的男人们媚笑，以猩红的舌头和勾魂的眼睛，让他们魂不守舍，想入非非。村子里一个未婚男子，当然长得很漂亮，大中午去水井挑水，回到家里，还没放下扁担，说了声："俺去给蛇精当女婿了。"就倒地而死。

还有一次，一个半大小子在河里打死一条长虫，正在切齿高兴之间，许多的长虫不知从哪里来，眨眼工夫，就爬满了整个河沟，而且蜂拥不止，层层加厚，一条条扭动着，翻滚着，将那小子围在中间。他母亲听说了，哇的一声大哭，跑回家里，拿柏香、馒头、蜡烛和冥纸之类的，跪在河谷边祈祷，声泪俱下地致歉，请求蛇精原谅。

而最浪漫和可爱的就是麝了，它们躲在深山，以名贵药材的身份，也依照自己的本性。可它们总是抵挡不住弦声的诱惑——低沉或激越的二胡，是它们一生最美的享受，也是致命的利器。祖父说，人要想捕捉麝时，根本不用漫山遍野地跑，只要在夜晚拉响二胡，麝们就不由自主在弦声之中迷醉，不断向着弦声的发源地靠近——到最后，麝一动不动，任由人将它们俘获。麝的这一行为，实际上是动物向人的靠近，当然，也是动物对文明和进化，美和美的形体及其真髓的认同，在绝妙之音和天籁之中，葬送身体，超度灵魂。

三、野地私语：往事的另一种记叙

多年以前，我才十五六岁——在莲花谷，有些夏天晚上，我和父亲躺在沟壑之中，四边的羊群在黑夜中倒嚼，或者被莫名其妙的东西所惊吓。其中的一晚，我独自躺在羊群上方的茅草窝棚。抬头看着星星闪烁的天空，幽蓝之中有着无限的神秘。两边的山峰以老虎或者将军，魔鬼抑或神仙的姿态，矗立在幽深的夜幕之中。睡到后半夜，我被一泡尿憋醒，而父亲还没来到——我听到微风掀动树叶、流水敲打卵石和鸟儿们的梦呓，还有夜虫们不妥协的歌声，乃至更远处的狼嚎，一声接着一声，由远而近，在我耳膜和内心当中，惊起一大片恐惧。

尿把肚子胀疼，但我不敢起身去撒。只能待在茅草的窝棚当中，焦急而又无奈地等待黎明。站着或者卧着倒嚼的羊只们似乎无动于衷，牙齿和青草的味道在空气中弥漫。我想，这深夜之中，幽谷之中到处是奔走的神灵，它们以各种各样的姿势和心情，在我周围，在我可以看到的地面、空中，乃至幽深的洞穴之中，做着各自的事情。

它们也会冒犯我，或者对我视而不见。羊群忽然一阵骚动，卧着的急忙站起，站着的做欲奔逃状。我心中一凛，我想它们一定是看到了什么——顺着羊们眺望的方向，我大着胆子看了一眼，黑幽幽草坡之上，除了风，什么也没有。我又想到了不好的东西，忽然浑身发冷，头发直竖。我埋怨父亲为什么到这时候还不来……若是有一个人出现，不一定是父亲——我也会非常高兴。但是，若对方是一个陌生人，我会把他们当作幽灵或者魔鬼的化身。

正在紧张的时候，忽然传来说话的声音，像是两个孩子，不，是两个刚刚成年的男孩和女孩——男声（略带惆怅）：我们都长大了。女声（语气也颇为惆怅）：是啊，我们终于长大了。女声（疑惑）：什么叫终于长大了？男声：是终于，以前我们总是太小，不能像大人们那样飞快地跑和采食。女声（高兴）：是的，大人和孩子的体格不一样。男声说：长大了，我们可以像大人们一样自由了。

说到这里，声音断了一会儿，四野寂静。夜虫的鸣声铺天盖地。正在诧异之间，忽听得男声又说：我们在这里多少年了？女声：大概三年多了吧。男声：这是人类时间。女声：我们和人类一起生活，用他们的时间，也没错。男声（哼了一声，有点不屑）：和人生活在一起就要用他们的时间吗？女声：人类的时间简单方便，我们的时间像是身上的绒毛，怎么都数不清。男声：那不一定，我们的毛发脱了会再长起来，人类的时间过去了再也不回来。

女声嗯了一声，尾音很长。男声（有点兴奋）：我们长大了，应当该做一些事情了。女声：那该做些什么呢？男声：我们结婚吧。女声：（重重地）哦了一声。男声（急切地）：怎么了？女声（略为惊慌）：没……怎么？男声（惊异）：不对，你一定想到了什么。看你的样子就知道。女声（慌）：真的没想到什么。男声（颤抖）：那你愿意嫁给我吗？女声（沉默）。时间静寂。男声：你不愿意吗？女声（支吾）：哦，这个问题我……还没有认真想过。

男声（失望）：那就是……女声（解释）：你别误会。我只是说我还没想过。男声（长长地叹了一口气）。紧接着，传来一阵轻微的脚步声，距离我所在窝棚，由远而近地走来。我觉得惊奇，翻身坐起，从窝棚一角，拨开茅草，朝外观望。只见一只轻盈的黑影，在岩石和草丛中，一跃一跃地奔来。从轮廓和体型上看，开始是一只野兔，后来觉得野兔的身影不会这么轻盈，体格也不会这么小和瘦。

它应当是一只小松鼠或者别的一些什么我没见过的小动物。它走到我所在的窝棚，停下来，在一块岩石上蹲下。端着脑袋，看着对面的山坡，长时间不做声，也不动。我不知道它在想什么，只是知道它此刻的心情和我一样不大好。我看着，它显然没有看到我。我浑然忘了憋着的尿，也浑然忘却了四面围绕的恐惧。许久，岩石山的小松鼠忽然发出一阵吱吱的声音，像是在吵架，也像是在哭泣。

我想这个小动物是悲伤的，而它的悲伤，大致是被另一个小动物的拒绝而导致的。我依稀记得，另外一只女声的小动物说过一些令我也跟着感到伤心的话——它们都长大了，像两个人，一个男孩和女孩，男孩在夜深人静时候，对女孩说出自己的渴望。而女孩却以简单的而又残忍的方式，拒绝了它。

或许那个女小动物确实没有想过那个男小动物提出的问题——这不能怪它，也不可以指责和记恨它。它们是两个和人一样的生命，两个形体相同、心性一致的小动物。它们的爱情和欲望，本能和天性，都是自然的，像人一样不可避免，也不可掠夺和篡改——想到这里，我忽然发现，岩石上的那只小动物早已不知去向——空空荡荡的河谷之中，霎时间空无一物。

它去了哪里？是不是回到了先前那只身边？还是去到了别的地方？我使劲扒开茅草，让空隙变大，眼睛在不停搜索着小动物的身影——从山坡到树林，从沟壑到附近的草丛，在忽明忽暗的山谷之间，想要找到它或者它们的影子。我大着胆子，到外面方便，睡眠中的羊只像是一堆散落的岩石。打了一个寒战之后，我觉得畅快，重新回到茅草窝棚里，就要睡着的时候，忽然又听到一阵私语声。

男声：哦，你终于回来了。女声：来看看你。男声（兴奋）：哦！女声：怎么了，这副样子？男声：这不高兴吗？女声：是应当高兴。男声（诧异）：为什么？女声（悠悠）：我知道，我们长大了，除了灵活矫健的四肢和日复一日的采食、奔跑和躲藏之外，还有天性、本能和宿命。男声（嗯嗯）：是啊！只要有出生，就会有长大。只要活着，就会有本能和宿命。女声（有些悲伤）：哦，难道仅仅是本能和宿命吗？男声（有点惶恐）：不是的，还有爱、责任和梦想。女声（释然）：你说得好，早该这样说的……尔后，一切无声。夏夜的山谷之中，到处都是内质凉爽的清风，草根在泥土中沉睡，昆虫在叶片上盘踞黎明。

四、祭奠与怀念：生命存在及其消失之后

在莲花谷，我最痛恨的一个人在前几个月去世了。她比

我在莲花谷最景仰和最热爱的，看不起和不熟识的那些人活的时间都要长——在这个世界上，我热爱的人不仅仅是我喜欢并给予我某种好处，而且还有那些时常心怀善意，不做恶事的人——这里要说的，仍旧是我的爷爷，这个早年失明的人，莲花谷最早土著居民之一——未失明前，爷爷读了不少书，还娶了我奶奶，生育了父亲和姑母。到他真正看不到这个世界时，一些文字、传说和经历已经刻在了他的记忆当中。更令他觉得幸福，与常人并无差距的因由是：他的儿子和女儿分别成家立业，且有了三四个孙子和外孙。家境虽然不太好，但也没落在人后。

幼年时候，爷爷就把《三字经》和《百家姓》《增广贤文》《中庸》背得滚瓜烂熟。失明之前，正好赶上"文革"，也将《毛泽东选集》和《列宁选集》等熟记于心。此外，还熟读《三国演义》《七侠五义》《水浒传》等民间话本。等我能够记住和运用一千以上汉字的时候，爷爷找了好多废旧的报纸，订成几个大本子。

他躺在炕上，我趴在炕沿。他不断背诵上述书籍中某个标题和段落，我飞快地在报纸上写出——当然会有生僻字和错别字——到现在，我只是记得其中一些充满火药味的词汇："阶级斗争""修正主义""革命""新民主革命""赶英超美"等；还有"莺花犹怕春光老，岂可教人枉度春。相逢不饮空归去，洞口桃花也笑人。"和"却说先主在永安宫，染病不起，渐渐沉重。至章武三年夏四月，先主自知病入四肢，又哭关、张二弟，其病日深；两目昏花，厌见侍从之人。乃叱退左右，独卧于龙榻之上。忽见阴风骤起，将灯吹摇，灭而复明。只见灯影之下，二人侍立。先主怒曰：'朕心绪不宁，教汝等且退，何故又来？'叱之不退。先主起而视之，上首乃云长，下首乃翼德也。"（《三国演义》第八十五回）

如此的词汇和段落，最开始，我觉得懵懂，不知道它们的具体含义。只是硬着头皮听写。遇到实在写不出的字，就询问爷爷——爷爷说的是繁体字，我怎么也想不清楚，就用汉语拼音代替。抄到最后，几大摞报纸都被写满了，与原先的铅字和油墨交织在一起，等我再次辨认的时候，它们已经被时间渲染和模糊了。

那些日子，夜晚是传说的盛宴，想象的疆场。睡眠之前，爷爷总是讲一些故事——月亮里的嫦娥、妖媚的狐狸、骇人的白蛇、贤淑的七仙女，还有聪明机智的孙悟空、好色又懒的猪八戒、不明是非，有些迂腐的唐僧……尤其是在月亮的晚上，我在聆听中看着深蓝的天空，穿过繁星，眼睛在布满黑斑的月亮上，找寻嫦娥——总是在想：孤独一人的嫦娥现在在做什么？那个叫做羿的男人，现在又在哪里？想横跨天宇的银河——隔河相望、寸断柔肠的凡人牛郎和仙子织女——可恨的王母娘娘，怎么能把世界上最好的两个人分开，让他们时常相互看到，而不能像爷爷奶奶那样长相厮守，柴米油盐？如此这般，在内心追问和怀疑一番，又想象刚刚哞叫的黄牛，它能不能也将自己双角摘下，成为我和心爱之人遨游天空的飞行器？

还有门后矗立的扫把——能不能真的像传说那样，在大年初一凌晨，骑着它绕椿树转三圈，就会腾冲而去，自此成为神仙？——此外，爷爷还讲了许多同在莲花谷，已经去世或尚还健在的一些人的生平事迹及其特别人生经历——有一个很老的人，去世当晚，突见一绺火光，在其坟地之外的树林里快速游荡。斯时，村人还都在吃晚饭，那绺火光在刚刚升起的栗色夜幕之中，给人一种诡秘的感觉。民兵连长拿了枪支，站在高处扣动扳机，凄厉的枪声使得那绺火光受到了惊吓，迅速向坟茔奔跑而去。还有一个邻村的汉们（莲花谷对已成年男人的俗称），有一个不良嗜好，认为男人的精液是世上最有营养的东西。他骗了好多半大小子，让他们胀大，然后射出……而其他一些人，则认为这样对孩子的身体有害，纷纷声讨并殴打过那个汉们。

我不知道爷爷为什么连这些也说给我，令人思想复杂。而当我们新盖了房子，搬离了村庄。爷爷也离我远了，晚上再也没有和爷爷一起睡过。十七岁那年冬天，刚刚吃过午饭，爷爷躺在炕上休息，奶奶去往姑母家。等姑母来到的时候，却发现，爷爷已经去世。请来的医生说：爷爷死于脑血栓，还可能是心脏梗死……这是我在莲花谷遭遇的第一桩死亡事件。晚上，和父亲等人为爷爷守灵——半夜，仍旧躺在原位的爷爷似乎长长地出了一口气。声音悠悠地，如释重负，像最后的叹息，心有不甘而又无可奈何。

父亲摸了摸爷爷的胸口，觉得还有热气。哭着说：俺爹还能活过来多好！熬到后半夜，爷爷还是没能醒过来，万籁俱寂时，放在屋地上的空棺材忽然发出呼隆隆的响声，像飞速旋转的空碾子，还像滚了一块铁石或者石头。这时候，守灵的人才说：看起来是活不过来了，棺材都等不住了。我听了，不知道他们表达的到底是什么意思。棺材的响动和人的生死究竟有着什么样的联系。

直到下葬，我没有流下一滴眼泪——不是不悲伤——但悲伤也不会流下眼泪——爷爷的死，让我猝不及防，也使得自己在某种时候觉得了生命的不确定性。那些年间，祖父就埋在老坟地里，墓前是水渠和麦地，背后是松树和洋槐树，再向上，是渐次升高的山坡。每年夏天，放水浇地的时候，奶奶和母亲都会说：你爷爷被水泡着，多不好受——话中的意思，好像爷爷还有知觉一样。

每次看到和路过，我都会想起和他在一起的情境，想起那些故事、传说和荒诞不经的人生趣闻。八年后，奶奶也去世了，父亲和母亲将爷爷的尸骨重新挖出来，装上新的棺椁，与奶奶一起，去到了离村四里外的新坟地。那里极少有水，也开阔亮堂，四边的田地之间，庄稼年年生长，也年年消亡。爷爷奶奶合一的坟茔之上，荒草成堆，在暴热的夏天，制造出一片阴凉。冬天则像是厚厚的一层棉衣，替他们挡住了不少野地的寒冷。

爷爷去世的第二年，我就离开了莲花谷。每隔几年回去一次，逐渐老去的父母也到爷爷奶奶的坟前祭奠和怀念。夏天，坐在茂密的青纱帐中，点燃柏香、冥币和黄纸，一个人面对两个人的坟墓，想起从前，那些早已黯然失色的故事、活色生香的场景、内心的惭愧和泪如雨下的哀悼……时光的使命是消失和带走。我一直想：爷爷奶奶的尸骨还在，而灵魂呢？冬天时候，北风呼啸，崭露头角的冬麦紧贴着结实的土粒，嫩绿的身子摇晃不止。成灰的冥币和纸张像是黑色的蝴蝶，从此处起飞，擦着冬天，不知去向何方。

每次去祭奠，我都想：爷爷奶奶会在晚上让我做一个梦，梦见他们现在的生活，还有我们在一起的时光——可是，每次晚上都空空如也，爷爷奶奶总是不肯走进我的梦境来看我一眼——我想他们可能还在生我的气：爷爷死时我没有掉眼泪，奶奶去世我没有在身边……有一次，和妻子一起去，起身后站在阔大的坟地前，看着爷爷奶奶之前的那片空地——我忽然想到：总有一天，我也会像他们一样，老了死了，躺在这里——在绵延无际的人间，莲花谷以东的野地上，成为一颗亡灵，并且以黄土的形式，享受同类和后代（可有可无）的怀念和祭奠。

五、观察手记：土豆的秘密

土豆花儿开放，是一簇簇的白。只有花蕊当中，才见微末之红。在莲花谷毗邻的山西境内，有一句民歌这样唱道："山药蛋（土豆）开花一咕嘟白，小鸡子透过扳机来。"（山西民歌《七十二开花》）而在莲花谷，土豆的种植面积比较小，前些年有人种了，卖给专门收土豆的人，贴补家用。现在，随着田地面积越来越少和土豆品种的"近亲繁殖"，在莲花谷，土豆的长势愈发不好，收成不丰，村人便越种越少。

土豆通晓全世界的秘密，从地上到地下，它们是最务实的通行者、参与者和悟道者，乃至终成正果的修行家和大智若愚者——每年五月，土豆秧子高高乍起，瞬间开出花朵，引来许多蝴蝶和蜜蜂。但往往这时，莲花谷一带常常大旱。土豆和玉米一样，对水的需求量很大。为保证它们的正常生长，如期结出拳头大小、绵甜好吃的土豆。村人们在没水可浇的情况下，只能手提水桶，到就近的水井或者水洼中，把水提到地里，再倾倒在土豆根部。

大中午是不能放水浇土豆的，因温度高，冷水乍进，会使土豆变得干硬难吃，也不能使正在生长的土豆露出地面，太阳晒得多了，就会发青，吃起来很辣——夕阳西坠，余光在莲花谷附近的田地和山坡上荡漾。蔫了的玉米、豆子和谷子们正在舒展身子和脸蛋，土豆们紧缩的身子也正在徐徐打开。我放学回家，就提了水桶和水瓢，到土豆地边，舀了浑浊的水，再拎到地里。

连日的暴晒，土豆地里裂开无数的缝隙：一是土豆成长的结果，二是干旱所致。我看到了，就觉得心疼，急不可耐地把水倾倒进去哗哗的水，在土豆根茎之下，冲起一片黑色的泥浆。紧接着，传来哑哑的响声。泛着水泡的地面不一会儿就洇湿起来。裂缝顷刻无踪。

那么多嗷嗷待哺的土豆，让我有一种紧迫的压力。心想，它们就像是一群受委屈的孩子，都在等着我安抚。我上下跑动，一提再提，一直提到太阳在西边的山后被黑夜俘虏了，才可能把整片土豆地浇完。在薄暮中，土豆花白得叫人想起棉花和雪团……以及女性胸口露出的那些洁白——葱绿的叶子变得幽暗，逐渐与黑夜融为一体。而泥土渗水的声音，虫鸣却越来越响亮。有一些飞高飞低的萤火虫，从荒草丛生的河滩、近处的山坡、甚至村人堆放土粪的地方，毫无声息，扑面而来掠过土豆花和蛤蟆的鼓噪，在我眼前飞舞，有的触到了我的鼻梁和眼睛，有的在我怀里碰壁，跌落尘埃。

到农历五月中旬，土豆就可以吃了。菜蔬稀少的莲花谷，很多人就开始炒土豆吃。我们家的土豆总是种在最不起眼，旱情最严重的地方。这活计我干不好，但父母忙时，必

253

第三辑　在时光中遁逃

须硬着头皮上阵。我扛着锄头，走到地边，先找了土壤最薄、秧子低矮委顿的地角，扔下荆篮。先往手里吐一口唾液，双手搓搓，然后瞅准其中一株三十厘米开外的地方，使劲下去。只听得扑哧一声，明亮的镢头插进了泥土，再使劲一拉，土地裂开，被众多细小根系联系在一起的土豆们便都暴露开来。

洁白的土豆，像是孪生众兄弟，亲密小姐妹，抑或是住在地下的神话小矮人，传说中隐匿的仙丹妙药。我蹲下来，轻轻拉出藤蔓，根部的土豆还是不舍得养育自己的藤蔓，也随着破土而出——我一个个捡起来，放在手里，搓掉它们身上粘连的泥土——光光的土豆，洁白的土豆，浑圆或者扁平，微小或者硕大，都让我觉得了一种收获的喜悦。

它们满身的斑点，褐黑色的，像是无数眼睛——照亮地下的生活。这种生活实际上是一种旅程，从无到有，从小到大的过程。那些褐黑色的斑点，大致就是土豆们在泥土之下用以张望和呼吸的眼睛与嘴巴——白色皮肤之内，还是白色，白色的汁液像是沉淀的奶液在我的手里，有一种爽滑但不黏腻的快感。

有时候，我会不小心将它们斩为两半，这总是会让我受到母亲和父亲的斥责。在他们眼里，这样的行为不仅损坏了土豆的完整性，更重要的是，这是对土豆和自己劳动果实最大的不尊重。其实，我也觉得惋惜，完整的土豆，就像完整的一个人，谁见谁喜欢。我没有办法，等刨完之后，就提了土豆，蹲在河边一个个地清洗。土豆在于里褪下衣装，它们的眼睛和嘴巴被我刮下来，洁白而鲜嫩的身体越发赤裸。忍不住用牙咬咬，有股清脆的味道，在口腔炸开。

我喜欢这样的味道，但很少生吃土豆。有些年暑假，到山里去打柴或者捉蝎子，饿了，就偷着谁家的土豆和红薯、掰别人家的嫩玉米，找一个阴凉的地方，点起火堆，把土豆、红薯和玉米放在里面烧烤。大约半个小时，玉米就熟透了，黑黑的玉米，冒出芬芳的香气。吃得两嘴发黑，仍旧津津有味乐此不疲。烧熟的土豆比红薯和玉米更好吃，剥开一层硬皮，土豆内核就像是黏结起来的糖球，沙沙地绵。

这样的野炊，我以为是最美的生活。有时候想，只要有烧土豆吃，让我到山里当个野人都喜欢。还想，这辈子不管走到哪里，只要给我土豆吃，我就饿不死，以为是最幸福的生活。那些年，母亲在家或者不在家，我都会自己动手，炒一大锅土豆片或者土豆条，加上几瓣蒜或大葱，再加适当食盐，我和弟弟就能比平时多吃好多饭。

我还喜欢煮食土豆，莲花谷的人，也都有在稀饭中放土豆瓣、豆角、花生米和红薯的习惯——唱《七十二开花》的山西农村也更喜欢土豆。我姥舅所在的左权县某个村庄，人们种了土豆，除自己吃外，多余的用来卖钱，或者换莲花谷的白面——煮熟的土豆，皮开肉绽，吃在嘴里，那种快感——不喜欢的人根本感觉不到。我还喜欢用土豆烧牛肉和排骨、吃甘肃古浪人做土豆饼和土豆泥饺子。

从莲花谷到莲花谷之外，我的世界似乎只有土豆那么大。而土豆，却满世界生长，它们是人类的食物，也是全球性的植物，在不同国度的土壤中，在不同的火焰和烹调做法中，始终保持了土豆的模样和味道——而相对薯条和土豆条——我更喜欢煮土豆、蒸土豆、土豆泥和炖土豆——土豆是我在俗世生活之中，最热爱的食物，虽然素，但有着肉质的口感、土生植物的贴切和令人放心的实在感——土豆构成了我对食物生生不竭的渴望和满足，也似乎只有这些土豆——只要有土豆，我都以为它们是世上最好吃的菜肴。

但很多地方的人不善于做土豆菜，要不油炸得过狠，要不半生不熟。我以为这是糟蹋土豆——这些年来，我总是渴望能在五月前后再次回到莲花谷，浇土豆和吃土豆是其中最为诱人的因素。还有些时候，想在巴丹吉林种植一些土豆，可盐碱土地，不宜土豆生长。另外，虫子也太多，还没等土豆向地下的泥土、昆虫和幽灵们告别，就被虫子们吃得千疮百孔、魂飞魄散了。

前些年，我为土豆写过几句诗，用以表达自己对于这种泥土中生长和成熟的人间美食喜爱与感恩之情——"从泥土的宫殿找到你/大地幽深的子宫/亲爱的土豆。我们是前世的兄弟/今生的夫妻/在尘世，我一次次想到你/在日光下抚摸，在内心铭记/在同样有黑暗的人间/用牙齿和舌头/一次次亲吻、嚼动、吞咽/用柔软的胃部提取/这一具血肉之躯/一颗灵魂，与你生死不离/与你轮回消长——我们紧紧拥抱/就像这众生，从地下到地上/这暴露和隐匿的秘密/我们一一汲取，在坚硬的时间之中/以进入身体的方式/被他们，和它们，一次次吞噬，一次次谈起。"

六、午夜之会：忧郁的聆听者

房子新盖不久，我就搬了进去。我长大了，需要一个单独的空间。这座新房子是父母给我结婚用的。虽然我才十五岁。但在莲花谷，比我小的很多的同龄人——父母都给他们盖好了房子，只等着他们长大，请媒人找个这样或者那样的媳妇，成家立业，了却一块心病。我父母也不甘落后，新房子修好第二年冬天，就请木匠打制了家具——组合柜、沙发、橱柜、双人床等一应俱全。

新房子中有一股崭新的气味，让我觉得新鲜。最初几晚，总是睡不着。眼睛盯着屋顶白花花的木头房顶，或者从玻璃窗看着外面的天空和月亮，摇晃的洋槐树、哗哗的杨树和叶子阔大的梧桐树，想一些莫名其妙的事情。静谧夜色之中，鸟雀梦呓——夜枭的叫声有些瘆人，叫春的猫和闻风而动的狗，把黑夜叫嚣得幽深而恐惧。偶尔的车辆飞奔着消失，偶尔的脚步，在泥泞的路上踩出一大片回声。

我想到一些旧事，一些人和一些具体场景：空谷之中的狐狸、飞鸟、长虫和小松鼠，突然滚落的岩石和轰飞的鸟群、喳喳叫喊的野鸡和仓皇而逃的野兔们；我总是在这样的氛围和环境中劳作，不是捉蝎子卖钱，就是帮父母拉柔韧的葛条，用来捆绑东西。有些年暑假，我还代替父亲驱放羊群，在一人多高的荒草和灌木之中，发现鸟雀、野兔和狐狸的巢穴——更可怕的似乎是长虫或者地鼠。前者以神性和巫性让人惊惧，后者以个头和尖牙让人想起某些可怕的变种动物。

而在村庄之内，每家房屋之中，粮仓四周，那些鼠们很小，即使大，也不及野地鼠的二分之一。有一年，我家鼠害严重，以致到了夜晚越人脸颊、啃咬手指的地步。放置的老鼠药不起作用，夹子也无鼠可捕。无奈之下，只好从奶奶家抱了猫来，入住数日，鼠们便都隐匿不见，在地下或者屋梁上，不轻易和自己的天敌发生冲突，我也再没到猫与鼠之间频繁的流血事件。起初，我以为鼠们真的怕了，从我们家跑到野地或者别人家里——有一个夜晚，我正要睡去的时候，忽听得房顶一阵踏踏乱响，吱吱之声不绝于耳。

鼠们在吵架，或者在为了爱情而决一死战，或者聚在一起讨论对策，乃至目前和今后一段时期的基本国策和战略方针。我睁开眼睛，想在屋梁上找到它们，可找遍每一条檩椽，也不见鼠们的踪影——可它们明明就在那里，吱吱的叫声和奔腾的脚步一次次震动我的耳膜。我打开灯，噗然而亮的房间，犹如白昼。伊初吵闹不休的鼠们一下子销声匿迹。

我关灯，黑暗之中，鼠们也还没有声音。待我昏昏欲睡之际，它们又开始大声喧哗——似乎挥旗聚将，擂鼓点兵。少顷，鼠们安静下来，一点声音都没有发出。过了一会儿，想起一连串的吱吱吱吱吱吱——紧接着，又是一阵吱吱吱吱吱吱——像是点验人数，又像是宣布命令，像电视上通常见到的"首领讲话"和"战前动员"。我没有了睡意，专心倾听——紧接着，又是一阵吱吱吱吱吱吱……好像是又换了一个领导者，声音较前一个更加浑厚和威严。

屋里屋外一点杂音都没有，鼠们控制了整个黑夜。以致这人间之地，成为了它们的国度和疆域——到后来，我听到其中一个说：下面，请各部首领把近期情况作简要汇报，每位不超过两分钟。话音刚落，又响起一阵吱吱吱吱吱声，但很小，好像在交头接耳。少顷，A说：莲花谷东南张小林家新到人猫一只，勤奋了得，日夜毙力。到目前，属下部属已有三十二人遭其捕杀和吞食。B说：属下开辟了莲花谷村中心粮店这一新战场。据初步估算，这里储粮在千万斤以上。

C说：我部最近也遭受挫折。驻地莲花谷村赵大量家，最近布设了电子捕鼠器。凡粮缸米圈，都有设防。至今，我部已伤亡近三百人，还有十六位重伤员。D说：属下奉命开辟这片新领域，户主为杨献平，年方十五岁，属于典型无产者。其父母储粮全部放置在自己房屋之内，这里除了一些灰尘和干木头，比较漂亮的家具外，可谓四壁蛮荒，粒籽不见。是我鼠族召开大会的理想场所。

E说：我部所在莲花谷赵有亮宅邸，其家中储粮不多，且大都是面粉、稻米和喂养牲畜、狗的散碎物品。拖拉起来，难度大，战线长。万一遇到电子捕鼠器或者大规模的生化武器，我部必定损失惨重。F说：我部虽然驻扎有利地域，但也存在较大难度。户主张则放，是莲花谷一带有名的懒汉和光棍，地不种，粮没有，吃穿还向爹娘伸手。而且整晚不在家，据可靠的消息称：张则放与邻村一个妇女有染，彻夜不归。要想从其家中获得粮食，自给本部并实现年储粮万斤以上的目标，恐怕有些困难。

G说：属下所部人马全部按照总部部署，分次分批进驻莲花谷各个农户家中。这些人中，新婚者居多，其共同点是：初涉婚姻，大都极尽肉体欢愉，夜晚和中午，也相拥消磨，对粮食置之不顾，我部抓住此有利时机，组织人马连续作战，转运粮食，现已经提前和超额完成了年度任务。H说：我部大都占据了莲花谷老弱人家，这些人爱粮如命，养猫者居多，施放生化武器者也多。虽然主体对象不足为虑，但其决心比任何人都大，措施也更周到细致。I说：属下所部重点作战目标是莲花谷西面的赵大贵家，此人之妻盗窃之术比我鼠族犹过之而无不及，每年五月和秋季，麦子和玉米房间都盛不下，堆得到处都是，我部制定了"稳步推进，快速转移"的行动策略，目前进展尤其顺利，储粮总数在千斤以上。J说：莲花谷周边野地，夏秋两季庄稼成堆，鲜嫩可口。作为我鼠族莲花谷分部重要的商品粮、特供粮和重要的乳制品基地，我们一边大量堆积，一边搞好深加工，极大地满足上层市场和特供商店的需求。K说：我部驻扎在莲花谷以东的山地当中，这里田地较少，但采撷和运送都很方便。为进一步提高我部作战能力，优化血统，我们遵照上级指示，与正宗野地鼠建立了长期婚配关系，以期混血杂交，改善血统，不出两年，战斗力必定得到大幅度跃升。

K声音落下，会场安静了一会儿，其间夹杂了几声咳嗽，乃至擦火柴和交头接耳。少顷，一个威严的声音说：好，各部汇报完毕。下面请酋长讲话作指示。话音刚落，爆起一阵轰踏声，像是在鼓掌，热烈而整齐。一个崭新的声音说：综合各部情况，目前，我鼠族莲花谷总部总体发展趋势是好的，其中有问题，也有对策，有困难更有希望。大家讲得都很好，关键在于落实，希望各部回去之后，认真研究讨论，争取把各项工作做得更为扎实有效，安全稳妥地实现年度总体目标。

紧接着，又响起一阵轰踏声和吱吱声——听到这里，我仍旧平心静气，甚至入迷。尽管其中提到我——虽然言语刻薄，但也是实际情况——这好像莲花谷鼠族的一场报告会或者形势分析会。其中措辞，有些似曾相识。对一些人家的形势分析，也颇到位。只是，我没想到：刚刚盖好的房子竟然成为了鼠族的会场，它们在深夜的聚会和发言——聆听之中，我忽然有一种羡慕，也还有一种惊奇——鼠族竟然也等级森严，谈事论是，冠冕堂皇。

　　而我，十五岁的少年，依旧是一文不名，未来如刀锋，充满悬念——想到这里，我忍不住黯然神伤，听着渐渐离去的鼠们脚步，看着外面的天空，星星正在隐匿，微风吹过山冈。我盖好被子，闭上眼睛——天光放亮，我把这一夜的遭遇说给母亲。母亲一脸不信，我说是真的。母亲说：人咋能听得懂老鼠话呢？赶紧上学去吧——太阳普照大地之时，我已经坐在了课堂上，跟着抑扬顿挫的老师，逐句背诵杜牧《阿房宫赋》——"呜呼，灭六国者，六国也，非秦也。族秦者，秦也，非天下也。嗟夫，使六国各爱其人，则足以拒秦。秦复爱六国之人，可递三世而至万世而为君，谁得而族灭也。秦人不暇自哀，而后人哀之。后人哀之，而不鉴之，亦使后人而复哀后人也。"

就像罂粟，就像村庄

正好有一轮月亮，清澈、高远、充满天堂。这一个夜晚，两个人坐在乡村屋顶上——黑夜静谧，风吹凉爽，虫鸣的天籁流传人间的迅即时光。两个人同时俯首，其中一个看到美丽的池塘，月光反射到他的脸上。另外一个看到了池塘边沿的污泥和水藻——这都是事实，相互牵连、本质相同。被月光反照的人是有福的，他得到了自然光亮的温情照耀；另外一个人也是有福的：他不仅看到了池塘，月光也同样反照在他的脸上。

但他的福是清醒的，他看到了美丽之外的事物。前者是纯粹的有福者，后者则是有福的智者——这是一个虚拟的场景，很多时候，我时常会为自己制造如此这般的场景，还会想起那些旧了的故事、情景乃至想象中的事物，不管是杜撰或真实存在——我都相信，它们都会以有形和无形的方式获得流传。

我也时常幻想到这样的一种雄伟场景——众多的人，站在时间的阔大广场上，从同一个原点出发，以嘴巴和纸张、影像和声音，传播人间的美丽故事、情境和经验——就像一只手递给另外一只手——层出不穷——这是一件多么美妙的事情啊。我也知道，一群同类，只有获得了同一个目标，他们的力量才会凝聚起来，整齐划一，充满无休无止的动力和梦想。

由此，我也常常想起乡村，众多的人，整日泡在田地里面，种子和庄稼在不同时节，以不同的方式让他们感到快乐，尽管汗水和冷、疲累与痛苦，但最后真正的收获仍旧是令人欣慰的——很多人以为农人劳作只是为了庄稼，甚至说：金黄的、沉甸甸的秋天令他们迷醉。在这里，需要纠正的是：没有一个人甘于劳而无获，也更没有一个人对无功利的事物保有不衰的热情。

他们只是为了生存——本能，他们必须如此。那些将乡村视作田园或乐土的人，甚至伟大的思想家。他们想象的赞美和浪漫直接伤害到了至今还在大地上艰苦劳作的父母乡亲们——这是浪漫者迄今为止制造的最大流言之一。他们经年沉浸在城市的灯火、酒浆和高蛋白之中，穿越层层楼群，看到大地上最大的安静——夜幕低沉，星斗满天，萤火虫飞舞在草丛和花朵之上——当黎明降临，阳光普照着层层田地，陈旧的房屋雷打不动，古朴安详；飞鸟落在牲畜的脊背上大声鸣叫——所有这些，都是蜷缩在城市的那些知识分子制造出来的，他们的天职似乎就是散播流言——让很多不明底细的人，听起来真的纯洁得似乎春天的露珠、夏天傍晚的花朵。而掀开那些流言，我们看到的是父辈们晒得黑黝黝的脊梁，是青筋突起，大汗淋漓；更是婴儿在地边的啼哭，乃至人和牲畜于大雪和大雨中的仓皇神情。

这一"伟大"流言只是想象——他们收集原始的信息，以计算机进行排列组合，以自身的优势，大面积铺排张扬，姿态优雅或者声嘶力竭，惟恐大地的原始景象遮蔽了他们惟美的翅膀。而在大地上挥汗如雨的人——谁知道他们每天能否喝上一口酒？纤尘不染地走在知识分子所描绘和赞美的——长满曼陀铃、猪尾巴草和蒲公英的田间小路上的优雅和闲适呢？至少，他们不会像多愁善感的我一样，有时候还会站在青草茂盛的山坡上，迎风落泪，无病作诗，附庸风雅。我也敢说，给我一把镢头，刨地或者除草，不要半个小时，我就回到地边抽烟喝水去了。

而时时就在的农民，劳苦是祖辈积攒下来的一项专利，永不过期，也永不失效。我也是从泥泞的乡村走出来的，但却一直在躲避了劳动、辛苦重复的生活。对于这样一种景象，我总是不自觉地想起那些埋头吃草的牛——既要青草安身立命，又害怕草丛中蚊虫的叮咬。而今，我站在与父辈们截然相反的道路上——在很长一段时间内，竟然也唱起了和他们步调一致的歌谣，就像茨维塔耶娃写给曼杰施塔姆的诗句一样："……我是多么幸福啊！我亲吻过你，穿过几百里相隔的路途。"事实上，我亲吻的只是远离了本质，悬浮在想象天空的土地——而我与他们的区别是：他们所谓的"亲吻"只是想象，真实的土地隐藏了，只有花朵的香味和飞鸟的歌唱，以及泥土在雨后氤氲的白雾，在乡村内部和周围弥漫。

这是令人不安的，谁也没有觉察到，我和他们，总是在复制、修订、呎喝和排版之余，才思枯竭的时候，站在城市的阳台上，看着天空，隔着层层云雾，想起远处同类抡动铁镐的诗意和美感；或者躲在酒吧和书坊，从中世纪帝国牧场找回古典的意境和情感。我们总是说：哦，夏天的乡村花草葱茏，美丽的事物像灰尘一样多——而惟独忽略了人，处身乡村的人，以及他们劳作和苦痛中的生存。我们也总是会发出："我想爱的人却无力去爱"的感叹——动人的声音和文字，它穿透的仅仅是在钢筋水泥丛林里开始锈蚀的情感和向往，就像飞行中的羽毛，和泥土大相径庭。

在城市，很多周末，我去乡村，走在路上，看见辛苦的劳作者。在西北，九月的棉花吐出洁白的温暖——那时候，秋后的正午阳光还很灼热，众多的农人，俯身棉花丛中，用干燥的手掌，一朵一朵地摘下棉桃花。我看到他们额头的汗水，反射出太阳的光芒；看到他们隐隐湿透的后背，成片的汗碱霜花一样结晶成精盐。驴子和羊只在河滩上散漫。驱赶它们的人一步一趔趄。大风鼓荡心胸，飞行的沙子似乎一枚枚箭矢，打破他们的面颊，殷红的血珠汗水一样流下。偶尔走进他们的家，门前的葡萄，一串一串，晶莹异常，但上面落着一层白色细灰；走进他们的果园，苹果、大枣、梨子等果实在逐渐变黄的叶子当中，像大地伸出的拳头，猛然击打头顶。

这是美的——然而我心疼了，我知道，这才是真正的乡村，美不过是它的局部，是一个表象。傍晚，夜色浸没眉梢，但每块田地里面，还有微小的人影晃动——这也是诗意的，但我忽略了他们此刻之前的所有劳动——包括早晨的冷，中午的灼热，以及漫长劳作过程中的困乏和疼痛。而当他们骑着吱吱作响的三轮车，带领大片棉花回家——这一情景，让我突然想到维尔哈仑一句诗："在天穹的悲哀与忧虑下面，捆束的人们，往原野的四周走去。"我觉得，诗句中的"悲哀和忧虑"是最为贴切的。

对此，我无法说出"高尚"和"伟大""无私""奉献"等等冠冕堂皇的词汇。事实上，他们也不会本着这样的几个词汇去长年累月地在土里生活。所有的赞美都高高在上，都是一种强制性的附加——俯身大地的人不会反抗，听到了或许会轻轻一笑——否定还是轻蔑，愉悦还是痛苦，我们谁也无从知晓。但有一个事实：舍却自己，再没有一个热衷于凌空歌颂他们的人，代替他们做一些实际的农活。

这是令人沮丧的，我自己也是。很多年来，不愿意去动一下农具，即使回到老家，替父母和兄弟帮忙，也时常觉得铺天盖地、连续不断的"农活"纯粹是一种肉体意义上折磨和消耗——站在阔大的田地边缘，看着随风摇动的庄稼，心里充满了恐惧和无奈，逃避的想法空前高涨——只有想到这是在替父母亲人劳作的时候，才不得不俯下身体，容身于庄稼之中，用镰刀、镢头和锄头，一下一下，做着父亲和兄弟日日重复的枯燥活计。不一会儿，汗水洋溢，葱郁的山水没有了一点诗意，哪怕最美丽的山丹丹和野菊花，也不过只是一种植物罢了。就连黄鹂的美妙鸣声，叫得时间长了，也令人烦躁不堪。

由此，可以想到父兄们在乡村的真实心情和劳作场景——所有的诗意和浪漫都是沉重的。而村庄本身，美感和诗意只在原始的意义上存在，是自然而不是人的，是笼统的而不是具体的。而所有的原始的美却被大量非美感的存在覆盖掉了——格拉斯说："在幽睡的百合之间，醒者的脚步正在操劳。"在这里，我们可以把乡村视作浪漫田园的人比作

"幽睡的百合"，而大批的农人则是"醒者"，因为他们的辛苦劳作，而使得生性浪漫的人具有了抒情和想象的诗意依托。

或者说，艺术的营造——可以是虚幻的，不沾尘埃的，而人必须要活在尘埃之中——或许，大批尘埃淹没的只是肉身，但精神仍可清爽不尘。可是，在这个尘世上，谁又能会真的做到呢？我不知道，反正我做不到。这是真的，我可以向着自己的良心起誓——最近的一个清晨，我和另外一个人，在乡村，太阳还没出来，出门第一眼看到的世界是安静的，花草在露珠当中做梦，鸟雀在树梢上向着即将到来的阳光高声叫唱。这时候，另外一个人说他看到了乡村的美——没有阳光的美：自然、本真、冷清而隐藏生机。而我，却感觉到：清晨的乡村就像一朵还没开放的罂粟花——寂静之中有一种阴冷的美感，水汽贴着地皮，所有的事物都不约而同地拒绝了一切光亮的照耀。

而一旦阳光普照，乡村便开始喧闹了，花朵也不再是原来的颜色了，包括庄稼和人，牲畜和草木，乃至每一粒沙子，都张开了另外一种面孔。人们又开始了新的一天的劳作：包括狠狠斩掉地里的杂草，态度坚决而又凶残；会一脚踢开路面上的石头——它很美，红色的，还有花纹——像很多人喜欢的美好事物，但农民的脚却没有怜悯——还会轻易地将一只飞不起来的雏鸟抓住，用线绳捆住脚趾，给未成年的孩子玩，一直到死。

这些——又有谁看到了？我不知道，我总是可以在媒体上看到关于乡村的浪漫和恬静，还有原始的风景和传统风俗——最重要的，我们忽略了人，主宰乡村的父老乡亲——

他们才是乡村的一切。还有一次，我剥开一颗柚子，看到里面的白衣，可它是苦的，果肉虽然不怎么好看，但很好吃。我想，乡村也是这样，美丽的未必就是它的本质，丑陋的也未必就不是它的内涵所在——再度回到乡村，夏天的夜晚，月光照耀之下，黑夜稀薄，人的声音在大地上逐渐消匿——另一种乡村开始了，到处都是风声，夜间动物的天堂，它们飞奔、喘息、嚎叫、静卧和消失。

而人呢，只有鼾声、肉体的喘息和婴儿的哭声——房屋之外，一切事物几乎与他处没有异样——这时候，我总是会想起两个诗歌意象，一个是博纳富瓦的诗句："你的寂静就像一场雄伟的事业……阴暗的光，在它曾经的水面上。"（《正义》）还有一个是黑夜中的罂粟花，低沉、内敛、不动声色，有着一种沉默、多面、诱人的品行和光泽——就像我，多年之后的现在，在重新看到和认知的村庄，就像罂粟花一样的孤独、热烈、总是被人利用——拥有大面积的忧伤。

后　记

文学是不完美的事业。

从《生死故乡》（中国人民大学出版社2014年5月版）开始，我对于故乡的回望、审视、表达、记述、呈现，乃至现实和文学的记录或者"建构"，才初步成形。但若要追根溯源，我的这一个个人的文学梦想及其实践，早在1998年就开始了。到目前为止，我还在进行这项"自我的使命"。

这是一个把现实的中国地域，以文字的形式，搬运到纸张上来的过程。尽管，我已经做了二十多年，文字的数量也有百万之巨了。其中也囊括了我自己命名的"南太行"乡域的全部历史、现实，风俗与人心、人性，尤其是时代背景下的各色乡民的迥然而又奇异的命运等等内容。有一些篇章，也引起了反响和关注。但在我看来，自己的这种书写，以及呈现和"创造"依旧是不够的。

文学之所以能够震撼人心，成为一种关乎世道人心的流传与"经国之伟业"，她一定是丰富的、有高度的，也肯定是具备非凡的感染力和穿透力的。一部作品的好与坏，平庸与伟大，取决于她自身"丰沛"与否，更取决于她对"众生"和"人类"的态度，尤其是所具备的情怀与所抵达的气象与境界。

我总是觉得惭愧。因为，我的这些所谓的文字，放置在整个中国乡村文化，哪怕是当代的这个短暂的谱系当中，其分量未必能惊动一粒尘土。很多时候，我不敢以作家自居，也不愿自称诗人。

所谓的作家和诗人，最重要的，便是原创力和综合的能力，以及成就艺术性的复杂性与独立的创造性。以此对比，我迄今为止的文字，只是在散文题材和写法的"原创性"上有一星半点的可能，但这也是"实在的地域及其人群"赋予我的。文学的综合能力，首先是在前贤大师的基础上的再创造，是站在时代高度与万象喧嚣之中，对诸多隐秘之物，特别是人心人性的深度发现与极具艺术个性的呈现和表达。

博尔赫斯说："舞文弄墨者会促使人产生一种雄心壮志：写一本独一无二的书，写一本像柏拉图式的包罗万象的书中之书，这是岁月也不会使其功德减少的一件东西。"（《博尔赫斯谈艺录》）几乎每个写作者，大抵是抱有此心的，甚至会产生一些似是而非的幻觉和自我意义上的"假象"。可是，文学是不完美的。这个世界，我们人类之丰富与诡异、多变和幽深，可谓宇宙般渺无止境，一代一代的人当中，无论再杰出的天才，也不可能窥尽幽微，席卷所有。

真正的写作者是越写越胆小，也越来越谦卑。如果越写越觉得自我举世无匹，时间会用它不锈的铁锤，告诉顽石及其齑粉：世上本无完美之物。

作为写作者，唯一的方式，只能不断去写，觉悟、反省、学习、冥想与行动，如果每一部作品可以接近一点点，稍微完美一些，才真的值得欢欣鼓舞。可是，每一次的欢欣鼓舞背后，汹涌而来的，又是无限的沮丧，巨大失败感……

可我们必须前行。

我承认我做得不好。

尤其是自己的所谓的"南太行"的文学书写。

有很多年，我基本放弃了这个题材，转移到了自己从军之地——巴丹吉林沙漠的个人生活上来了，另一部分则跟随"实验"的潮流，在散文的内容、形式、题材、意趣上做一些所谓的"创新"。

现在来看，其中很多也是无可足道的。

这本书的初稿成形于2002年，即我们儿子出生之前的一个多月。其中一些篇章先后在刊物发表。有一些，则一直"秘不示人"。

差不多十年后，我无意中在电脑里翻出这些旧作品。

浏览之间，忽然想到，即使现在再写，恐怕也不会写成这样子。不是文字的水准，而是文章当中的那种态度，客观、真实且不失诗性（诗性是庄重的，诗意是肤浅的），尤其是我当年对待乡村及其人事的那种宽容甚至还有些诙谐的态度，以及个人对苦难、屈辱、伤害等经历的豁然与自我"思想境界"的提升。自己也惊异。遂下定决心，全文修改后，又放了一段时间，决定给林贤治老师。

林贤治老师是我一直尊敬的一位学者和作家。他关于散文的《中国散文五十年》是对中国当代散文最客观、最有高度的分析和论述。至今无出其右者。同时，林贤治老师也是多次主动夸我散文习作的师长之一。这使我异常感动。在这样一个时代，有前辈、师友，大家能够无偿地给予我夸奖，哪怕是一句话，也是足够安慰的。

由《生死故乡》开始，再到这本《作为故乡的南太行》，对我个人来说，这好像是一种"重启"。再加上《自然村列记》（百花文艺出版社2017年5月）、《乡关日暮》（北岳文艺出版社即出）、《从前的黑夜》（待出）等三本书，我基本上完成了对故乡南太行乡村的散文书写。这四本书，耗尽了我多年来对于南太行乡村的素材和"思想"方面的积累。

再写，也只能是重复的。

或者只能以长篇小说的方式。

尽管世界趋于雷同，当代中国尤其如是。北方乡村与南方乡村相比，显然是另一种"步调"和"风格"。但区域和区域之间，哪怕是相隔一道山岭的邻村，它们的真实状况也区别甚大。细节是伟大的，也唯有细节，才是文学的显著标示。我信赖纳博科夫如下所说："任何一部杰出的艺术作品都是幻想，因为它反映的是一个独特个体眼中的独特世界。"

作为故乡的南太行于我来说，是确指也是虚指，是一个人的中国北方乡村世界，我想做的是，如何以文学的方式，让"南太行"成为更多人的"此时我在"的乡村，当然也包括普遍的人心人性，特别是某些"时代"在一个具体乡域和具体人身上、精神和灵魂上所投射的影子与留下的痕迹。

需要说的是，这本书的出版时间漫长，但我真的一点都不急。甚至不在意能不能真正出版。期间，林贤治老师多次来电话说抱歉，谈了他对我的这些习作的意见。秦爱珍老师也在自己的博客谈了她对这本书稿的看法。邹蔚昀编辑电话与我沟通其中一些问题。他们的认真负责，对我的宽容和鼓励，让我感到了一种无上的荣幸。在这里，我必须要庸俗但真诚地向他们致敬，说一声谢谢。

杨献平